प्रेमचंद की यादगारी कहानियाँ

प्रेमचंद

हिन्द पॉकेट बुक्स
पेंगुइन रैंडम हाउस इम्प्रिंट

हिन्द पॉकेट बुक्स

यूएसए | कनाडा | यूके | आयरलैंड | ऑस्ट्रेलिया | सिंगापुर
न्यू ज़ीलैंड | भारत | दक्षिण अफ्रीका | चीन

हिन्द पॉकेट बुक्स, पेंगुइन रैंडम हाउस ग्रुप ऑफ़ कम्पनीज़ का हिस्सा है,
जिसका पता global.penguinrandomhouse.com पर मिलेगा

पेंगुइन रैंडम हाउस इंडिया प्रा. लि.,
चौथी मंजिल, कैपिटल टावर -1, एम जी रोड,
गुड़गांव 122 002, हरियाणा, भारत

पेंगुइन
रैंडम हाउस
इंडिया

प्रथम हिन्दी संस्करण हिन्द पॉकेट बुक्स द्वारा 2010 में प्रकाशित
यह हिन्दी संस्करण हिन्द पॉकेट बुक्स में पेंगुइन रैंडम हाउस द्वारा 2022 में प्रकाशित

10 9 8 7 6 5 4 3 2

इस पुस्तक में व्यक्त विचार लेखक के अपने हैं, जिनका यथासंभव तथ्यात्मक सत्यापन किया गया है, और इस संबंध में प्रकाशक एवं सहयोगी प्रकाशक किसी भी रूप में उत्तरदायी नहीं हैं।

ISBN 9789353495145

मुद्रकः रेप्रो इंडिया लिमिटेड

www.penguin.co.in

FSC www.fsc.org
MIX
Paper from responsible sources
FSC® C047271

This is a legitimate digitally printed version of the book and therefore might not have certain extra finishing on the cover.

हिन्द पॉकेट बुक्स

प्रेमचंद की यादगारी कहानियाँ

प्रेमचंद हिन्दी और उर्दू के महानतम भारतीय लेखकों में से एक हैं। मूल नाम धनपत राय श्रीवास्तव, प्रेमचंद को नवाब राय और मुंशी प्रेमचंद के नाम से भी जाना जाता है। वे एक संवेदनशील लेखक, सचेत नागरिक, कुशल वक्ता तथा सुधी (विद्वान) संपादक थे। उपन्यास के क्षेत्र में उनके योगदान को देखकर बंगाल के विख्यात उपन्यासकार शरतचंद्र चट्टोपाध्याय ने उन्हें उपन्यास सम्राट कहकर संबोधित किया था। प्रेमचंद ने हिन्दी कहानी और उपन्यास की एक ऐसी परंपरा का विकास किया जिसने पूरी सदी के साहित्य का मार्गदर्शन किया। आगामी एक पूरी पीढ़ी को गहराई तक प्रभावित कर प्रेमचंद ने साहित्य की यथार्थवादी परंपरा की नींव रखी। उनका लेखन हिन्दी साहित्य की एक ऐसी विरासत है जिसके बिना हिन्दी के विकास का अध्ययन अधूरा होगा।

अनुक्रम

रियासत का दीवान

महाशय मेहता उन अभागों में थे, जो अपने स्वामी को प्रसन्न नहीं रख सकते थे। वह दिल से अपना काम करते थे और चाहते थे कि उनकी प्रशंसा हो। वह यह भूल जाते थे कि वह काम के नौकर तो हैं ही, अपने स्वामी के सेवक भी हैं। जब उनके अन्य सहकारी स्वामी के दरबार में हाजिरी देते थे, तो वह बेचारे दफ्तर में बैठे कागजों से सिर मारा करते थे। इसका फल यह था कि स्वामी के सेवक तो तरक्कियाँ पाते थे, पुरस्कार और पारितोषिक उड़ाते थे। और काम के सेवक मेहता किसी-न-किसी अपराध में निकाल दिये जाते थे। ऐसे कटु अनुभव उन्हें अपने जीवन में कई बार हो चुके थे; इसलिए अबकी जब राजा साहब सतिया ने उन्हें एक अच्छा पद प्रदान किया, तो उन्होंने प्रतिज्ञा की कि अब वह भी स्वामी का रुख देखकर काम करेंगे। और उनके स्तुति-गान में ही भाग्य की परीक्षा करेंगे। और इस प्रतिज्ञा को उन्होंने कुछ इस तरह निभाया कि दो साल भी न गुजरे थे कि राजा साहब ने उन्हें अपना दीवान बना लिया। एक स्वाधीन राज्य की दीवानी का क्या कहना ! वेतन तो 500) रु. मासिक ही था, मगर अख्तियार बड़े लम्बे। राई का पर्वत करो, या पर्वत से राई, कोई पूछनेवाला न था। राजा साहब भोग-विलास में पड़े रहते थे, राज्य-संचालन का सारा भार मि. मेहता पर था। रियासत के सभी अमले और कर्मचारी दण्डवत् करते, बड़े-बड़े रईस नजराने देते, यहाँ तक कि रानियाँ भी उनकी खुशामद करतीं। राजा साहब उग्र प्रकृति के मनुष्य थे, जैसे प्रायः राजे होते हैं। दुर्बलों के सामने शेर, सबलों के सामने भीगी बिल्ली। कभी मि. मेहता को डाँट-फटकार भी बताते; पर मेहता ने अपनी सफाई में एक शब्द भी मुँह से निकालने की कसम खा ली थी। सिर झुकाकर सुन लेते। राजा साहब की क्रोधाग्नि ईंधन न पाकर शान्त हो जाती।

गर्मियों के दिन थे। पोलिटिकल एजेन्ट का दौरा था। राज्य में उनके स्वागत की तैयारियाँ हो रही थीं। राजा साहब ने मेहता को बुलाकर कहा—मैं

चाहता हूँ, साहब बहादुर यहाँ से मेरा कलमा पढ़ते हुए जायँ।

मेहता ने सिर झुकाकर विनीत भाव से कहा—चेष्टा तो ऐसी ही कर रहा हूँ, अन्नदाता !

'चेष्टा तो सभी करते हैं; मगर वह चेष्टा कभी सफल नहीं होती। मैं चाहता हूँ, तुम दृढ़ता के साथ कहो—ऐसा ही होगा।'

'ऐसा ही होगा।'

'रुपये की परवाह मत करो।'

'जो हुक्म।'

'कोई शिकायत न आये; वरना तुम जानोगे।'

'वह हुजूर को धन्यवाद देते जायँ तो सही।'

'हाँ, मैं यही चाहता हूँ।'

'जान लड़ा दूँगा, दीनबन्धु !'

'अब मुझे संतोष है !'

इधर तो पोलिटिकल एजेन्ट का आगमन था, उधर मेहता का लड़का जयकृष्ण गर्मियों की छुट्टियाँ मनाने माता-पिता के पास आया। किसी विश्वविद्यालय में पढ़ता था। एक बार 1932 में कोई उग्र भाषण करने के जुर्म में 6 महीने की सजा काट चुका था। मि. मेहता की नियुक्ति के बाद जब वह पहली बार आया था तो राजा साहब ने उसे खास तौर पर बुलाया था और उससे जी खोलकर बातें की थीं, उसे अपने साथ शिकार खेलने ले गये थे और नित्य उसके साथ टेनिस खेला करते थे। जयकृष्ण पर राजा साहब के साम्यवादी विचारों का बड़ा प्रभाव पड़ा था। उसे ज्ञात हुआ कि राजा साहब केवल देशभक्त ही नहीं, क्रांति के समर्थक भी हैं। रूस और फ्रांस की क्रांति पर दोनों में खूब बहस हुई थी। लेकिन अबकी यहाँ उसने कुछ और ही रंग देखा। रियासत के हर एक किसान और जमींदार से जबरन चन्दा वसूल किया जा रहा था। पुलिस गाँव-गाँव चन्दा उगाहती फिरती थी। रकम दीवान साहब नियत करते थे। वसूल करना पुलिस का काम था। फरियाद की कहीं सुनवाई न थी। चारों ओर त्राहि-त्राहि मची हुई थी। हजारों मजदूर सरकारी इमारतों की सफाई, सजावट और सड़कों की मरम्मत में बेगार कर रहे थे। बनियों से डण्डों के जोर से रसद जमा की जा रही थी। जयकृष्ण को आश्चर्य हो रहा था कि यह क्या हो रहा है? राजा साहब के विचार और व्यवहार में इतना अन्तर

कैसे हो गया? कहीं ऐसा तो नहीं है कि महाराज को इन अत्याचारों की खबर ही न हो, या उन्होंने जिन तैयारियों का हुक्म दिया हो, उनकी तामील में कर्मचारियों ने अपनी कारगुजारी की धुन में यह अनर्थ कर डाला हो। रात भर तो उसने किसी तरह जब्त किया। प्रातःकाल उसने मेहताजी से पूछा—आपने राजा साहब को इन अत्याचारों की सूचना नहीं दी ?

मेहताजी को स्वयं इस अनीति से ग्लानि हो रही थी। वह स्वभावतः दयालु मनुष्य थे; लेकिन परिस्थितियों ने उन्हें अशक्त कर रखा था। दुःखित स्वर में बोले—राजा साहब का यही हुक्म है, तो क्या किया जाय ?

'तो आपको ऐसी दशा में अलग हो जाना चाहिए था। आप जानते हैं, यह जो कुछ हो रहा है, उसकी सारी जिम्मेदारी आपके सिर लादी जा रही है, प्रजा आप ही को अपराधी समझती है।'

'मैं मजबूर हूँ। मैंने कर्मचारियों से बार-बार संकेत किया कि यथासाध्य किसी पर सख्ती न की जाय; लेकिन हरेक स्थान पर मैं मौजूद तो नहीं रह सकता। अगर प्रत्यक्ष रूप से हस्तक्षेप करूँ, तो शायद कर्मचारी लोग महाराज से मेरी शिकायत कर दें। ये लोग ऐसे ही अवसरों की ताक में तो रहते हैं। इन्हें तो जनता को लूटने का कोई बहाना चाहिए। जितना सरकारी कोष में जमा करते हैं, उससे ज्यादा अपने घर में रख लेते हैं। मैं कुछ नहीं कर सकता।'

जयकृष्ण ने उत्तेजित होकर कहा—तो आप इस्तीफा क्यों नहीं दे देते ?

मेहता लज्जित होकर बोले—बेशक, मेरे लिए मुनासिब तो यही था; लेकिन जीवन में इतने धक्के खा चुका हूँ कि अब और सहने की शक्ति नहीं रही। यह निश्चय है कि नौकरी करके मैं अपने को बेदाग नहीं रख सकता। धर्म और अधर्म, सेवा और परमार्थ के झमेलों में पड़कर मैंने बहुत ठोकरें खायीं। मैंने देख लिया कि दुनिया दुनियादारों के लिए है, जो अवसर और काल देखकर काम करते हैं। सिद्धान्तवादियों के लिए यह अनुकूल स्थान नहीं है।

जयकृष्ण ने तिरस्कार-भरे स्वर में पूछा—मैं राजा साहब के पास जाऊँ ?

'क्या तुम समझते हो, राजा साहब से ये बातें छिपी हैं ?'

'संभव है, प्रजा की दुःख-कथा सुनकर उन्हें कुछ दया आये।'

मि. मेहता को इसमें क्या आपत्ति हो सकती थी ? वह तो खुद चाहते थे किसी तरह अन्याय का बोझ उनके सिर से उतर जाय। हाँ, यह भय अवश्य था कि कहीं जयकृष्ण की सत्प्रेरणा उनके लिए हानिकर न हो और कहीं उन्हें

इस सम्मान और अधिकार से हाथ न धोना पड़े। बोले—यह खयाल रखना कि तुम्हारे मुँह से कोई ऐसी बात न निकल जाय, जो महाराज को अप्रसन्न कर दे।

जयकृष्ण ने उन्हें आश्वासन दिया कि वह ऐसी कोई बात न करेगा। क्या वह इतना नादान है ? मगर उसे क्या खबर थी कि आज के महाराजा साहब वह नहीं हैं, जो एक साल पहले थे, या सम्भव है, पोलिटिकल एजेंट के चले जाने के बाद वह फिर हो जायँ। वह न जानता था कि उनके लिए क्रांति और आतंक की चर्चा भी उसी तरह विनोद की वस्तु थी, जैसे हत्या, बलात्कार या जाल की वारदातें, या रूप के बाजार के आकर्षक समाचार। जब उसने ड्योढ़ी पर पहुँचकर अपनी इत्तला करायी, तो मालूम हुआ कि महाराज इस समय अस्वस्थ हैं, लेकिन वह लौट ही रहा था कि महाराज ने उसे बुला भेजा। शायद उससे सिनेमा-संसार के ताजे समाचार पूछना चाहते थे। उसके सलाम पर मुसकराकर बोले—तुम खूब आये भई, कहो एम.सी.सी. का मैच देखा या नहीं ? मैं तो इन बखेड़ों में ऐसा फँसा कि जाने की नौबत नहीं आयी। अब तो यही दुआ कर रहा हूँ कि किसी तरह एजेंट साहब खुश-खुश रुखसत हो जायँ। मैंने जो भाषण लिखवाया है, वह जरा तुम भी देख लो। मैंने इन राष्ट्रीय आन्दोलनों की खूब खबर ली है और हरिजनोद्धार पर भी छींटे उड़ा दिये हैं।

जयकृष्ण ने अपने आवेश को दबाकर कहा—राष्ट्रीय आन्दोलनों की आपने खबर ली, यह अच्छा किया; लेकिन हरिजनोद्धार को तो सरकार भी पसन्द करती है, इसीलिए उसने महात्मा गाँधी को रिहा कर दिया और जेल में भी उन्हें इस आन्दोलन के सम्बन्ध में लिखने-पढ़ने और मिलने-जुलने की पूरी स्वाधीनता दे रखी थी।

राजा साहब ने तात्विक मुस्कान के साथ कहा—तुम जानते नहीं हो, यह सब प्रदर्शन-मात्र है। दिल में सरकार समझती है कि यह भी राजनैतिक आंदोलन है। वह इस रहस्य को बड़े ध्यान से देख रही है। लॉयलटी में जितना प्रदर्शन करो, चाहे वह औचित्य की सीमा के पार ही क्यों न हो जाय, उसका रंग चोखा ही होता है—उसी तरह जैसे कवियों की विरुदावली से हम फूल उठते हैं, चाहे वह हास्यास्पद ही क्यों न हो। हम ऐसे कवि को खुशामदी समझें, अहमक भी समझ सकते हैं, पर उससे अप्रसन्न नहीं हो सकते। वह हमें जितना

ही ऊँचा उठाता है, उतना ही वह हमारी दृष्टि में ऊँचा उठता जाता है।

राजा साहब ने अपने भाषण की एक प्रति मेज की दराज से निकालकर जयकृष्ण के सामने रख दी, पर जयकृष्ण के लिए इस भाषण में अब कोई आकर्षण न था। अगर वह सभा-चतुर होता, तो जाहिरदारी के लिए ही इस भाषण को बड़े ध्यान से पढ़ता, उनके शब्द-विन्यास और भावोत्कर्ष की प्रशंसा करता और उसकी तुलना महाराजा बीकानेर या पटियाला के भाषणों से करता; पर अभी दरबारी दुनिया की रीति-नीति से अनभिज्ञ था। जिस चीज को बुरा समझता था, उसे बुरा कहता था और जिस चीज को अच्छा समझता था, उसे अच्छा कहता था। बुरे को अच्छा और अच्छे को बुरा कहना अभी उसे न आया था। उसने भाषण पर सरसरी नजर डालकर उसे मेज पर रख दिया और अपनी स्पष्टवादिता का बिगुल फूँकता हुआ बोला—मैं राजनीति के रहस्यों को भला क्या समझ सकता हूँ लेकिन मेरा खयाल है कि चाणक्य के ये वंशज इन चालों को खूब समझते हैं और कृत्रिम भावों का उन पर कोई असर नहीं होता बल्कि इससे आदमी उनकी नजरों में और भी गिर जाता है। अगर एजेन्ट को मालूम हो जाय कि उसके स्वागत के लिए प्रजा पर कितने जुल्म ढाये जा रहे हैं, तो शायद वह यहाँ से प्रसन्न होकर न जाय। फिर, मैं तो प्रजा की दृष्टि देखता हूँ। एजेंट की प्रसन्नता आपके लिए लाभप्रद हो सकती है, प्रजा को तो उससे हानि ही होगी।

राजा साहब अपने किसी काम की आलोचना नहीं सह सकते थे। उनका क्रोध पहले जिरहों के रूप में निकलता, फिर तर्क का आकार धारण कर लेता। और अन्त में भूकम्प के आवेश से उबल पड़ता था, जिससे उनका स्थूल शरीर, कुर्सी, मेज, दीवारें और छत सभी में भीषण कम्पन होने लगता था। तिरछी आँखों से देखकर बोले—क्या हानि होगी, जरा सुनूँ ?

जयकृष्ण समझ गया कि क्रोध की मशीनगन चक्कर में है और घातक विस्फोट होने ही वाला है। सँभलकर बोला—इसे आप मुझसे ज्यादा समझ सकते हैं।

'नहीं, मेरी बुद्धि इतनी प्रखर नहीं है।'

'आप बुरा मान जायँगे।'

'क्या तुम समझते हो, मैं बारूद का ढेर हूँ ?'

'बेहतर है, आप इसे न पूछें।'

'तुम्हें बतलाना पड़ेगा।'

और आप-ही-आप उनकी मुट्ठियाँ बँध गयीं।

'तुम्हें बतलाना पड़ेगा, इसी वक्त !'

जयकृष्ण यह धौंस क्यों सहने लगा ? क्रिकेट के मैदान में राजकुमारों पर रोब जमाया करता था, बड़े-बड़े हुक्काम की चुटकियाँ लेता था। बोला—अभी आपके दिल में पोलिटिकल एजेंट का कुछ भय है, आप प्रजा पर जुल्म करते डरते हैं। जब वह आपके एहसानों से दब जायेगा, आप स्वच्छन्द हो जायेंगे और प्रजा की फरियाद सुनने वाला कोई न रहेगा।

राजा साहब प्रज्ज्वलित नेत्रों से ताकते हुए बोले—मैं एजेंट का गुलाम नहीं हूँ कि उससे डरूँ, कोई कारण नहीं है कि मैं उससे डरूँ, बिलकुल कारण नहीं है। मैं पोलिटिकल एजेंट की इसलिए खातिर करता हूँ कि वह हिज़ मैजेस्टी का प्रतिनिधि है। मेरे और हिज़ मैजेस्टी के बीच में भाईचारा है, एजेंट केवल उनका दूत है। मैं केवल नीति का पालन कर रहा हूँ। मैं विलायत जाऊँ तो हिज़ मैजेस्टी भी इसी तरह मेरा सत्कार करेंगे ! मैं डरूँ क्यों ? मैं अपने राज्य का स्वतन्त्र राजा हूँ। जिसे चाहूँ, फाँसी दे सकता हूँ। मैं किसी से क्यों डरने लगा ? डरना नामर्दों का काम है, मैं ईश्वर से भी नहीं डरता। डर क्या वस्तु है, यह मैंने आज तक नहीं जाना। मैं तुम्हारी तरह कालेज का मुँहफट छात्र नहीं हूँ कि क्रांति और आजादी की हाँक लगाता फिरूँ। तुम क्या जानो, क्रांति क्या चीज है ? तुमने केवल उसका नाम सुन लिया है। उसके लाल दृश्य आँखों से नहीं देखे। बन्दूक की आवाज सुनकर तुम्हारा दिल काँप उठेगा। क्या तुम चाहते हो, मैं एजेंट से कहूँ—प्रजा तबाह है, आपके आने की जरूरत नहीं। मैं इतना आतिथ्य-शून्य नहीं हूँ। मैं अन्धा नहीं हूँ, अहमक नहीं हूँ, प्रजा की दशा का मुझे तुमसे कहीं अधिक ज्ञान है, तुमने उसे बाहर से देखा है, मैं उसे नित्य भीतर से देखता हूँ। तुम मेरी प्रजा को क्रांति का स्वप्न दिखाकर उसे गुमराह नहीं कर सकते। तुम मेरे राज्य में विद्रोह और असंतोष के बीज नहीं बो सकते। तुम्हें अपने मुँह पर ताला लगाना होगा, तुम मेरे विरुद्ध एक शब्द भी मुँह से नहीं निकाल सकते, चूँ भी नहीं कर सकते ···

डूबते हुए सूरज की किरणें महराबी दीवानखाने के रंगीन शीशों से होकर राजा साहब के क्रोधोन्मत्त मुखमंडल को और भी रंजित कर रही थीं। उनके बाल नीले हो गये थे, आँखें पीली, चेहरा लाल और देह हरी। मालूम होता

था, प्रेतलोक का कोई पिशाच है। जयकृष्ण की सारी उद्दण्डता हवा हो गयी। राजा साहब को इस उन्माद की दशा में उसने कभी न देखा था, लेकिन इसके साथ ही उसका आत्मगौरव इस ललकार का जवाब देने के लिए व्याकुल हो रहा था। जैसे विनय का जवाब विनय है, वैसे ही क्रोध का जवाब क्रोध है, जब वह आतंक और भय, अदब और लिहाज के बन्धनों को तोड़कर निकल पड़ता है।

उसने भी राजा साहब को आग्नेय नेत्रों से देखकर कहा—मैं अपनी आँखों से यह अत्याचार देखकर मौन नहीं रह सकता।

राजा साहब ने आवेश से खड़े होकर, मानो उसकी गरदन पर सवार होते हुए कहा—तुम्हें यहाँ जबान खोलने का कोई हक नहीं है।

'प्रत्येक विचारशील मनुष्य को अन्याय के विरुद्ध आवाज उठाने का हक है। आप वह हक मुझसे नहीं छीन सकते !'

'मैं सबकुछ कर सकता हूँ।'

'आप कुछ नहीं कर सकते।'

'मैं तुम्हें अभी जेल में बन्द कर सकता हूँ।'

'आप मेरा बाल भी बाँका नहीं कर सकते।'

इसी वक्त मि. मेहता बदहवास-से कमरे में आये और जयकृष्ण की ओर कोप-भरी आँखें उठाकर बोले—कृष्णा, निकल जा यहाँ से, अभी मेरी आँखों से दूर हो जा और खबरदार ! फिर मुझे अपनी सूरत न दिखाना। मैं तुझ-जैसे कपूत का मुँह नहीं देखना चाहता। जिस थाल में खाता है, उसी में छेद करता है, बेअदब कहीं का ! अब अगर जबान खोली, तो मैं तेरा खून पी जाऊँगा।

जयकृष्ण ने हिंसा-विक्षिप्त पिता को घृणा की आँखों से देखा और अकड़ता हुआ, गर्व से सिर उठाये, दीवानखाने के बाहर निकल गया।

राजा साहब ने कोच पर लेटकर कहा—बदमाश आदमी है, पल्ले सिरे का बदमाश ! मैं नहीं चाहता कि ऐसा खतरनाक आदमी एक क्षण भी रियासत में रहे। तुम उससे जाकर कहो, इसी वक्त यहाँ से चला जाय वरना उसके हक में अच्छा न होगा। मैं केवल आपकी मुरौवत से गम खा गया; नहीं तो इसी वक्त इसका मजा चखा सकता था। केवल आपकी मुरौवत ने हाथ पकड़ लिया। आपको तुरन्त निर्णय करना पड़ेगा, इस रियासत की दीवानी या लड़का। अगर दीवानी चाहते हो, तो तुरन्त उसे रियासत से निकाल दो और कह दो

कि फिर कभी मेरी रियासत में पाँव न रखे। लड़के से प्रेम है, तो आज ही रियासत से निकल जाइए। आप यहाँ से कोई चीज नहीं ले जा सकते, एक पाई की भी चीज नहीं। जो कुछ है, वह रियासत की है। बोलिए, क्या मंजूर है ?

मि. मेहता ने क्रोध के आवेश में जयकृष्ण को डाँट तो बतलायी थी पर यह न समझे थे कि मामला इतना तूल खींचेगा। एक क्षण के लिए वह सन्नाटे में आ गये। सिर झुकाकर परिस्थिति पर विचार करने लगे—राजा उन्हें मिट्टी में मिला सकता है। वह यहाँ बिलकुल बेबस हैं, कोई उनका साथी नहीं, कोई उनकी फरियाद सुननेवाला नहीं। राजा उन्हें भिखारी बनाकर छोड़ देगा। इस अपमान के साथ निकाले जाने की कल्पना करके वह काँप उठे। रियासत में उनके बैरियों की कमी न थी। सब-के-सब मूसलों ढोल बजायेंगे। जो आज उनके सामने भीगी बिल्ली बने हुए हैं, कल शेरों की तरह गुर्रायेंगे। फिर इस उमर में अब उन्हें नौकर ही कौन रखेगा। निर्दयी संसार के सामने क्या फिर उन्हें हाथ फैलाना पड़ेगा ? नहीं, इससे तो यह कहीं अच्छा है कि वह यहीं पड़े रहें। कम्पित स्वर में बोले—मैं आज ही उसे घर से निकाल देता हूँ, अन्नदाता !

'आज नहीं, इसी वक्त !'

'इसी वक्त निकाल दूँगा !'

'हमेशा के लिए ?'

'हमेशा के लिए।'

'अच्छी बात है, जाइए और आधे घंटे के अन्दर मुझे सूचना दीजिए।'

मि. मेहता घर चले, तो मारे क्रोध के उनके पाँव काँप रहे थे। देह में आग-सी लगी हुई थी। इस लौंडे के कारण आज उन्हें कितना अपमान सहना पड़ा। गधा चला है यहाँ अपने साम्यवाद का राग अलापने। अब बच्चा को मालूम होगा, जबान पर लगाम न रखने का क्या नतीजा होता है। मैं क्यों उसके पीछे गली-गली ठोकरें खाऊँ। हाँ, मुझे यह पद और सम्मान प्यारा है। क्यों न प्यारा हो ? इसके लिए बरसों एड़ियाँ रगड़ी हैं, अपना खून और पसीना एक किया है। यह अन्याय बुरा जरूर लगता है; लेकिन बुरी लगने की एक यही बात तो नहीं है ! और हजारों बातें भी तो बुरी लगती हैं। जब किसी बात का उपाय मेरे पास नहीं, तो इस मुआमले के पीछे क्यों अपनी जिन्दगी

खराब करूँ ?

उन्होंने घर आते-ही-आते पुकारा–जयकृष्ण !

सुनीता ने कहा–जयकृष्ण तो तुमसे पहले ही राजा साहब के पास गया था। तब से यहाँ कब आया ?

'अब तक यहाँ नहीं आया ! वह तो मुझसे पहले ही चल चुका था।'

वह फिर बाहर आये और नौकरों से पूछना शूरू किया। अब भी उसका पता न था। मारे डर के कहीं छिप रहा होगा और राजा ने आध घंटे में इत्तला देने का हुक्म दिया है। यह लौंडा न जाने क्या करने पर लगा हुआ है। आप तो जायेगा ही मुझे भी अपने साथ ले डूबेगा।

सहसा एक सिपाही ने एक पुरजा लाकर उनके हाथ में रख दिया। अच्छा, यह तो जयकृष्ण की लिखावट है। क्या कहता है–इस दुर्दशा के बाद मैं इस रियासत में एक क्षण भी नहीं रह सकता। मैं जाता हूँ। आपको अपना पद और मान अपनी आत्मा से ज्यादा प्रिय है, आप खुशी से उसका उपभोग कीजिए। मैं फिर आपको तकलीफ देने न आऊँगा। अम्माँ से मेरा प्रणाम कहिएगा।

मेहता ने पुरजा लाकर सुनीता को दिखाया और खिन्न होकर बोले–इसे न जाने कब समझ आयेगी, लेकिन बहुत अच्छा हुआ। अब लाला को मालूम होगा, दुनिया में किस तरह रहना चाहिए। बिना ठोकरें खाये, आदमी की आँखें नहीं खुलतीं। मैं ऐसे तमाशे बहुत खेल चुका, अब इस खुराफात के पीछे अपना शेष जीवन नहीं बरबाद करना चाहता–और तुरन्त राजा साहब को सूचना देने चले।

2

दम-से-दम में सारी रियासत में यह समाचार फैल गया। जयकृष्ण अपने शील-स्वभाव के कारण जनता में बड़ा प्रिय था। लोग बाजारों और चौरस्तों पर खड़े हो-होकर इस काण्ड पर आलोचना करने लगे–अजी, वह आदमी नहीं था, भाई, उसे किसी देवता का अवतार समझो। महाराज के पास जाकर बेधड़क बोला–अभी बेगार बन्द कीजिए वरना शहर में हंगामा हो जायेगा। राजा साहब की तो जबान बन्द हो गयी। बगलें झाँकने लगे। शेर-है-शेर ! उम्र तो कुछ नहीं; पर आफत का परकाला है। और वह यह बेगार बन्द कराके रहता, हमेशा

के लिए। राजा साहब को भागने की राह न मिलती। सुना, घिघियाने लगे थे। मुदा इसी बीच में दीवान साहब पहुँच गये और उसे देश-निकाले का हुक्म दे दिया। यह हुक्म सुनकर उसकी आँखों में खून उतर आया था, लेकिन बाप का अपमान न किया।

'ऐसे बाप को तो गोली मार देनी चाहिए। बाप है या दुश्मन !'

'वह कुछ भी हो, है तो बाप ही।'

सुनीता सारे दिन बैठी रोती रही। जैसे कोई उसके कलेजे में बर्छियाँ चुभो रहा था। बेचारा न-जाने कहाँ चला गया। अभी जलपान तक न किया था। चूल्हे में जाय ऐसा भोग-विलास, जिसके पीछे उसे बेटे को त्यागना पड़े। हृदय में ऐसा उद्वेग उठा कि इसी दम पति और घर को छोड़कर रियासत से निकल जाय, जहाँ ऐसे नर-पिशाचों का राज्य है। इन्हें अपनी दीवानी प्यारी है, उसे लेकर रहें। वह अपने पुत्र के साथ उपवास करेगी, पर उसे आँखों से देखती तो रहेगी।

एकाएक वह उठकर महारानी के पास चली ! वह उनसे फरियाद करेगी, उन्हें भी ईश्वर ने बालक दिये हैं। उन्हें क्या एक अभागिनी माता पर दया न आवेगी ? इसके पहले भी वह कई बार महारानी के दर्शन कर चुकी थी। उसका मुरझाया हुआ मन आशा से लहलहा उठा।

लेकिन रनिवास में पहुँची तो देखा कि महारानी के तेवर भी बदले हुए हैं। उसे देखते ही बोलीं—तुम्हारा लड़का बड़ा उजड्ड है। जरा भी अदब नहीं। किससे किस तरह बात करनी चाहिए, इसका जरा भी सलीका नहीं। न-जाने विश्वविद्यालय में क्या पढ़ा करता है। आज महाराज से उलझ बैठा। कहता था कि बेगार बन्द कर दीजिए और एजेंट साहब के स्वागत-सत्कार की कोई तैयारी न कीजिए। इतनी समझ भी उसे नहीं है कि इस तरह कोई राजा कै घंटे गद्दी पर रह सकता है। एजेंट बहुत बड़ा अफसर न सही; लेकिन है तो बादशाह का प्रतिनिधि। उसका आदर-सत्कार करना तो हमारा धर्म है। फिर ये बेगार किस दिन काम आयेंगे। उन्हें रियासत से जागीरें मिली हुई हैं। किस दिन के लिए ? प्रजा में विद्रोह की आग भड़काना कोई भले आदमी का काम है ? जिस पत्तल में खाओ, उसी में छेद करो। महाराज ने दीवान साहब का मुलाहजा किया, नहीं तो उसे हिरासत में डलवा देते ! अब बच्चा नहीं है। खासा पाँच हाथ का जवान है। सबकुछ देखता और समझता है। हम हाकिमों से बैर करें, तो कै दिन निबाह

हो। उसका क्या बिगड़ता है। कहीं सौ-पचास की चाकरी पा जायेगा। यहाँ तो करोड़ों की रियासत बरबाद हो जायगी।

सुनीता ने आँचल फैलाकर कहा—महारानी बहुत सत्य कहती हैं; पर अब तो उसका अपराध क्षमा कीजिए। बेचारा लज्जा और भय के मारे घर नहीं गया। न-जाने किधर चला गया। हमारे जीवन का यही एक अवलम्ब है, महारानी ! हम दोनों रो-रोकर मर जायँगे। आँचल फैलाकर आपसे भीख माँगती हूँ, उसको क्षमा-दान दीजिए। माता के हृदय को आपसे ज्यादा और कौन समझेगा; आप महाराज से सिफारिश कर दें ···

महारानी ने अपनी बड़ी-बड़ी आँखों से उसकी ओर देखा मानो वह कोई बड़ी अनोखी बात कह रही हो और अपने रँगे हुए होंठों पर अँगूठियों से जगमगाती हुई उँगली रखकर बोलीं—क्या कहती हो, सुनीता देवी ! उस युवक की महाराज से सिफारिश करूँ जो हमारी जड़ खोदने पर तुला हुआ है ? आस्तीन में साँप पालूँ ? तुम किस मुँह ऐसी बात कहती हो ? और महाराज मुझे क्या कहेंगे ? ना, मैं इसके बीच में न पड़ूँगी। उसने जो बीज बोये हैं, उनका वह फल खाये। मेरा लड़का ऐसा नालायक होता, तो उसका मुँह न देखती। और तुम ऐसे बेटे की सिफारिश करती हो ?

सुनीता ने आँखों में आँसू भरकर कहा—महारानी, ऐसी बातें आपके मुँह से शोभा नहीं देतीं।

महारानी मसनद टेककर उठ बैठीं और तिरस्कार-भरे स्वर में बोलीं—अगर तुमने सोचा था कि मैं तुम्हारे आँसू पोंछूँगी, तो तुमने भूल की। हमारे द्रोही की सिफारिश लेकर हमारे पास आना, इसके सिवा और क्या है कि तुम उसके अपराध को बाल-क्रीड़ा समझ रही हो। अगर तुमने उसके अपराध की भीषणता का ठीक अनुमान किया होता, तो मेरे पास कभी न आतीं। जिसने इस रियासत का नमक खाया हो, वह रियासत के द्रोही की पीठ सहलाये ! वह स्वयं राजद्रोही है ! इसके सिवा और क्या कहूँ ?

सुनीता भी गर्म हो गयी। पुत्र-स्नेह म्यान के बाहर निकल आया। बोली—राजा का कर्त्तव्य केवल अपने अफसरों को प्रसन्न करना नहीं है। प्रजा को पालने की जिम्मेदारी इससे कहीं बढ़कर है।

उसी समय महाराज ने कमरे में कदम रखा ! रानी ने उठकर स्वागत किया और सुनीता सिर झुकाये निस्पंद खड़ी रह गयी।

राजा ने व्यंग्यपूर्ण मुस्कान के साथ पूछा—यह कौन महिला तुम्हें राजा के कर्त्तव्य का उपदेश दे रही थी ?

रानी ने सुनीता की ओर आँख मारकर कहा—यह दीवान साहब की धर्मपत्नी हैं। राजा साहब की त्योरियाँ चढ़ गयीं। ओठ चबाकर बोले—जब माँ ऐसी पैनी छुरी है, तो लड़का क्यों न जहर का बुझाया हुआ हो। देवीजी, मैं तुमसे यह शिक्षा नहीं लेना चाहता कि राजा का अपनी प्रजा के साथ क्या धर्म है? यह शिक्षा मुझे कई पीढ़ियों से मिलती चली आयी है। बेहतर हो कि तुम किसी से यह शिक्षा प्राप्त कर लो कि स्वामी के प्रति उसके सेवक का क्या धर्म है और जो नमकहराम है, उसके साथ स्वामी को कैसा व्यवहार करना चाहिए?

यह कहते हुए राजा साहब उसी उन्माद की दशा में बाहर चले गये।

मि. मेहता घर जा रहे थे, राजा साहब ने कठोर स्वर में पुकारा—सुनिए मि. मेहता ! आपके सपूत तो विदा हो गये लेकिन मुझे अभी मालूम हुआ कि आपकी देवीजी राजद्रोह के मैदान में उनसे भी दो कदम आगे हैं; बल्कि मैं तो कहूँगा, वह केवल रेकार्ड है, जिसमें देवीजी की आवाज ही बोल रही है। मैं नहीं चाहता कि जो व्यक्ति रियासत का संचालक हो, उसके साये में रियासत के विद्रोहियों को आश्रय मिले। आप खुद इस दोष से मुक्त नहीं हो सकते। यह हरगिज मेरा अन्याय न होगा, यदि मैं यह अनुमान कर लूँ कि आप ही ने यह मन्त्र फूँका है।

मि. मेहता अपनी स्वामिभक्ति पर यह आक्षेप न सह सके। व्यथित कंठ से बोले—यह तो मैं किस जबान से कहूँ कि दीनबन्धु इस विषय में मेरे साथ अन्याय कर रहे हैं, लेकिन मैं सर्वथा निर्दोष हूँ और मुझे यह देखकर दुःख होता है कि मेरी वफादारी पर यों संदेह किया जा रहा है।

'वफादारी केवल शब्दों से नहीं होती।'

'मेरा खयाल है कि मैं उसका प्रमाण दे चुका।'

'नयी-नयी दलीलों के लिए नये-नये प्रमाणों की जरूरत है। आपके पुत्र के लिए जो दण्ड-विधान था, वही आपकी स्त्री के लिए भी है। मैं इसमें किसी भी तरह का उज्र नहीं चाहता। और इसी वक्त इस हुक्म की तामील होनी चाहिए।'

'लेकिन दीनानाथ … '

'मैं एक शब्द भी नहीं सुनना चाहता।'

'मुझे कुछ निवेदन करने की आज्ञा न मिलेगी ?'

'बिलकुल नहीं, यह मेरा आखिरी हुक्म है।'

मि. मेहता यहाँ से चले, तो उन्हें सुनीता पर बेहद गुस्सा आ रहा था। इन सभी को न-जाने क्या सनक सवार हो गयी है। जयकृष्ण तो खैर बालक है, बेसमझ है, इस बुढ़िया को क्या सूझी। न-जाने रानी साहब से जाकर क्या कह आयी। किसी को मुझसे हमदर्दी नहीं, सब अपनी-अपनी धुन में मस्त हैं। किस मुसीबत से मैं अपनी जिन्दगी के दिन काट रहा हूँ, यह कोई नहीं समझता। कितनी निराशा और विपत्तियों के बाद यहाँ जरा निश्चिन्त हुआ था कि इन सभी ने यह नया तूफान खड़ा कर दिया। न्याय और सत्य का ठीका क्या हमीं ने लिया है ? यहाँ भी वही हो रहा है, जो सारी दुनिया में हो रहा है ! कोई नयी बात नहीं है। संसार में दुर्बल और दरिद्र होना पाप है। इसकी सजा से कोई बच नहीं सकता। बाज कबूतर पर कभी दया नहीं करता। सत्य और न्याय का समर्थन मनुष्य की सज्जनता और सभ्यता का एक अंग है। बेशक इससे कोई इन्कार नहीं कर सकता; लेकिन जिस तरह और सभी प्राणी केवल मुख से इसका समर्थन करते हैं, क्या उसी तरह हम भी नहीं कर सकते। और जिन लोगों का पक्ष लिया जाय, वे भी तो कुछ इसका महत्त्व समझें। आज राजा साहब इन्हीं बेगारों से जरा हँसकर बातें करें, तो वे अपने सारे दुखड़े भूल जायेंगे और उल्टे हमारे ही शत्रु बन जायँगे। शायद सुनीता महारानी के पास जाकर अपने दिल का बुखार निकाल आयी है। गधी यह नहीं समझती कि दुनिया में किसी तरह मान-मर्यादा का निर्वाह करते हुए जिन्दगी काट लेना ही हमारा धर्म है। अगर भाग्य में यश और कीर्ति बदी होती, तो इस तरह दूसरों की गुलामी क्यों करता ? लेकिन समस्या यह है कि इसे भेजूँ कहाँ ! मैके में कोई है नहीं, मेरे घर में कोई है नहीं। उँह ! अब मैं इस चिन्ता में कहाँ तक मरूँ ? जहाँ जी चाहे जाय, जैसा किया वैसा भोगे।

वह इसी क्षोभ और ग्लानि की दशा में घर में गये और सुनीता से बोले—आखिर तुम्हें भी वही पागलपन सूझा, जो उस लौंडे को सूझा था। मैं कहता हूँ, आखिर तुम्हें कभी समझ आयेगी या नहीं ? क्या सारे संसार के सुधार का बीड़ा हमीं ने उठाया है ? कौन राजा ऐसा है, जो अपनी प्रजा पर

जुल्म न करता हो, उनके स्वत्वों का अपहरण न करता हो। राजा ही क्यों, हम-तुम सभी तो दूसरों पर अन्याय कर रहे हैं। तुम्हें क्या हक है कि तुम दर्जनों खिदमतगार रखो और उन्हें जरा-जरा-सी बात पर सजा दो ? न्याय और सत्य निरर्थक शब्द हैं, जिनकी उपयोगिता इसके सिवा और कुछ नहीं कि बुद्धुओं की गर्दन मारी जाय और समझदारों की वाह-वाह हो। तुम और तुम्हारा लड़का उन्हीं बुद्धुओं में हैं। और इसका दण्ड तुम्हें भोगना पड़ेगा। महाराज का हुक्म है कि तुम तीन घंटे के अन्दर रियासत से निकल जाओ नहीं तो पुलिस आकर तुम्हें निकाल देगी। मैंने तो तय कर लिया है कि राजा साहब की इच्छा के विरुद्ध एक शब्द भी मुँह से न निकालूँगा। न्याय का पक्ष लेकर देख लिया है। हैरानी और अपमान के सिवा और कुछ हाथ न आया। जिनकी हिमायत की थी, वे आज भी उसी दशा में हैं; बल्कि उससे भी और बदतर। मैं साफ कहता हूँ कि मैं तुम्हारी उद्दण्डताओं का तावान देने के लिए तैयार नहीं। मैं गुप्त रूप से तुम्हारी सहायता करता रहूँगा। इसके सिवा मैं और कुछ नहीं कर सकता।

सुनीता ने गर्व के साथ कहा—मुझे तुम्हारी सहायता की जरूरत नहीं। कहीं भेद खुल जाय, तो दीनबन्धु तुम्हारे ऊपर कोप का बज्र गिरा दें। तुम्हें अपना पद और सम्मान प्यारा है, उसका आनन्द से उपभोग करो। मेरा लड़का और कुछ न कर सकेगा, तो पाव-भर आटा तो कमा ही लायेगा। मैं भी देखूँगी कि तुम्हारी स्वामिभक्ति कब तक निभती है और कब तक तुम अपनी आत्मा की हत्या करते हो?

मेहता ने तिलमिलाकर कहा—क्या तुम चाहती हो कि फिर उसी तरह चारों तरफ ठोकरें खाता फिरूँ ?

सुनीता ने घाव पर नमक छिड़का—नहीं, कदापि नहीं। अब तक तो मैं समझती थी, तुम्हें ठोकरें खाने में मजा आता है तथा पद और अधिकार से भी मूल्यवान् कोई वस्तु तुम्हारे पास है, जिसकी रक्षा के लिए तुम ठोकरें खाना अच्छा समझते हो। अब मालूम हुआ; तुम्हें अपना पद अपनी आत्मा से भी प्रिय है। फिर क्यों ठोकरें खाओ; मगर कभी-कभी अपना कुशल-समाचार तो भेजते रहोगे, या राजा साहब की आज्ञा लेनी पड़ेगी ?

'राजा साहब इतने न्याय-शून्य हैं कि मेरे पत्र-व्यवहार में रोक-टोक करें ?'

'अच्छा ! राजा साहब में इतनी आदमीयत है ? मुझे तो विश्वास नहीं आता।'

'तुम अब भी अपनी गलती पर लज्जित नहीं हो ?'

'मैंने कोई गलती नहीं की। मैं तो ईश्वर से चाहती हूँ कि जो मैंने आज किया, वह बार-बार करने का मुझे अवसर मिले।'

मेहता ने अरुचि के साथ पूछा—तुमने कहाँ जाने का इरादा किया है ?

'जहन्नुम में !'

'गलती आप करती हो, गुस्सा मुझ पर उतारती हो ?'

'मैं तुम्हें इतना निर्लज्ज न समझती थी !'

'मैं भी इसी शब्द का तुम्हारे लिए प्रयोग कर सकता हूँ।'

'केवल मुख से, मन से नहीं।'

मि. मेहता लज्जित हो गये।

3

जब सुनीता की विदाई का समय आया, तो स्त्री-पुरुष दोनों खूब रोये और एक तरह से सुनीता ने अपनी भूल स्वीकार कर ली। वास्तव में इन बेकारी के दिनों में मेहता ने जो कुछ किया, वही उचित था, बेचारे कहाँ मारे-मारे फिरते।

पोलिटिकल एजेंट साहब पधारे और कई दिनों तक खूब दावतें खायीं और खूब शिकार खेला। राजा साहब ने उनकी तारीफ की। उन्होंने राजा साहब की तारीफ की। राजा साहब ने उन्हें अपनी लायलटी का विश्वास दिलाया, उन्होंने सतिया राज्य को आदर्श कहा और राजा साहब को न्याय और सेवा का अवतार स्वीकार किया और तीन दिन में रियासत को ढाई लाख की चपत देकर विदा हो गये !

मि. मेहता का दिमाग आसमान पर था। सभी उनकी कारगुजारी की प्रशंसा कर रहे थे। एजेंट साहब तो उनकी दक्षता पर मुग्ध हो गये। उन्हें 'राय साहब' की उपाधि मिली और उनके अधिकारों में भी वृद्धि हुई। उन्होंने अपनी आत्मा को उठाकर ताक पर रख दिया था। उनकी यह साधना कि महाराज और एजेंट दोनों उनसे प्रसन्न रहें, सम्पूर्ण रीति से पूरी हो गयी। रियासत में ऐसा स्वामिभक्त सेवक दूसरा न था।

राजा साहब अब कम-से-कम तीन साल के लिए निश्चिन्त थे। एजेंट

खुश है, तो फिर किसका भय ! कामुकता, लम्पटता और भाँति-भाँति के दुर्व्यसनों की लहर प्रचण्ड हो उठी। सुन्दरियों की टोह लगाने के लिए सुराग-रसानों का एक विभाग खुल गया, जिसका सम्बन्ध सीधे राजा साहब से था। एक बूढ़ा खुर्राट, जिसका पेशा हिमालय की परियों को फँसाकर राजाओं को लूटना था और जो इसी पेशे की बदौलत राजदरबारों में पूजा जाता था, इस विभाग का अध्यक्ष बना दिया गया। नयी-नयी चिड़ियाँ आने लगीं। भय, लोभ और सम्मान सभी अस्त्रों से शिकार खेला जाने लगा; लेकिन एक ऐसा अवसर भी पड़ा, जहाँ इस तिकड़म की सारी सामूहिक और वैयक्तिक चेष्टाएँ निष्फल हो गयीं और गुप्त विभाग ने निश्चय किया कि इस बालिका को किसी तरह उड़ा लाया जाय। और इस महत्त्वपूर्ण कार्य के सम्पादन का भार मि. मेहता पर रखा गया, जिनसे ज्यादा स्वामिभक्त सेवक रियासत में दूसरा न था। उनके ऊपर महाराजा साहब को पूरा विश्वास था। दूसरों के विषय में सन्देह था कि कहीं रिश्वत लेकर शिकार बहका दें, या भण्डाफोड़ कर दें, या अमानत में खयानत कर बैठें। मेहता की ओर से किसी तरह की उन बातों की शंका न थी। रात के नौ बजे उनकी तलबी हुई—अन्नदाता ने हुजूर को याद किया है।

मेहता साहब ड्योढ़ी पर पहुँचे, तो राजा साहब पाईबाग में टहल रहे थे। मेहता को देखते ही बोले—आइए मि. मेहता, आपसे एक खास बात में सलाह लेनी है। यहाँ कुछ लोगों की राय है कि सिंहद्वार के सामने आपकी एक प्रतिमा स्थापित की जाय, जिससे चिरकाल तक आपकी यादगार कायम रहे। आपको तो शायद इसमें कोई आपत्ति न होगी। और यदि हो भी तो लोग इस विषय में आपकी अवज्ञा करने पर भी तैयार हैं। सतिया की आपने जो अमूल्य सेवा की है, उसका पुरस्कार तो कोई क्या दे सकता है, लेकिन जनता के हृदय में आपसे जो श्रद्धा है, उसे तो वह किसी-न-किसी रूप में प्रकट ही करेगी।

मेहता ने बड़ी नम्रता से कहा—यह अन्नदाता की गुण ग्राहकता है, मैं तो एक तुच्छ सेवक हूँ। मैंने जो कुछ किया, यह इतना ही है कि नमक का हक अदा करने का सदैव प्रयत्न किया, मगर मैं इस सम्मान के योग्य नहीं हूँ।

राजा साहब ने कृपालु भाव से हँसकर कहा—आप योग्य हैं या नहीं इसका निर्णय आपके हाथ में नहीं है मि. मेहता, आपकी दीवानी यहाँ न चलेगी।

हम आपका सम्मान नहीं कर रहे हैं; अपनी भक्ति का परिचय दे रहे हैं। थोड़े दिनों में न हम रहेंगे, न आप रहेंगे, उस वक्त भी यह प्रतिमा अपनी मूक वाणी से कहती रहेगी कि पिछले लोग अपने उद्धारकों का आदर करना जानते थे। मैंने लोगों से कह दिया है कि चन्दा जमा करें। एजेंट ने अबकी जो पत्र लिखा है, उसमें आपको खास तौर से सलाम लिखा है।

मेहता ने जमीन में गड़कर कहा—यह उनकी उदारता है, मैं तो जैसा आपका सेवक हूँ, वैसा ही उनका भी सेवक हूँ।

राजा साहब कई मिनट तक फूलों की बहार देखते रहे। फिर इस तरह बोले, मानो कोई भूली हुई बात याद आ गई हो—तहसील खास में एक गाँव लगनपुर है, आप कभी वहाँ गये हैं ?

'हाँ अन्नदाता ! एक बार गया हूँ, वहाँ एक धनी साहूकार है। उसी के दीवानखाने में ठहरा था। अच्छा आदमी है।'

'हाँ, ऊपर से बहुत अच्छा आदमी है; लेकिन अन्दर से पक्का पिशाच। आपको शायद मालूम न हो, इधर कुछ दिनों से महारानी का स्वास्थ्य बहुत बिगड़ गया है और मैं सोच रहा हूँ कि उन्हें किसी सैनेटोरियम में भेज दूँ। वहाँ सब तरह की चिन्ताओं एवं झंझटों से मुक्त होकर वह आराम से रह सकेंगी, लेकिन रनिवास में एक रानी का रहना लाजिमी है ! अफसरों के साथ उनकी लेडियाँ भी आती हैं, और भी कितने अंग्रेज मित्र अपनी लेडियों के साथ मेरे मेहमान होते रहते हैं। कभी राजे-महाराजे भी रानियों के साथ आ जाते हैं। रानी के बगैर लेडियों का आदर-सत्कार कौन करेगा ? मेरे लिए यह वैयक्तिक प्रश्न नहीं, राजनैतिक समस्या है, और शायद आप भी मुझसे सहमत होंगे, इसलिए मैंने दूसरी शादी करने का इरादा कर लिया है। उस साहूकार की एक लड़की है, जो कुछ दिनों अजमेर में शिक्षा पा चुकी है। मैं एक बार उस गाँव से होकर निकला, तो मैंने उसे अपने घर की छत पर खड़ी देखा। मेरे मन में तुरन्त भावना उठी कि अगर यह रमणी रनिवास में आ जाय, तो रनिवास की शोभा बढ़ जाय। मैंने महारानी की अनुमति लेकर साहूकार के पास सन्देशा भेजा, किन्तु मेरे द्रोहियों ने उसे कुछ ऐसी पट्टी पढ़ा दी कि उसने मेरा सन्देशा स्वीकार न किया। कहता है, कन्या का विवाह हो चुका है। मैंने कहला भेजा, इसमें कोई हानि नहीं, मैं तावान देने को तैयार हूँ, लेकिन वह दुष्ट बराबर इन्कार किये जाता है। आप जानते हैं; प्रेम असाध्य रोग है। आपको

भी शायद इसका कुछ-न-कुछ अनुभव हो। बस, यह समझ लीजिए कि जीवन निरानन्द हो रहा है। नींद और आराम हराम है। भोजन से अरुचि हो गयी है। अगर कुछ दिन यही हाल रहा, तो समझ लीजिए कि मेरी जान पर बन आयेगी। सोते-जागते वही मूर्ति आँखों के सामने नाचती रहती है। मन को समझाकर हार गया और अब विवश होकर मैंने कूटनीति से काम लेने का निश्चय किया है। प्रेम और समर में सबकुछ क्षम्य है। मैं चाहता हूँ, आप थोड़े-से मातबर आदमियों को लेकर जायँ और उस रमणी को किसी तरह ले आयें। खुशी से आये खुशी से, बल से आये बल से, इसकी चिन्ता नहीं। मैं अपने राज्य का मालिक हूँ। इसमें जिस वस्तु पर मेरी इच्छा हो, उस पर किसी दूसरे व्यक्ति का नैतिक या सामाजिक स्वत्व नहीं हो सकता। यह समझ लीजिए कि आप ही मेरे प्राणों की रक्षा कर सकते हैं। कोई दूसरा ऐसा आदमी नहीं है, जो इस काम को इतने सुचारु रूप से पूरा कर दिखाये। आपने राज्य की बड़ी-बड़ी सेवाएँ की हैं। यह उस यज्ञ की पूर्णाहुति होगी और आप जन्म-जन्मान्तर तक राजवंश के इष्टदेव समझे जायँगे।'

मि. मेहता का मरा हुआ आत्म-गौरव एकाएक सचेत हो गया। जो रक्त चिरकाल से प्रवाह शून्य हो गया था, उसमें सहसा उद्रेक हो उठा। त्योरियाँ चढ़ाकर बोले–तो आप चाहते हैं, मैं उसे किडनैप करूँ ?

राजा साहब ने उनके तेवर देखकर आग पर पानी डालते हुए कहा–कदापि नहीं मि. मेहता, आप मेरे साथ घोर अन्याय कर रहे हैं ! मैं आपको अपना प्रतिनिधि बनाकर भेज रहा हूँ। कार्य-सिद्धि के लिए आप जिस नीति से चाहें, काम ले सकते हैं। आपको पूरा अधिकार है।

मि. मेहता ने और भी उत्तेजित होकर कहा–मुझसे ऐसा पाजीपन नहीं हो सकता है।

राजा साहब की आँखों से चिनगारियाँ निकलने लगीं।

'अपने स्वामी की आज्ञा का पालन करना पाजीपन है ?'

'जो आज्ञा नीति और धर्म के विरुद्ध हो उसका पालन करना बेशक पाजीपन है।'

'किसी स्त्री से विवाह का प्रस्ताव करना नीति और धर्म के विरुद्ध है ?'

'इसे आप विवाह कहकर 'विवाह' शब्द को कलंकित करते हैं। यह बलात्कार है !'

'आप अपने होश में हैं ?'

'खूब अच्छी तरह ?'

'मैं आपको धूल में मिला सकता हूँ !'

'तो आपकी गद्दी भी सलामत न रहेगी !'

'मेरी नेकियों का यही बदला है, नमकहराम ?'

'आप अब शिष्टता की सीमा से आगे बढ़े जा रहे हैं, राजा साहब ! मैंने अब तक अपनी आत्मा की हत्या की है और आपके हर एक जा और बेजा हुक्म की तामील की है; लेकिन आत्मसेवा की भी एक हद होती है, जिसके आगे कोई भला आदमी नहीं जा सकता। आपका यह कृत्य जघन्य है और इसमें जो व्यक्ति आपका सहायक हो, वह इसी योग्य है कि उसकी गर्दन काट ली जाय। मैं ऐसी नौकरी पर लानत भेजता हूँ।'

यह कहकर वह घर आये और रातों-रात बोरिया-बकचा समेटकर रियासत से निकल गये; मगर इसके पहले सारा वृत्तान्त लिखकर उन्होंने एजेंट के पास भेज दिया।

परीक्षा

नादिरशाह की सेना ने दिल्ली में कत्लेआम कर रखा है। गलियों में खून की नदियाँ बह रही हैं। चारों तरफ हाहाकार मचा हुआ है। बाजार बंद हैं। दिल्ली के लोग घरों के द्वार बंद किये जान की खैर मना रहे हैं। किसी की जान सलामत नहीं है। कहीं घरों में आग लगी हुई है, कहीं बाजार लुट रहा है; कोई किसी की फरियाद नहीं सुनता। रईसों की बेगमें महलों से निकाली जा रही हैं और उनकी बेहुरमती की जाती है। ईरानी सिपाहियों की रक्तपिपासा किसी तरह नहीं बुझती। मानव हृदय की क्रूरता, कठोरता और पैशाचिकता अपना विकरालतम रूप धारण किये हुए हैं। इसी समय नादिरशाह ने बादशाही महल में प्रवेश किया।

दिल्ली उन दिनों भोगविलास की केंद्र बनी हुई थी। सजावट और तकल्लुफ के सामानों से रईसों के भवन भरे रहते थे। स्त्रियों को बनाव-सिंगार के सिवा कोई काम न था। पुरुषों को सुख-भोग के सिवा और कोई चिंता न थी। राजनीति का स्थान शेरो-शायरी ने ले लिया था। समस्त प्रान्तों से धन खिंच-खिंचकर दिल्ली आता था और पानी की भाँति बहाया जाता था। वेश्याओं की चाँदी थी। कहीं तीतरों के जोड़ होते थे, कहीं बटेरों और बुलबुलों की पालियाँ ठनती थीं। सारा नगर विलास-निद्रा में मग्न था। नादिरशाह शाही महल में पहुँचा तो वहाँ का सामान देखकर उसकी आँखें खुल गयीं। उसका जन्म दरिद्र-घर में हुआ था। उसका समस्त जीवन रणभूमि में ही कटा था। भोगविलास का उसे चसका न लगा था। कहाँ रणक्षेत्र के कष्ट और कहाँ यह सुख-साम्राज्य। जिधर आँख उठती थी, उधर से हटने का नाम न लेती थी।

संध्या हो गयी थी। नादिरशाह अपने सरदारों के साथ महल की सैर करता और अपनी पसंद की चीजों को बटोरता हुआ दीवाने-खास में आकर कारचोबी मसनद पर बैठ गया, सरदारों को वहाँ से चले जाने का हुक्म दे

दिया, अपने सब हथियार खोलकर रख दिये और महल में दारोगा को बुलाकर हुक्म दिया—मैं शाही बेगमों का नाच देखना चाहता हूँ। तुम इसी वक्त उनको सुंदर वस्त्राभूषणों से सजाकर मेरे सामने लाओ। खबरदार, जरा भी देर न हो ! मैं कोई उज्र या इनकार नहीं सुन सकता।

2

दारोगा ने यह नादिरशाही हुक्म सुना तो होश उड़ गये। वह महिलाएँ जिन पर कभी सूर्य की दृष्टि भी नहीं पड़ी कैसे इस मजलिस में आयेंगी ! नाचने का तो कहना ही क्या ! शाही बेगमों का इतना अपमान कभी न हुआ था। हा नरपिशाच ! दिल्ली को खून से रँगकर भी तेरा चित्त शांत नहीं हुआ ! मगर नादिरशाह के सम्मुख एक शब्द भी जबान से निकालना अग्नि के मुख में कूदना था। सिर झुकाकर आदाब बजा लाया और आकर रनिवास में सब बेगमों को नादिरशाही हुक्म सुना दिया; उसके साथ ही यह इत्तला भी दे दी कि जरा भी ताम्मुल न हो, नादिरशाह कोई उज्र या हीला न सुनेगा ! शाही खानदान पर इतनी बड़ी विपत्ति कभी नहीं पड़ी; पर इस समय विजयी बादशाह की आज्ञा को शिरोधार्य करने के सिवा प्राण-रक्षा का अन्य कोई उपाय नहीं था।

बेगमों ने यह आज्ञा सुनी तो हतबुद्धि-सी हो गयीं। सारे रनिवास में मातम-सा छा गया। वह चहल-पहल गायब हो गयी। सैकड़ों हृदयों से इस अत्याचारी के प्रति एक शाप निकल गया। किसी ने आकाश की ओर सहायतायाचक लोचनों से देखा, किसी ने खुदा और रसूल को सुमिरन किया; पर ऐसी एक महिला भी न थी जिसकी निगाह कटार या तलवार की तरफ गयी हो। यद्यपि इनमें कितनी ही बेगमों के नसों में राजपूतानियों का रक्त प्रवाहित हो रहा था; पर इंद्रियलिप्सा ने 'जौहर' की पुरानी आग ठंडी कर दी थी। सुखभोग की लालसा आत्म-सम्मान का सर्वनाश कर देती है। आपस में सलाह करके मर्यादा की रक्षा का कोई उपाय सोचने की मुहलत न थी। एक-एक पल भाग्य का निर्णय कर रहा था। हताश होकर सभी ललनाओं ने पापी के सम्मुख जाने का निश्चय किया। आँखों से आँसू जारी थे, दिलों से आहें निकल रही थीं; पर रत्न-जटित आभूषण पहने जा रहे थे, अश्रु-सिंचित नेत्रों में सुरमा लगाया जा रहा था और शोक-व्यथित हृदयों पर सुगंध का लेप किया जा रहा था। कोई केश गूँथती थी,

कोई माँगों में मोतियाँ पिरोती थी। एक भी ऐसे पक्के इरादे की स्त्री न थी, जो ईश्वर पर अथवा अपनी टेक पर, इस आज्ञा का उल्लंघन करने का साहस कर सके।

एक घंटा भी न गुजरने पाया था कि बेगमात पूरे-के-पूरे आभूषणों से जगमगाती, अपने मुख की कांति से बेले और गुलाब की कलियों को लजाती, सुगंध की लपटें उड़ाती, छम्मछम करती हुई दीवाने-खास में आकर नादिरशाह के सामने खड़ी हो गयीं।

3

नादिरशाह ने एक बार कनखियों से परियों के इस दल को देखा और तब मसनद की टेक लगाकर लेट गया। अपनी तलवार और कटार सामने रख दीं। एक क्षण में उसकी आँखें झपकने लगीं। उसने एक अँगड़ाई ली और करवट बदल ली। जरा देर में उसके खर्राटों की आवाजें सुनायी देने लगीं। ऐसा जान पड़ा कि वह गहरी निद्रा में मग्न हो गया है। आध घंटे तक वह पड़ा सोता रहा और बेगमें ज्यों-की-त्यों सिर नीचा किये दीवार के चित्रों की भाँति खड़ी रहीं। उनमें दो-एक महिलाएँ जो ढीठ थीं, घूँघट की ओट से नादिरशाह को देख भी रही थीं और आपस में दबी जबान में कानाफूसी कर रही थीं—कैसा भयंकर स्वरूप है ! कितनो रणोन्मत्त आँखें हैं ! कितना भारी शरीर है ! आदमी काहे को है, देव है !

सहसा नादिरशाह की आँखें खुल गयीं। परियों का दल पूर्ववत् खड़ा था। उसे जागते देखकर बेगमों ने सिर नीचे कर लिये और अंग समेटकर भेंड़ों की भाँति एक-दूसरे से मिल गयीं। सबके दिल धड़क रहे थे कि अब यह जालिम नाचने-गाने को कहेगा, तब कैसे क्या होगा ! खुदा इस जालिम से समझे ! मगर नाचा तो न जायेगा। चाहे जान ही क्यों न जाय। इससे ज्यादा जिल्लत अब न सही जायेगी।

सहसा नादिरशाह कठोर शब्दों में बोला—ऐ खुदा की बंदियो, मैंने तुम्हारा इम्तहान लेने के लिए बुलाया था और अफसोस के साथ कहना पड़ता है कि तुम्हारी निसबत मेरा जो गुमान था, वह हर्फ-ब-हर्फ सच निकला। जब किसी कौम की औरतों में ग़ैरत नहीं रहती तो वह कौम मुरदा हो जाती है।

देखना चाहता था कि तुम लोगों में अभी कुछ ग़ैरत बाकी है या नहीं। इसलिए मैंने तुम्हें यहाँ बुलाया था। मैं तुम्हारी बेहुरमती नहीं करना चाहता था। मैं इतना ऐश का बंदा नहीं हूँ, वरना आज भेड़ों के गल्ले चराता होता। न इतना हवसपरस्त हूँ, वरना आज फारस में सरोद और सितार की ताने सुनता होता, जिसका मजा मैं हिंदुस्तानी गाने से कहीं ज्यादा उठा सकता हूँ। मुझे सिर्फ तुम्हारा इम्तहान लेना था। मुझे यह देखकर सच्चा मलाल हो रहा है कि तुममें ग़ैरत का जौहर बाकी न रहा। क्या यह मुमकिन न था कि तुम मेरे हुक्म को पैरों तले कुचल देतीं ? जब तुम यहाँ आ गयीं तो मैंने तुम्हें एक और मौका दिया। मैंने नींद का बहाना किया। क्या यह मुमकिन न था कि तुममें से कोई खुदा की बंदी इस कटार को उठाकर मेरे जिगर में चुभा देती। मैं कलामेपाक की कसम खाकर कहता हूँ कि तुम में से किसी को कटार पर हाथ रखते देखकर मुझे बेहद खुशी होती, मैं उन नाजुक हाथों के सामने गरदन झुका देता ! पर अफसोस है कि आज तैमूरी खानदान की एक बेटी भी यहाँ ऐसी नहीं निकली जो अपनी हुरमत बिगाड़ने पर हाथ उठाती ! अब यह सल्तनत जिंदा नहीं रह सकती। इसकी हस्ती के दिन गिने हुए हैं। इसका निशान बहुत जल्द दुनिया से मिट जायेगा। तुम लोग जाओ और हो सके तो अब भी सल्तनत को बचाओ वरना इसी तरह हवस की गुलामी करते हुए दुनिया से रुखसत हो जाओगी।

धिक्कार

ईरान और यूनान में घोर संग्राम हो रहा था। ईरानी दिन-दिन बढ़ते जाते थे और यूनान के लिए संकट का सामना था। देश के सारे व्यवसाय बंद हो गये थे, हल की मुठिया पर हाथ रखनेवाले किसान तलवार की मुठिया पकड़ने के लिए मजबूर हो गये, डंडी तौलनेवाले भाले तौलते थे। सारा देश आत्मरक्षा के लिए तैयार हो गया था। फिर भी शत्रु के कदम दिन-दिन आगे ही बढ़ते जाते थे। जिस ईरान को यूनान कई बार कुचल चुका था, वही ईरान आज क्रोध के आवेग की भाँति सिर पर चढ़ा आता था। मर्द तो रणक्षेत्र में सिर कटा रहे थे और स्त्रियाँ दिन-दिन की निराशाजनक खबरें सुनकर सूखी जाती थीं। क्योंकर लाज की रक्षा होगी ? प्राण का भय न था, सम्पत्ति का भय न था, भय था मर्यादा का। विजेता गर्व से मतवाले होकर यूनानी ललनाओं को घूरेंगे, उनके कोमल अंगों को स्पर्श करेंगे, उनको कैद कर ले जायेंगे ! उस विपत्ति की कल्पना ही से इन लोगों के रोयें खड़े हो जाते थे।

आखिर जब हालत बहुत नाजुक हो गयी तो कितने ही स्त्री-पुरुष मिल कर डेल्फी मंदिर में गये और प्रश्न किया–देवी, हमारे ऊपर देवताओं की यह वक्र दृष्टि क्यों है ? हमसे ऐसा कौन-सा अपराध हुआ है ? क्या हमने नियमों का पालन नहीं किया, कुरबानियाँ नहीं कीं, व्रत नहीं रखे ? फिर देवताओं ने क्या हमारे सिरों से अपनी रक्षा का हाथ उठा लिया ?

पुजारिन ने कहा–देवताओं की असीम कृपा भी देश को द्रोही के हाथ से नहीं बचा सकती। इस देश में अवश्य कोई-न-कोई द्रोही है। जब तक उसका वध न किया जायेगा, देश के सिर से यह संकट न टलेगा।

'देवी, वह द्रोही कौन है ?'

'जिस घर से रात को गाने की ध्वनि आती हो, जिस घर से दिन को सुगंध की लपटें आती हों, जिस पुरुष की आँखों में मद की लाली झलकती

हो, वही देश का द्रोही है।'

लोगों ने द्रोही का परिचय पाने के लिए और भी कितने ही प्रश्न किये; पर देवी ने कोई उत्तर न दिया।

2

यूनानियों ने द्रोही की तलाश करनी शुरू की। किनके घर में से रात को गाने की आवाजें आती हैं सारे शहर में संध्या होते स्यापा-सा छा जाता था। अगर कहीं आवाजें सुनायी देती थीं तो रोने की; हँसी और गाने की आवाज कहीं न सुनायी देती थी।

दिन को सुगंध की लपटें किस घर से आती हैं ? लोग जिधर जाते थे, उधर से दुर्गंध आती थी। गलियों में कूड़े के ढेर-के-ढेर पड़े रहते थे, किसे इतनी फुरसत थी कि घर की सफाई करता, घर में सुगंध जलाता; धोबियों का अभाव था, अधिकांश लड़ने के लिए चले गये थे, कपड़े तक न धुलते थे; इत्र-फुलेल कौन मलता !

किसकी आँखों में मद की लाली झलकती है ? लाल आँखें दिखाई देती थीं; लेकिन यह मद की लाली न थी, यह आँसुओं की लाली थी। मदिरा की दूकानों पर खाक उड़ रही थी। इस जीवन और मृत्यु के संग्राम में विलास की किसे सूझता ! लोगों ने सारा शहर छान मारा लेकिन एक भी आँख ऐसी नजर न आयी जो मद से लाल हो।

कई दिन गुजर गये। शहर में पल-पल पर रणक्षेत्र से भयानक खबरें आती थीं और लोगों के प्राण सूखे जाते थे।

आधी रात का समय था। शहर में अंधकार छाया हुआ था, मानो श्मशान हो। किसी की सूरत न दिखाई देती थी। जिन नाट्यशालाओं में तिल रखने की जगह न मिलती थी, वहाँ सियार बोल रहे थे। जिन बाजारों में मनचले जवान अस्त्र-शस्त्र सजाये ऐंठते फिरते थे, वहाँ उल्लू बोल रहे थे। मंदिरों में न गाना होता था न बजाना। प्रासादों में अंधकार छाया हुआ था।

एक बूढ़ा यूनानी जिसका इकलौता लड़का लड़ाई के मैदान में था, घर से निकला और न-जाने किन विचारों की तरंग में देवी के मंदिर की ओर चला। रास्ते में कहीं प्रकाश न था, कदम-कदम पर ठोकरें खाता था; पर आगे बढ़ता

चला जाता। उसने निश्चय कर लिया था कि या तो आज देवी से विजय का वरदान लूँगा या उनके चरणों पर अपने को भेंट कर दूँगा।

3

सहसा वह चौंक पड़ा। देवी का मंदिर आ गया था। और उसके पीछे की ओर किसी घर से मधुर संगीत की ध्वनि आ रही थी। उसको आश्चर्य हुआ। इस निर्जन स्थान में कौन इस वक्त रंगरेलियाँ मना रहा है। उसके पैरों में पर-से लग गये, मंदिर के पिछवाड़े जा पहुँचा।

उसी घर से जिसमें मंदिर की पुजारिन रहती थी, गाने की आवाजें आती थीं ! वृद्ध विस्मित होकर खिड़की के सामने खड़ा हो गया। चिराग तले अँधेरा ! देवी के मंदिर के पिछवाड़े यह अंधेर ?

बूढ़े ने द्वार से झाँका; एक सजे हुए कमरे में मोमबत्तियाँ झाड़ों में जल रही थीं, साफ-सुथरा फर्श बिछा हुआ था और एक आदमी मेज पर बैठा हुआ गा रहा था। मेज पर शराब की बोतल और प्यालियाँ रखी हुई थीं। दो गुलाम मेज के सामने हाथ में भोजन के थाल लिए खड़े थे, जिनमें से मनोहर सुगंध की लपटें आ रही थीं।

बूढ़े यूनानी ने चिल्लाकर कहा–यही देशद्रोही है, यही देशद्रोही है !

मंदिर की दीवारों ने दुहराया–द्रोही है !

बगीचे की तरफ से आवाज आयी–द्रोही है !

मंदिर की पुजारिन ने घर में से सिर निकालकर कहा–हाँ, द्रोही है !

यह देशद्रोही उसी पुजारिन का बेटा पासोनियस था। देश में रक्षा के जो उपाय सोचे जाते, शत्रुओं का दमन करने के लिए जो निश्चय किये जाते, उनकी सूचना वह ईरानियों को दे दिया करता था। सेनाओं की प्रत्येक गति की खबर ईरानियों को मिल जाती थी और उन प्रयत्नों को विफल बनाने के लिए वे पहले से तैयार हो जाते थे। यही कारण था कि यूनानियों को जान लड़ा देने पर भी विजय न होती थी। इसी कपट से कमाये हुये धन से वह भोग-विलास करता था। उस समय जबकि देश में घोर संकट पड़ा हुआ था, उसने अपने स्वदेश को अपनी वासनाओं के लिए बेच दिया था। अपने विलास के सिवा उसे और किसी बात की चिंता न थी, कोई मरे या जिये, देश रहे

या जाय, उसकी बला से। केवल अपने कुटिल स्वार्थ के लिए देश की गरदन में गुलामी की बेड़ियाँ डलवाने पर तैयार था। पुजारिन अपने बेटे के दुराचरण से अनभिज्ञ थी। वह अपनी अँधेरी कोठरी से बहुत कम निकलती, वहीं बैठी जप-तप किया करती थी। परलोक-चिंतन में उसे इहलोक की खबर न थी, मनेन्द्रियों ने बाहर की चेतना को शून्य-सा कर दिया था। वह इस समय भी कोठरी के द्वार बंद किये, देवी से अपने देश के कल्याण के लिए वन्दना कर रही थी कि सहसा उसके कानों में आवाज आयी—यही द्रोही है, यही द्रोही है !

उसने तुरंत द्वार खोलकर बाहर की ओर झाँका, पासोनियस के कमरे से प्रकाश की रेखाएँ निकल रही थीं और उन्हीं रेखाओं पर संगीत की लहरें नाच रही थीं। उसके पैर-तले से जमीन-सी निकल गयी, कलेजा धक्-से हो गया। ईश्वर ! क्या मेरा बेटा देशद्रोही है ?

आप-ही-आप, किसी अंतःप्रेरणा से पराभूत होकर वह चिल्ला उठी—हाँ, यहाँ देशद्रोही है !

4

यूनानी स्त्री-पुरुष झुंड-के-झुंड उमड़ पड़े और पासोनियस के द्वार पर खड़े हो कर चिल्लाने लगे—यही देशद्रोही है !

पासोनियस के कमरे की रोशनी ठंडी हो गयी, संगीत भी बंद था; लेकिन द्वार पर प्रतिक्षण नगरवासियों का समूह बढ़ता जाता था और रह-रहकर सहस्त्रों कंठों से ध्वनि निकलती थी—यही देशद्रोही है !

लोगों ने मशालें जलायीं और अपने लाठी-डंडे सँभालकर मकान में घुस पड़े। कोई कहता था—सिर उतार लो। कोई कहता था—देवी के चरणों पर बलिदान कर दो। कुछ लोग उसे कोठे से नीचे गिरा देने पर आग्रह कर रहे थे।

पासोनियस समझ गया कि अब मुसीबत की घड़ी सिर पर आ गयी। तुरंत जीने से उतरकर नीचे की ओर भागा। और कहीं शरण की आशा न देखकर देवी के मंदिर में जा घुसा।

अब क्या किया जाय ? देवी की शरण जानेवाले को अभय-दान मिल

जाता था। परम्परा से यही प्रथा थी ? मंदिर में किसी की हत्या करना महापाप था।

लेकिन देशद्रोही को इतने सस्ते कौन छोड़ता ? भाँति-भाँति के प्रस्ताव होने लगे–

'सुअर का हाथ पकड़कर बाहर खींच लो।'

'ऐसे देशद्रोही का वध करने के लिए देवी हमें क्षमा कर देंगी।'

'देवी, आप उसे क्यों नहीं निगल जातीं ?'

'पत्थरों से मारो, पत्थरों से; आप निकलकर भागेगा।'

'निकलता क्यों नहीं रे कायर ! वहाँ क्या मुँह में कालिख लगाकर बैठा हुआ है ?

रात भर यही शोर मचता रहा और पासोनियस न निकला। आखिर यह निश्चय हुआ कि मंदिर की छत खोदकर फेंक दी जाय और पासोनियस दोपहर की तेज धूप और रात की कड़ाके की सरदी से आप ही आप अकड़ जाय। बस फिर क्या था। आन की आन में लोगों ने मंदिर की छत और कलस ढा दिये।

अभागा पासोनियस दिन-भर तेज धूप में खड़ा रहा। उसे जोर की प्यास लगी; लेकिन पानी कहाँ ? भूख लगी, पर खाना कहाँ ? सारी जमीन तवे की भाँति जलने लगी; लेकिन छाँह कहाँ ? इतना कष्ट उसे जीवन-भर में न हुआ था। मछली की भाँति तड़पता था और चिल्ला-चिल्लाकर लोगों को पुकारता था; मगर वहाँ कोई उसकी पुकार सुननेवाला न था। बार-बार कसमें खाता था कि अब फिर मुझसे ऐसा अपराध न होगा; लेकिन कोई उसके निकट न आता था। बार-बार चाहता था कि दीवार से टकराकर प्राण दे दे; लेकिन यह आशा रोक देती थी कि शायद लोगों को मुझ पर दया आ जाय। वह पागलों की तरह जोर-जोर से कहने लगा–मुझे मार डालो, मार डालो, एक क्षण में प्राण ले लो, इस भाँति जला-जलाकर न मारो। ओ हत्यारो, तुमको जरा भी दया नहीं।

दिन बीता और रात–भयंकर रात–आयी। ऊपर तारागण चमक रहे थे मानो उसकी विपत्ति पर हँस रहे हों। ज्यों-ज्यों रात भीगती थी देवी विकराल रूप धारण करती जाती थी। कभी वह उसकी ओर मुँह खोलकर लपकती, कभी उसे जलती हुई आँखों से देखती। उधर क्षण-क्षण सरदी बढ़ती जाती

थी, पासोनियस के हाथ-पाँव अकड़ने लगे, कलेजा काँपने लगा। घुटनों में सिर रख कर बैठ गया और अपनी किस्मत को रोने लगा; कुरते को खींचकर कभी पैरों को छिपाता, कभी हाथों को, यहाँ तक कि इस खींचातानी में कुरता भी फट गया। आधी रात जाते-जाते बर्फ गिरने लगी। दोपहर को उसने सोचा गरमी सबसे कष्टदायक है। इस ठंड के सामने उसे गरमी का कष्ट भूल गयी। आखिर शरीर में गरमी लाने के लिए एक हिकमत सूझी। वह मंदिर में इधर-उधर दौड़ने लगा। लेकिन विलासी जीव था, जरा देर में हाँफकर गिर पड़ा।

5

प्रातःकाल लोगों ने किवाड़ खोले तो पासोनियस को भूमि पर पड़े देखा। मालूम होता था, उसका शरीर अकड़ गया है। बहुत चीखने-चिल्लाने पर उसने आँखें खोलीं; पर जगह से हिल न सका। कितनी दयनीय दशा थी, किंतु किसी को उस पर दया न आयी। यूनान में देशद्रोह सबसे बड़ा अपराध था और द्रोही के लिए कहीं क्षमा न थी, कहीं दया न थी।

एक—अभी मरा नहीं है ?

दूसरा—द्रोहियों को मौत नहीं आती !

तीसरा—पड़ा रहने दो, मर जायेगा !

चौथा—मक्र किये हुए है ?

पाँचवाँ—अपने किये की सजा पा चुका, अब छोड़ देना चाहिए !

सहसा पासोनियस उठ बैठा और उद्दण्ड भाव से बोला—कौन कहता है कि इसे छोड़ देना चाहिए ! नहीं, मुझे मत छोड़ना, वरना पछताओगे ! मैं स्वार्थी हूँ; विषय-भोगी हूँ, मुझ पर भूलकर भी विश्वास न करना। आह ! मेरे कारण तुम लोगों को क्या-क्या झेलना पड़ा, इसे सोचकर मेरा जी चाहता है कि अपनी इंद्रियों को जलाकर भस्म कर दूँ। मैं अगर सौ जन्म लेकर इस पाप का प्रायश्चित्त करूँ, तो भी मेरा उद्धार न होगा। तुम भूल कर भी मेरा विश्वास न करो। मुझे स्वयं अपने ऊपर विश्वास नहीं। विलास के प्रेमी सत्य का पालन नहीं करते। मैं अब भी आपकी कुछ सेवा कर सकता हूँ, मुझे ऐसे-ऐसे गुप्त रहस्य मालूम हैं, जिन्हें जानकर आप ईरानियों का संहार कर सकते हैं; लेकिन मुझे अपने ऊपर विश्वास नहीं है और आपसे भी यह कहता हूँ कि

मुझ पर विश्वास न कीजिए। आज रात को देवी की मैंने सच्चे दिल से वंदना की है और उन्होंने मुझे ऐसे यंत्र बताये हैं, जिनसे हम शत्रुओं को परास्त कर सकते हैं, ईरानियों के बढ़ते हुए दल को आज भी आन की आन में उड़ा सकते हैं। लेकिन मुझे अपने ऊपर विश्वास नहीं है। मैं यहाँ से बाहर निकलकर इन बातों को भूल जाऊँगा। बहुत संशय है कि फिर ईरानियों की गुप्त सहयता करने लगूँ, इसलिए मुझ पर विश्वास न कीजिए।

एक यूनानी—देखो-देखो, क्या कहता है ?

दूसरा—सच्चा आदमी मालूम होता है।

तीसरा—अपने अपराधों को आप स्वीकार कर रहा है।

चौथा—इसे क्षमा कर देना चाहिए और यह सब बातें पूछ लेनी चाहिए।

पाँचवाँ—देखो, यह नहीं कहता कि मुझे छोड़ दो। हमको बार-बार याद दिलाता जाता है कि मुझ पर विश्वास न करो !

छठा—रात-भर के कष्ट ने होश ठंडे कर दिये, अब आँखें खुली हैं।

पासोनियस—क्या तुम लोग मुझे छोड़ने की बातचीत कर रहे हो ? मैं फिर कहता हूँ, कि मैं विश्वास के योग्य नहीं हूँ। मैं द्रोही हूँ। मुझे ईरानियों के बहुत-से भेद मालूम हैं, एक बार उनकी सेना में पहुँच जाऊँ तो उनका मित्र बनकर सर्वनाश कर दूँ; पर मुझे अपने ऊपर विश्वास नहीं है।

एक यूनानी—धोखेबाज इतनी सच्ची बात नहीं कह सकता !

दूसरा—पहले स्वार्थांध हो गया था; पर अब आँखें खुली हैं !

तीसरा—देशद्रोही से भी अपने मतलब की बातें मालूम कर लेने में कोई हानि नहीं है। अगर वह अपने वचन पूरे करे तो हमें इसे छोड़ देना चाहिए।

चौथा—देवी की प्रेरणा से इसकी कायापलट हुई है।

पाँचवाँ—पापियों में भी आत्मा का प्रकाश रहता है और कष्ट पाकर जाग्रत हो जाता है। यह समझना कि जिसने एक बार पाप किया, वह फिर कभी पुण्य कर ही नहीं सकता, मानव-चरित्र के एक प्रधान तत्व का अपवाद करना है।

छठा—हम इसको यहाँ से गाते-बजाते ले चलेंगे। जन-समूह को चकमा देना कितना आसान है। जनसत्तावाद का सबसे निर्बल अंग यही है। जनता तो नेक और बद की तमीज नहीं रखती। उस पर धूर्तों, रँगे-सियारों का जादू आसानी से चल जाता है। अभी एक दिन पहले जिस पासोनियस की गरदन

पर तलवार चलायी जा रही थी, उसी को जुलूस के साथ मंदिर से निकालने की तैयारियाँ होने लगीं, क्योंकि वह धूर्त था कि जनता की कील क्योंकर घुमायी जा सकती है।

एक स्त्री—गाने-बजानेवालों को बुलाओ, पासोनियस शरीफ है।

दूसरी—हाँ-हाँ, पहले चलकर उससे क्षमा माँगो, हमने उसके साथ जरूरत से ज्यादा सख्ती की।

पासोनियस—आप लोगों ने पूछा होता तो मैं कल ही सारी बातें बता देता, तब आपको मालूम होता कि मुझे मार डालना उचित है या जीता रखना।

कई स्त्री-पुरुष—हाय-हाय, हमसे बड़ी भूल हुई। हमारे सच्चे पासोनियस !

सहसा एक वृद्धा स्त्री किसी तरफ से दौड़ी हुई आयी और मंदिर के सबसे ऊँचे जीने पर खड़ी होकर बोली—तुम लोगों को क्या हो गया है ? यूनान के बेटे आज इतने ज्ञानशून्य हो गये हैं कि झूठे और सच्चे में विवेक नहीं कर सकते ? तुम पासोनियस पर विश्वास करते हो ? जिस पासोनियस ने सैकड़ों स्त्रियों और बालकों को अनाथ कर दिया, सैकड़ों घरों में कोई दिया जलाने वाला न छोड़ा, हमारे देवताओं का, हमारे पुरुषों का, घोर अपमान किया, उसकी दो-चार चिकनी-चुपड़ी बातों पर तुम इतने फूल उठे। याद रखो, अबकी पासोनियस बाहर निकला तो फिर तुम्हारी कुशल नहीं। यूनान पर ईरान का राज्य होगा और यूनानी ललनाएँ ईरानियों की कुदृष्टि का शिकार बनेंगी। देवी की आज्ञा है कि पासोनियस फिर बाहर न निकलने पाये। अगर तुम्हें अपना देश प्यारा है, अपने पुरुषों का नाम प्यारा है, अपनी माताओं और बहुनों की आबरू प्यारी है तो मंदिर के द्वार को चुन दो। जिससे देशद्रोही को फिर बाहर निकलने और तुम लोगों को बहकाने का मौका न मिले। यह देखो, पहला पत्थर मैं अपने हाथों से रखती हूँ।

लोगों ने विस्मित होकर देखा—यह मंदिर की पुजारिन और पासोनियस की माता थी।

दम के दम में पत्थरों के ढेर लग गये और मंदिर का द्वार चुन दिया गया। पासोनियस भीतर दाँत पीसता रह गया।

वीर माता, तुम्हें धन्य है ! ऐसी ही माताओं से देश का मुख उज्ज्वल होतां है, जो देश-हित के सामने मातृ-स्नेह की धूल-बराबर परवाह नहीं करतीं ! उनके पुत्र देश के लिए होते हैं, देश पुत्र के लिए नहीं होता।

क्षमा

मुसलमानों को स्पेन-देश पर राज्य करते कई शताब्दियाँ बीत चुकी थीं। कलीसाओं की जगह मसजिदें बनती जाती थीं, घंटों की जगह अजान की आवाजें सुनाई देती थीं। ग़रनाता और अलहमरा में वे समय की नश्वर गति पर हँसनेवाले प्रासाद बन चुके थे, जिनके खंडहर अब तक देखनेवालों को अपने पूर्व ऐश्वर्य की झलक दिखाते हैं। ईसाइयों के गण्यमान्य स्त्री और पुरुष मसीह की शरण छोड़कर इस्लामी भ्रातृत्व में सम्मिलित होते जाते थे, और आज तक इतिहासकारों को यह आश्चर्य है कि ईसाइयों का निशान वहाँ क्योंकर बाकी रहा ! जो ईसाई-नेता अब तक मुसलमानों के सामने सिर न झुकाते थे, और अपने देश में स्वराज्य स्थापित करने का स्वप्न देख रहे थे उनमें एक सौदागर दाऊद भी था। दाऊद विद्वान और साहसी था। वह अपने इलाके में इस्लाम को कदम न जमाने देता था। दीन और निर्धन ईसाई विद्रोही देश के अन्य प्रांतों से आकर उसके शरणागत होते थे और वह बड़ी उदारता से उनका पालन-पोषण करता था। मुसलमान दाऊद से सशंक रहते थे। वे धर्म-बल से उस पर विजय न पाकर उसे अस्त्र-बल से परास्त करना चाहते थे; पर दाऊद कभी उनका सामना न करता। हाँ, जहाँ कहीं ईसाइयों के मुसलमान होने की खबर पाता, हवा की तरह पहुँच जाता और तर्क या विनय से उन्हें अपने धर्म पर अचल रहने की प्रेरणा देता। अंत में मुसलमानों ने चारों तरफ से घेर कर उसे गिरफ्तार करने की तैयारी की। सेनाओं ने उसके इलाके को घेर लिया। दाऊद को प्राण-रक्षा के लिए अपने सम्बन्धियों के साथ भागना पड़ा। वह घर से भागकर ग़रनाता में आया, जहाँ उन दिनों इस्लामी राजधानी थी। वहाँ सबसे अलग रहकर वह अच्छे दिनों की प्रतीक्षा में जीवन व्यतीत करने लगा। मुसलमानों के गुप्तचर उसका पता लगाने के लिए बहुत सिर मारते थे, उसे पकड़ लाने के लिए बड़े-बड़े इनामों की विज्ञप्ति निकाली जाती थीं; पर दाऊद की टोह न मिलती थी।

2

एक दिन एकांतवास से उकताकर दाऊद ग़रनाता के एक बाग में सैर करने चला गया। संध्या हो गयी थी। मुसलमान नीची अबाएँ पहने, बड़े-बड़े अमामे सिर पर बाँधे, कमर से तलवार लटकाये रबिशों में टहल रहे थे। स्त्रियाँ सफेद बुरके ओढ़े, जरी की जूतियाँ पहने बेंचों और कुरसियों पर बैठी हुई थीं। दाऊद सबसे अलग हरी-हरी घास पर लेटा हुआ सोच रहा था कि वह दिन कब आयेगा जब हमारी जन्मभूमि इन अत्याचारियों के पंजे से छूटेगी ! वह अतीत काल की कल्पना कर रहा था, जब ईसाई स्त्री और पुरुष इन रबिशों में टहलते होंगे, जब यह स्थान ईसाइयों के परस्पर वाग्विलास से गुलजार होगा।

सहसा एक मुसलमान युवक आकर दाऊद के पास बैठ गया। वह उसे सिर से पाँव तक अपमानसूचक दृष्टि से देखकर बोला—क्या अभी तक तुम्हारा हृदय इस्लाम की ज्योति से प्रकाशित नहीं हुआ ?

दाऊद ने गम्भीर भाव से कहा—इस्लाम की ज्योति पर्वत-शृंगों को प्रकाशित कर सकती है। अँधेरी घाटियों में उसका प्रवेश नहीं हो सकता।

उस मुसलमान अरब का नाम जमाल था। यह आक्षेप सुनकर तीखे स्वर में बोला—इससे तुम्हारा क्या मतलब है ?

दाऊद—इससे मेरा मतलब यही है कि ईसाइयों में जो लोग उच्च-श्रेणी के हैं, वे जागीरों और राज्याधिकारों के लोभ तथा राजदंड के भय से इस्लाम की शरण में आ सकते हैं; पर दुर्बल और दीन ईसाइयों के लिए इस्लाम में वह आसमान की बादशाहत कहाँ है जो हजरत मसीह के दामन में उन्हें नसीब होगी ! इस्लाम का प्रचार तलवार के बल से हुआ है, सेवा के बल से नहीं।

जमाल अपने धर्म का अपमान सुनकर तिलमिला उठा। गरम होकर बोला—यह सर्वथा मिथ्या है। इस्लाम की शक्ति उसका आंतरिक भ्रातृत्व और साम्य है, तलवार नहीं।

दाऊद—इस्लाम ने धर्म के नाम पर जितना रक्त बहाया है, उसमें उसकी सारी मसजिदें डूब जायेंगी।

जमाल—तलवार ने सदा सत्य की रक्षा की है।

दाऊद ने अविचलित भाव से कहा—जिसको तलवार का आश्रय लेना पड़े, वह सत्य ही नहीं।

जमाल जातीय गर्व से उन्मत्त होकर बोला—जब तक मिथ्या के भक्त रहेंगे, तब तक तलवार की जरूरत भी रहेगी।

दाऊद—तलवार का मुँह ताकनेवाला सत्य ही मिथ्या है।

अरब ने तलवार के कब्जे पर हाथ रखकर कहा—खुदा की कसम, अगर तुम निहत्थे न होते, तो तुम्हें इस्लाम की तौहीन करने का मजा चखा देता।

दाऊद ने अपनी छाती में छिपाई हुई कटार निकालकर कहा—नहीं, मैं निहत्था नहीं हूँ। मुसलमानों पर जिस दिन इतना विश्वास करूँगा, उस दिन ईसाई न रहूँगा। तुम अपने दिल के अरमान निकाल लो।

दोनों ने तलवारें खींच लीं।

और फिर देखते ही देखते एक-दूसरे पर टूट पड़े। अरब की भारी तलवार ईसाई की हलकी कटार के सामने शिथिल हो गयी। एक सर्प की भाँति फन से चोट करती थी, दूसरी नागिन की भाँति उठती थी। लहरों की भाँति लपकती थी, दूसरी जल की मछलियों की भाँति चमकती थी। दोनों योद्धाओं में कुछ देर तक चोटें होती रहीं। सहसा एक बार नागिन उछलकर अरब के अंतस्तल में जा पहुँची। वह भूमि पर गिर पड़ा।

3

जमाल के गिरते ही चारों तरफ से लोग दौड़ पड़े। वे दाऊद को घेरने की चेष्टा करने लगे। दाऊद ने देखा, लोग तलवारें लिये दौड़े चले आ रहे हैं। प्राण लेकर भागा; पर जिधर जाता था, सामने बाग की दीवार रास्ता रोक लेती थी। दीवार ऊँची थी, उसे फाँदना मुश्किल था। यह जीवन और मृत्यु का संग्राम था। कहीं शरण की आशा नहीं, कहीं छिपने का स्थान नहीं। उधर अरबों की रक्त-पिपासा प्रतिक्षण तीव्र होती जाती थी। यह केवल एक अपराधी को दंड देने की चेष्टा न थी। जातीय अपमान का बदला था। एक विजित ईसाई की यह हिम्मत कि अरब पर हाथ उठाये ! ऐसा अनर्थ !

जिस तरह पीछा करनेवाले कुत्तों के सामने गिलहरी इधर-उधर दौड़ती है, किसी वृक्ष पर चढ़ने की बार-बार चेष्टा करती है, पर हाथ-पाँव फूल जाने के कारण बार-बार गिर पड़ती है, वही दशा दाऊद की थी।

दौड़ते-दौड़ते उसका दम फूल गया; पैर मन-मन भर के हो गये। कई

बार जी में आया इन सब पर टूट पड़े और जितने महँगे प्राण बिक सकें, उतने महँगे बेचे; पर शत्रुओं की संख्या देखकर हतोत्साह हो जाता था।

लेना, दौड़ना, पकड़ना का शोर मचा हुआ था। कभी-कभी पीछा करनेवाले इतने निकट आ जाते थे कि मालूम होता था, अब संग्राम का अंत हुआ, वह तलवार पड़ी; पर पैरों की एक ही गति, एक कावा, एक कन्नी उसे खून की प्यासी तलवार से बाल-बाल बचा लेती थी।

दाऊद को अब इस संग्राम में खिलाड़ियों का-सा आनंद आने लगा। यह निश्चय था कि उसके प्राण नहीं बच सकते, मुसलमान दया करना नहीं जानते, इसलिए उसे अपने दाँव-पेंच में मजा आ रहा था। किसी वार से बचकर उसे अब इसकी खुशी न होती थी कि उसके प्राण बच गये, बल्कि इसका आनंद होता था कि उसने कातिल को कैसा ज़िच किया।

सहसा उसे अपनी दाहिनी ओर बाग की दीवार कुछ नीची नजर आयी। आह ! यह देखते ही उसके पैरों में एक नयी शक्ति का संचार हो गया, धमनियों में नया रक्त दौड़ने लगा। वह हिरन की तरह उस तरफ दौड़ा और एक छलाँग में बाग के उस पार पहुँच गया। जिन्दगी और मौत में सिर्फ एक कदम का फासला था। पीछे मृत्यु थी और आगे जीवन का विस्तृत क्षेत्र। जहाँ तक दृष्टि जाती थी, झाड़ियाँ ही झाड़ियाँ नजर आती थीं। जमीन पथरीली थी, कहीं ऊँची, कहीं, नीची। जगह-जगह पत्थर की शिलाएँ पड़ी हुई थीं। दाऊद एक शिला के नीचे छिपकर बैठ गया।

दम-भर में पीछा करनेवाले भी वहाँ आ पहुँचे और इधर-उधर झाड़ियों में, वृक्षों पर, गड्ढे में शिलाओं के नीचे तलाश करने लगे। एक अरब उस चट्टान पर आकर खड़ा हो गया, जिसके नीचे दाऊद छिपा हुआ था। दाऊद का कलेजा धक्-धक् कर रहा था। अब जान गयी ! अरब ने जरा नीचे को झाँका और प्राणों का अंत हुआ ? संयोग—केवल संयोग पर अब उसका जीवन निर्भर था। दाऊद ने साँस रोक ली, सन्नाटा खींच लिया। एक निगाह पर उसकी जिंदगी का फैसला था, जिंदगी और मौत में कितना सामीप्य है !

मगर अरबों को इतना अवकाश कहाँ था कि वे सावधान होकर शिला के नीचे देखते। वहाँ तो हत्यारे को पकड़ने की जल्दी थी। दाऊद के सिर से बला टल गयी।

वे इधर-उधर ताक-झाँककर आगे बढ़ गये।

4

अँधेरा हो गया। आकाश में तारागण निकल आये और तारों के साथ दाऊद भी शिला के नीचे से निकला। लेकिन देखा, उस समय भी चारों तरफ हलचल मची हुई है, शत्रुओं का दल मशालें लिये झाड़ियों में घूम रहा है; नाकों पर भी पहरा है, कहीं निकल भागने का रास्ता नहीं है। दाऊद एक वृक्ष के नीचे खड़ा होकर सोचने लगा कि अब क्योंकर जान बचे! उसे अपनी जान की वैसी परवा न थी। वह जीवन के सुख-दुख सब भोग चुका था। अगर उसे जीवन की लालसा थी, तो केवल यही देखने के लिए कि इस संग्राम का अंत क्या होगा ? मेरे देशवासी हतोत्साह हो जायेंगे, या अदम्य धैर्य के साथ संग्रामक्षेत्र में अटल रहेंगे।

जब रात अधिक बीत गयी और शत्रुओं की घातक चेष्टा कुछ कम न होती दीख पड़ी तो दाऊद खुदा का नाम लेकर झाड़ियों से निकला और दबे-पाँव, वृक्षों की आड़ में, आदमियों की नजर बचाता हुआ, एक तरफ को चला। वह इन झाड़ियों से निकलकर बस्ती में पहुँच जाना चाहता था। निर्जनता किसी की आड़ नहीं कर सकती। बस्ती का जनबाहुल्य स्वयं आड़ है।

कुछ दूर तक तो दाऊद के मार्ग में कोई बाधा न उपस्थित हुई। वन के वृक्षों ने उसकी रक्षा की, किन्तु जब वह असमतल भूमि से निकलकर समतल भूमि पर आया, तो एक अरब की निगाह उस पर पड़ गयी। उसने ललकारा। दाऊद भागा। 'कातिल भागा जाता है !' यह आवाज हवा में एक ही बार गूँजी और क्षण-भर में चारों तरफ से अरबों ने उसका पीछा किया। सामने बहुत दूर तक आदमी का नामोनिशान न था। बहुत दूर पर एक धुँधला-सा दीपक टिमटिमा रहा था। किसी तरह वहाँ तक पहुँच जाऊँ। वह उस दीपक की ओर इतनी तेजी से दौड़ रहा था, मानो वहाँ पहुँचते ही अभय पा जायेगा। आशा उसे उड़ाये लिये जाती थी। अरबों का समूह पीछे छूट गया; मशालों की ज्योति निष्प्रभ हो गयी। केवल तारागण उसके साथ दौड़े चले आते थे। अंत को वह आशामय दीपक के सामने आ पहुँचा। एक छोटा-सा फूस का मकान था। एक बूढ़ा अरब जमीन पर बैठा हुआ रेहल पर कुरान रखे उसी दीपक के मंद प्रकाश से पढ़ रहा था। दाऊद आगे न जा सका। उसकी हिम्मत ने जवाब दे दिया। वह वहीं शिथिल होकर गिर पड़ा। रास्ते की थकन घर

पहुँचने पर मालूम होती है।

अरब ने उठकर कहा—तू कौन है ?

दाऊद—एक गरीब ईसाई। मुसीबत में फँस गया हूँ। अब आप ही शरण दें, तो मेरे प्राण बच सकते हैं।

अरब—खुदा-पाक तेरी मदद करेगा। तुम पर क्या मुसीबत पड़ी हुई है ?

दाऊद—डरता हूँ कहीं कह दूँ तो आप भी मेरे खून के प्यासे न हो जायँ।

अरब—अब तू मेरी शरण में आ गया, तो तुझे मुझसे कोई शंका न होनी चाहिए। हम मुसलमान हैं, जिसे एक बार अपनी शरण में ले लेते हैं उसकी जिंदगी-भर रक्षा करते हैं।

दाऊद—मैंने एक मुसलमान युवक की हत्या कर डाली है।

वृद्ध अरब का मुख क्रोध से विकृत हो गया, बोला—उसका नाम ?

दाऊद—उसका नाम जमाल था।

अरब सिर पकड़कर वहीं बैठ गया। उसकी आँखें सुर्ख हो गयीं; गरदन की नसें तन गयीं; मुख पर अलौकिक तेजस्विता की आभा दिखायी दी, नथुने फड़कने लगे। ऐसा मालूम होता था कि उसके मन में भीषण द्वंद्व हो रहा है और वह समस्त विचार-शक्ति से अपने मनोभावों को दबा रहा है। दो-तीन मिनट तक वह इसी उग्र अवस्था में बैठा धरती की ओर ताकता रहा। अंत में अवरुद्ध कंठ से बोला—नहीं-नहीं, शरणागत की रक्षा करनी ही पड़ेगी। आह ! जालिम ! तू जानता है, मैं कौन हूँ। मैं उसी युवक का अभागा पिता हूँ, जिसकी आज तूने इतनी निर्दयता से हत्या की है। तू जानता है, तूने मुझ पर कितना बड़ा अत्याचार किया है ? तूने मेरे खानदान का निशान मिटा दिया है ! मेरा चिराग गुल कर दिया ! आह, जमाल मेरा इकलौता बेटा था। मेरी सारी अभिलाषाएँ उसी पर निर्भर थीं। वह मेरी आँखों का उजाला, मुझ अँधे का सहारा, मेरे जीवन का आधार, मेरे जर्जर शरीर का प्राण था। अभी-अभी उसे कब्र की गोद में लिटा आया हूँ। आह, मेरा शेर, आज खाक के नीचे सो रहा है। ऐसा दिलेर, ऐसा दीनदार, ऐसा सजीला जवान मेरी कौम में दूसरा न था। जालिम, तुझे उस पर तलवार चलाते जरा भी दया न आयी। तेरा पत्थर का कलेजा जरा भी न पसीजा ! तू जानता है, मुझे इस वक्त तुझ पर कितना गुस्सा आ रहा है ? मेरा जी चाहता है कि अपने दोनों हाथों से तेरी गरदन पकड़कर इस तरह दबाऊँ कि तेरी जबान बाहर निकल आये, तेरी आँखें कौड़ियों की तरह बाहर निकल पड़ें। पर नहीं, तूने मेरी शरण

ली है, कर्तव्य मेरे हाथों को बाँधे हुए है, क्योंकि हमारे रसूल-पाक ने हिदायत की है, कि जो अपनी पनाह में आये, उस पर हाथ न उठाओ। मैं नहीं चाहता कि नबी के हुक्म को तोड़कर दुनिया के साथ अपनी आक़बत भी बिगाड़ लूँ। दुनिया तूने बिगाड़ी, दीन अपने हाथों बिगाड़ूँ ? नहीं। सब्र करना मुश्किल है; पर सब्र करूँगा ताकि नबी के सामने आँखें नीची न करनी पड़ें। आ, घर में आ। तेरा पीछा करनेवाले दौड़े आ रहे हैं। तुझे देख लेंगे, तो फिर मेरी सारी मिन्नत-समाजत तेरी जान न बचा सकेगी। तू नहीं जानता कि अरब लोग खून कभी माफ नहीं करते।

यह कहकर अरब ने दाऊद का हाथ पकड़ लिया, और उसे घर में ले जाकर एक कोठरी में छिपा दिया। वह घर से बाहर निकला ही था कि अरबों का एक दल द्वार पर आ पहुँचा।

एक आदमी ने पूछा—क्यों शेख हसन, तुमने इधर से किसी को भागते देखा है ?

'हाँ देखा है।'

'उसे पकड़ क्यों न लिया ? वही तो जमाल का कातिल था !'

'यह जानकर भी मैंने उसे छोड़ दिया।'

'ऐं ! गजब खुदा का ! यह तुमने क्या किया ? जमाल हिसाब के दिन हमारा दामन पकड़ेगा तो हम क्या जवाब देंगे ?'

'तुम कह देना कि तेरे बाप ने तेरे कातिल को माफ कर दिया।'

'अरब ने कभी कातिल का खून नहीं माफ किया।'

'यह तुम्हारी जिम्मेदारी है, मैं उसे अपने सिर क्यों लूँ ?'

अरबों ने शेख हसन से ज्यादा हुज्जत न की, कातिल की तलाश में दौड़े। शेख हसन फिर चटाई पर बैठकर कुरान पढ़ने लगा, लेकिन उसका मन पढ़ने में न लगता था। शत्रु से बदला लेने की प्रवृत्ति अरबों की प्रवृत्ति में बद्धमूल होती थी। खून का बदला खून था। इसके लिए खून की नदियाँ बह जाती थीं, कबीले-के-कबीले मर मिटते थे, शहर-के-शहर वीरान हो जाते थे। उस प्रवृत्ति पर विजय पाना शेख हसन को असाध्य-सा प्रतीत हो रहा था। बार-बार प्यारे पुत्र की सूरत उसकी आँखों के आगे फिरने लगती थी, बार-बार उसके मन में प्रबल उत्तेजना होती थी कि चलकर दाऊद के खून से अपने क्रोध की आग बुझाऊँ। अरब वीर होते थे। कटना-मरना उनके लिए कोई असाधारण बात न थी। मरनेवालों के लिए वे आँसुओं की कुछ बूँदें बहाकर

फिर अपने काम में प्रवृत्त हो जाते थे। वे मृत व्यक्ति की स्मृति को केवल उसी दशा में जीवित रखते थे, जब उसके खून का बदला लेना होता था। अन्त को शेख हसन अधीर हो उठा। उसको भय हुआ कि अब मैं अपने ऊपर काबू नहीं रख सकता। उसने तलवार म्यान से निकाल ली और दबे पाँव उस कोठरी के द्वार पर आकर खड़ा हो गया, जिसमें दाऊद छिपा हुआ था। तलवार को दामन में छिपाकर उसने धीरे से द्वार खोला। दाऊद टहल रहा था। बूढ़े अरब का रौद्र रूप देखकर दाऊद उसके मनोवेग को ताड़ गया। उसे बूढ़े से सहानुभूति हो गयी। उसने सोचा, यह धर्म का दोष नहीं, जाति का दोष नहीं। मेरे पुत्र की किसी ने हत्या की होती, तो कदाचित् मैं भी उसके खून का प्यासा हो जाता। यही मानव प्रकृति है।

अरब ने कहा–दाऊद, तुम्हें मालूम है बेटे की मौत का कितना गम होता है।

दाऊद–इसका अनुभव तो नहीं, पर अनुमान कर सकता हूँ। अगर मेरी जान से आपके उस गम का एक हिस्सा भी मिट सके, तो लीजिए, यह सिर हाजिर है। मैं इसे शौक से आपकी नजर करता हूँ। आपने दाऊद का नाम सुना होगा।

अरब–क्या पीटर का बेटा ?

दाऊद–जी हाँ। मैं वही बदनसीब दाऊद हूँ। मैं केवल आपके बेटे का घातक ही नहीं, इस्लाम का दुश्मन हूँ। मेरी जान लेकर आप जमाल के खून का बदला ही न लेंगे, बल्कि अपनी जाति और धर्म की सच्ची सेवा भी करेंगे।

शेख हसन ने गम्भीर भाव से कहा–दाऊद, मैंने तुम्हें माफ किया। मैं जानता हूँ, मुसलमानों के हाथ ईसाइयों को बहुत तकलीफें पहुँची हैं, मुसलमानों ने उन पर बड़े-बड़े अत्याचार किये हैं, उनकी स्वाधीनता हर ली है ! लेकिन यह इस्लाम का नहीं, मुसलमानों का कसूर है। विजय-गर्व ने मुसलमानों की मति हर ली है। हमारे पाक नबी ने यह शिक्षा नहीं दी थी, जिस पर आज हम चल रहे हैं। वह स्वयं क्षमा और दया का सर्वोच्च आदर्श है। मैं इस्लाम के नाम को बट्टा न लगाऊँगा। मेरी ऊँटनी ले लो और रातों-रात जहाँ तक भागा जाय, भागो। कहीं एक क्षण के लिए भी न ठहरना। अरबों को तुम्हारी बू भी मिल गयी, तो तुम्हारी जान की खैरियत नहीं। जाओ, तुम्हें खुदा-ए-पाक घर पहुँचावे। बूढ़े शेख हसन और उसके बेटे जमाल के लिए खुदा से दुआ किया

करना।

× × ×

दाऊद खैरियत से घर पहुँच गया; किंतु अब वह दाऊद न था, जो इस्लाम को जड़ से खोदकर फेंक देना चाहता था। उसके विचारों में गहरा परिवर्तन हो गया था। अब वह मुसलमानों का आदर करता और इस्लाम का नाम इज्जत से लेता

वज्रपात

दिल्ली की गलियाँ दिल्ली-निवासियों के रुधिर से प्लावित हो रही हैं। नादिरशाह की सेना ने सारे नगर में आतंक जमा रखा है। जो कोई सामने आ जाता है, उसे उनकी तलवार से घाट उतरना पड़ता है। नादिरशाह का प्रचंड क्रोध किसी भाँति शांत ही नहीं होता। रक्त की वर्षा भी उसके कोप की आग को बुझा नहीं सकती।

नादिरशाह दरबारे-आम में तख्त पर बैठा हुआ है। उसकी आँखों से जैसे ज्वालाएँ निकल रही हैं। दिल्लीवालों की इतनी हिम्मत कि उसके सिपाहियों का अपमान करें ! उन कापुरुषों की यह मजाल। वह काफिर तो उसकी सेना की एक ललकार पर रणक्षेत्र से निकल भागे थे ! नगर-निवासियों का आर्तनाद सुन-सुनकर स्वयं सेना के दिल काँप जाते हैं; मगर नादिरशाह की क्रोधाग्नि शांत नहीं होती। यहाँ तक कि उसका सेनापति भी उसके सम्मुख जाने का साहस नहीं कर सकता। वीर पुरुष दयालु होते हैं। असहायों पर, दुर्बलों पर, स्त्रियों पर उन्हें क्रोध नहीं आता। इन पर क्रोध करना वे अपनी शान के खिलाफ समझते हैं; किंतु निष्ठुर नादिरशाह की वीरता दयाशून्य थी।

दिल्ली का बादशाह सिर झुकाये नादिरशाह के पास बैठा हुआ था। हरमसरा में विलास करनेवाला बादशाह नादिरशाह की अविनयपूर्ण बातें सुन रहा था; पर मजाल न थी कि जबान खोल सके। उसे अपनी ही जान के लाले पड़े हुए थे, पीड़ित प्रजा की रक्षा कौन करे ? वह सोचता था, मेरे मुँह से कुछ निकले और वह मुझी को डाँट बैठते थे !

अंत में जब सेना की पैशाचिक क्रूरता पराकाष्ठा को पहुँच गयी, तो मुहम्मदशाह के वजीर से न रहा गया। वह कविता का मर्मज्ञ था, खुद भी कवि था। जान परखेल कर नादिरशाह के सामने पहुँचा और यह शे’र पढ़ा—

कसे न माँद कि दीगर व तेगे नाज कुशी;

मगर कि ज़िंदा कुनी खल्करा व बाज़ कुशी।

अर्थात् तेरी निगाहों की तलवार से कोई नहीं बचा। अब यही उपाय है कि मुर्दों को फिर जिलाकर कत्ल कर।

शे'र ने दिल पर चोट किया। पत्थर में भी सुराख होते हैं; पहाड़ों में भी हरियाली होती है; पाषाण हृदयों में भी रस होता है। इस शे'र ने पत्थर को पिघला दिया। नादिरशाह ने सेनापति को बुलाकर कत्लेआम बंद करने का हुक्म दिया। एकदम तलवारें म्यान में चली गयीं। कातिलों के उठे हुए हाथ उठे ही रह गये। जो सिपाही जहाँ था; वहीं बुत बन गया।

शाम हो गयी थी। नादिरशाह शाही बाग में सैर कर रहा था। बार-बार वही शे'र पढ़ता और झूमता—

कसे न माँद कि दीगर व तेगे नाज कुशी;
मगर कि ज़िंदा कुनी खल्करा व बाज़ कुशी।

2

दिल्ली का खजाना लुट रहा है। शाही महल पर पहरा है। कोई अंदर से बाहर या बाहर से अंदर आ-जा नहीं सकता। बेगमें भी अपने महलों से बाहर बाग में निकलने की हिम्मत नहीं कर सकतीं। महज खजाने पर ही आफत नहीं आयी हुई है, सोने-चाँदी के बरतनों, बेशकीमत तसवीरों और आराइश की अन्य सामग्रियों पर भी हाथ साफ किया जा रहा है। नादिरशाह तख्त पर बैठा हुआ हीरे और जवाहरात के ढेरों को गौर से देख रहा है; पर वह चीज नजर नहीं आती, जिसके लिए मुद्दत से उसका चित्त लालायित हो रहा था। उसने मुगलेआजम नाम के हीरे की प्रशंसा, उसकी करामातों की चरचा सुनी थी—उसको धारण करनेवाला मनुष्य दीर्घजीवी होता है, कोई रोग उसके निकट नहीं आता, उस रत्न में पुत्रदायिनी शक्ति है, इत्यादि। दिल्ली पर आक्रमण करने के जहाँ और अनेक कारण थे, वहाँ इस रत्न को प्राप्त करना भी एक कारण था। सोने-चाँदी के ढेरों और बहुमूल्य रत्नों की चमक-दमक से उसकी आँखें भले ही चौंधिया जायँ, पर हृदय उल्लसित न होता था। उसे तो मुगलेआजम की धुन थी और मुगलेआजम का वहाँ कहीं पता न था। वह क्रोध से उन्मत्त होकर शाही मंत्रियों की ओर देखता और अपने अफसरों को झिड़कियाँ देता था।

पर अपना अभिप्राय खोल कर न कह सकता था। किसी की समझ में न आता था कि वह इतना आतुर क्यों हो रहा है। यह तो खुशी से फूले न समाने का अवसर है। अतुल सम्पत्ति सामने पड़ी हुई है, संख्या में इतनी सामर्थ्य नहीं कि उसकी गणना कर सके ! संसार का कोई भी महीपति इस विपुल धन का एक अंश भी पाकर अपने को भाग्यशाली समझता; परंतु यह पुरुष जिसने इस धनराशि का शतांश भी पहले कभी आँखों से न देखा होगा, जिसकी उम्र भेड़ें चराने में ही गुजरी, क्यों इतना उदासीन है ? आखिर जब रात हुई, बादशाह का खजाना खाली हो गया और उस रत्न के दर्शन न हुए, तो नादिरशाह की क्रोधाग्नि फिर भड़क उठी। उसने बादशाह के मंत्री को—उसी मंत्री को, जिसकी काव्य-मर्मज्ञता ने प्रजा के प्राण बचाये थे—एकांत में बुलाया और कहा—मेरा गुस्सा तुम देख चुके हो ! अगर फिर उसे नहीं देखना चाहते तो लाजिम है कि मेरे साथ कामिल सफाई का बरताव करो। वरना दोबारा यह शोला भड़का, तो दिल्ली की खैरियत नहीं।

वजीर—जहाँपनाह, गुलामों से तो कोई खता सरजद नहीं हुई। खजाने की सब कुंजियाँ जनाबेआली के सिपहसालार के हवालेकर दी गयी हैं।

नादिर—तुमने मेरे साथ दगा की है।

वजीर—(त्योरी चढ़ाकर) आपके हाथ में तलवार है और हम कमजोर हैं, जो चाहे फरमावें; पर इल्जाम के तसलीम करने में मुझे उज्र है।

नादिर—क्या उसके सबूत की जरूरत है ?

वजीर—जी हाँ, क्योंकि दगा की सजा कत्ल है और कोई बिला सबब अपने कत्ल पर रजामंद न होगा।

नादिर—इसका सबूत मेरे पास है, हालाँकि नादिर ने कभी किसी को सबूत नहीं दिया। वह अपनी मरजी का बादशाह है और किसी को सबूत देना अपनी शान के खिलाफ समझता है। पर यहाँ जाती मुआमिला है। तुमने मुगलआजमे हीरा क्यों छिपा दिया ?

वजीर के चेहरे का रंग उड़ गया। वह सोचने लगा—यह हीरा बादशाह को जान से भी ज्यादा अजीज है। वह इसे एक क्षण भी अपने पास से जुदा नहीं करते। उनसे क्योंकर कहूँ ? उन्हें कितना सदमा होगा ! मुल्क गया, खजाना गया, इज्जत गयी। बादशाही की यही एक निशानी उनके पास रह गयी है। उनसे कैसे कहूँ ? मुमकिन है वह गुस्से में आकर इसे कहीं फेंक दें, या तुड़वा

डालें। इन्सान की आदत है कि वह अपनी चीज दुश्मन को देने की अपेक्षा उसे नष्ट कर देना अच्छा समझता है। बादशाह बादशाह हैं, मुल्क न सही, अधिकार न सही, सेना न सही; पर जिंदगी भर की स्वेच्छाचारिता एक दिन में नहीं मिट सकती। यदि नादिर को हीरा न मिला, तो वह न-जाने दिल्ली पर क्या सितम ढाये। आह ! उसकी कल्पना ही से रोमांच हो जाता है। खुदा न करे, दिल्ली को फिर यह दिन देखना पड़े।

सहसा नादिर ने पूछा–मैं तुम्हारे जवाब का मुंतजिर हूँ क्या यह तुम्हारी दगा का काफी सबूत नहीं है ?

वजीर–जहाँपनाह, वह हीरा बादशाह सलामत को जान से ज्यादा अजीज है। वह हमेशा अपने पास रखते हैं।

नादिर–झूठ मत बोलो, हीरा बादशाह के लिए है, बादशाह हीरे के लिए नहीं। बादशाह को हीरा जान से ज्यादा अजीज है–का मतलब सिर्फ इतना है कि वह बादशाह को बहुत अजीज है, और यह कोई वजह नहीं कि मैं उस हीरे को उनसे न लूँ। अगर बादशाह यों न देंगे, तो मैं जानता हूँ कि मुझे क्या करना होगा। तुम जाकर इस मुआमिले में नाजुकफ़हमी से काम लो, जो तुमने कल दिखाई थी। आह, कितना ला-जवाब शेर था–

कसे न माँद कि दीगर व तेगे नाज कुशी;
मगर कि ज़िंदा कुनी खल्करा व बाज़ कुशी।

3

मंत्री सोचता हुआ चला कि यह समस्या क्योंकर हल करूँ ? बादशाह के दीवानखाने में पहुँचा तो देखा, बादशाह उसी हीरे को हाथ में लिये चिंता में मग्न बैठे हुए हैं। बादशाह को इस वक्त इसी हीरे की फिक्र थी। लुटे हुए पथिक की भाँति वह अपनी वह लकड़ी हाथ से न देना चाहता था। वह जानता था कि नादिर को इस हीरे की खबर है। वह यह भी जानता था कि खजाने में इसे न पा कर उसके क्रोध की सीमा न रहेगी। लेकिन सबकुछ जानते हुए भी, वह हीरे को हाथ से न जाने देना चाहता था। अंत को उसने निश्चय किया, मैं इसे न दूँगा, चाहे मेरी जान ही पर क्यों न बन जाय। रोगी की इस अंतिम साँस को न निकलने दूँगा। हाय कहाँ छिपाऊँ ? इतना बड़ा मकान

है कि उसमें एक नगर समा सकता है, पर इस नन्ही-सी चीज के लिए कहीं जगह नहीं, जैसे किसी अभागे को इतनी बड़ी दुनिया में भी कहीं पनाह नहीं मिलती। किसी सुरक्षित स्थान में न रखकर क्यों न इसे किसी ऐसी जगह रख दूँ, जहाँ किसी का खयाल ही न पहुँचे। कौन अनुमान कर सकता है कि मैंने हीरे को अपनी सुराही में रखा होगा ? अच्छा, हुक्के की फर्शी में क्यों न डाल दूँ ? फरिश्तों को भी खबर न होगी।

यह निश्चय करके उसने हीरे को फर्शी में डाल दिया। पर तुरंत ही शंका हुई कि ऐसे बहुमूल्य रत्न को इस जगह रखना उचित नहीं। कौन जाने, जालिम को मेरी यह गुड़गुड़ी ही पसंद आ जाय। उसने तुरंत गुड़गुड़ी का पानी तश्तरी में उँडेल दिया और हीरे को निकाल लिया। पानी की दुर्गन्ध उड़ी पर इतनी हिम्मत न पड़ती थी कि खिदमतगार को बुलाकर पानी फिंकवा दे। भय होता था, कहीं वह ताड़ न जाय।

वह इसी दुविधा में पड़ा हुआ था कि मंत्री ने आकर बंदगी की। बादशाह को उस पर पूरा विश्वास था; किंतु उसे अपनी क्षुद्रता पर इतनी लज्जा आयी कि वह इस रहस्य को उस पर भी प्रकट न कर सका। गुमशुम होकर उसकी ओर ताकने लगा। मंत्री ने बात छेड़ी—आज खजाने में हीरा न मिला, तो नादिर बहुत झल्लाया। कहने लगा, तुमने मेरे साथ दगा की है; मैं शहर लुटवा दूँगा, कत्लेआम करा दूँगा, सारे शहर को खाक सियाह कर डालूँगा। मैंने कहा, जनाबेआली को अख्तियार है, जो चाहे करें। पर हमने खजाने की सब कुंजियाँ आपके सिपहसालार को दे दी हैं। वह कुछ साफ-साफ तो कहता न था, बस कनायों में बातें कर रहा था और भूले गीदड़ की तरह इधर-उधर बौखलाया फिरता था कि किसे पाये, और नोच खाये।

मुहम्मदशाह—मुझे तो उसके सामने बैठते हुए ऐसा खौफ मालूम होता है, गोया किसी शेर का सामना हो। जालिम की आँखें कितनी तुंद्र और गजबनाक है। आदमी क्या है, शैतान है। खैर, मैं भी उधेड़बुन में पड़ा हुआ हूँ फिर इसे क्योंकर छिपाऊँ। सल्तनत जाय गम नहीं; पर इस हीरे को मैं उस वक्त तक न दूँगा, जब तक कोई गरदन पर सवार होकर इसे छीन न ले।

वजीर—खुदा न करे कि हुजूर के दुश्मनों को यह जिल्लत उठानी पड़े। मैं एक तरकीब बतलाऊँ। हुजूर इसे अपने अमामे (पगड़ी) में रख लें। वहाँ तक उसके फरिश्तों का भी खयाल न पहुँचेगा।

मुहम्मदशाह—(उछलकर) वल्लाह, तुमने खूब सोचा; वाकई तुम्हें खूब सूझी। हजरत इधर-उधर टटोलने के बाद अपना-सा मुँह लेकर रह जायँगे। मेरे अमामे को कौन देखेगा ? इसी से तो मैंने तुम्हें लुकमान का खिताब दिया है। बस, यही तय रहा। कहीं तुम जरा देर पहले आ जाते, तो मुझे इतना दर्दे-सर न उठाना पड़ता।

4

दूसरे ही दिन दोनों बादशाहों में सुलह हो गयी। वजीर नादिरशाह के कदमों पर गिर पड़ा और अर्ज की—अब इस डूबती हुई किश्ती को आप ही पार लगा सकते हैं; वरना इसका अल्लाह ही वली है ! हिंदुओं ने सिर उठाना शुरू कर दिया है; मरहठे, राजपूत, सिख सभी अपनी-अपनी ताकतों को मुकम्मिल कर रहे हैं। जिस दिन उनमें मेल-मिलाप हुआ उसी दिन यह नाव भँवर में पड़ जायेगी, और दो-चार चक्कर खाकर हमेशा के लिए नीचे बैठ जायेगी।

नादिरशाह को ईरान से चले अरसा हो गया था। वहाँ से रोजाना बागियों की बगावत की खबरें आ रही थीं। नादिरशाह जल्द वहाँ लौट जाना चाहता था। इस समय उसे दिल्ली में अपनी सल्तनत कायम करने का अवकाश न था। सुलह पर राजी हो गया। संधि-पत्र पर दोनों बादशाहों ने हस्ताक्षर कर दिये।

दोनों बादशाहों ने एक ही साथ नमाज पढ़ी, एक ही दस्तरख्वान पर खाना खाया, एक ही हुक्का पिया, और एक-दूसरे से गले मिलकर अपने-अपने स्थान को चले। मुहम्मदशाह खुश था। राज्य बच जाने की उतनी खुशी न थी, जितनी हीरे के बच जाने की।

मगर नादिरशाह हीरा न पाकर भी दुःखी न था। सबसे हँस-हँसकर बातें करता था, मानो शील और विनय का साक्षात् अवतार हो।

5

प्रातःकाल; दिल्ली में नौबतें बज रही हैं। खुशी की महफिलें सजाई जा रही हैं। तीन दिन पहले यहाँ रक्त की नदी बही थी। आज आनंद की लहरें उठ

रही हैं। आज नादिरशाह दिल्ली से रुखसत हो रहा है।

अशर्फियों से लदे हुए ऊँटों की कतार शाही महल के सामने रवाना होने को तैयार खड़ी है। बहुमूल्य वस्तुएँ गाड़ियों में लदी हुई हैं। दोनों तरफ की फौजें गले मिल रही हैं। अभी कल दोनों पक्ष एक-दूसरे के खून के प्यासे थे। आज भाई-भाई हो रहे हैं।

नादिरशाह तख्त पर बैठा हुआ है। मुहम्मदशाह भी उसी तख्त पर उसकी बगल में बैठे हुए हैं। यहाँ भी परस्पर प्रेम का व्यवहार है। नादिरशाह ने मुस्कराकर कहा—खुदा करे, यह सुलह हमेशा कायम रहे और लोगों के दिलों से इन खूनी दिनों की याद मिट जाय।

मुहम्मदशाह—मेरी तरफ से ऐसी कोई बात न होगी जो सुलह को खतरे में डाले। मैं खुदा से यह दोस्ती कायम रखने के लिए हमेशा दुआ करता रहूँगा।

नादिरशाह—सुलह की जितनी शर्तें थीं, सब पूरी हो चुकीं। सिर्फ एक बात बाकी है ! मेरे यहाँ दस्तूर है कि सुलह के वक्त अमामे बदल दिये जाते हैं। इसके बगैर सुलह की कार्रवाई पूरी नहीं होती। आइए, हम लोग भी अपने-अपने अमामे बदल लें। लीजिए, यह मेरा अमामा हाजिर है।

यह कह कर नादिर ने अपना अमामा उतारकर मुहम्मदशाह की तरफ बढ़ाया। बादशाह के हाथों के तोते उड़ गये। समझ गया, मुझसे दगा की गयी, दोनों तरफ के शूर-सामंत सामने खड़े थे। न कुछ कहते बनता था न सुनते। बचने का कोई उपाय न था और न कोई उपाय सोच निकालने का अवसर ही। कोई जवाब न सूझा। इनकार की गुंजाइश न थी। मन मसोसकर रह गया। चुपके से अमामा सिर से उतारा, और नादिरशाह की तरफ बढ़ा दिया। हाथ काँप रहे थे, आँखों में क्रोध और विषाद के आँसू भरे हुए थे। मुख पर हलकी-सी मुस्कराहट झलक रही थी—वह मुस्कराहट, जो अश्रुपात से भी कहीं अधिक करुण और व्यथा-पूर्ण होती है। कदाचित् अपने प्राण निकालकर देने में भी उसे इससे अधिक पीड़ा न होती।

6

नादिरशाह पहाड़ों और नदियों को लाँघता हुआ ईरान को चला जा रहा था। 77 ऊँटों और इतनी ही बैलगाड़ियों की कतार देख-देखकर उसका हृदय बाँसों

उछल रहा था। वह बार-बार खुदा को धन्यवाद देता था, जिसकी असीम कृपा ने आज उसकी कीर्ति को उज्ज्वल बनाया था।

अब वह केवल ईरान ही का बादशाह नहीं, हिंदुस्तान जैसे विस्तृत प्रदेश का भी स्वामी था। पर सबसे ज्यादा खुशी उसे मुगलेआजम हीरा पाने की थी, जिसे बार-बार देखकर भी उसकी आँखें तृप्त न होती थीं। सोचता था, जिस समय मैं दरबार में यह रत्न धारण करके आऊँगा सबकी आँखें झपक जायेंगी, लोग आश्चर्य से चकित रह जायेंगे।

उसकी सेना अन्न-जल के कठिन कष्ट भोग रही थी। सरहदों की विद्रोही सेनाएँ पीछे से उसको दिक कर रही थीं। नित्य दस-बीस आदमी मर जाते या मारे जाते थे, पर नादिरशाह को ठहरने की फुरसत न थी। वह भागा-भागा चला जा रहा था।

ईरान की स्थिति बड़ी भयंकर थी। शाहजादा खुद विद्रोह शांत करने के लिए गया हुआ था; पर विद्रोह दिन-दिन उग्र रूप धारण करता जाता था। शाही सेना कई युद्धों में परास्त हो चुकी थी। हर घड़ी यही भय होता था कि कहीं वह स्वयं शत्रुओं के बीच घिर न जाय।

पर वाह रे प्रताप ! शत्रुओं ने ज्योही सुना कि नादिरशाह ईरान आ पहुँचा, त्योही उनके हौसले पस्त हो गये। उसका सिंहनाद सुनते ही उनके हाथ-पाँव फूल गये। इधर नादिरशाह ने तेहरान में प्रवेश किया उधर विद्रोहियों ने शाहजादे से सुलह की प्रार्थना की, शरण में आ गये।

नादिरशाह ने यह शुभ समाचार सुना, तो उसे निश्चय हो गया कि सब उसी हीरे की करामात है। यह उसी का चमत्कार है, जिसने शत्रुओं का सिर झुका दिया, हारी हुई बाजी जिता दी।

शाहजादा विजयी होकर घर लौटा, तो प्रजा ने बड़े समारोह से उसका स्वागत और अभिवादन किया। सारा तेहरान दीपावली की ज्योति से जगमगा उठा। मंगलगान की ध्वनि से सब गली और कूचे गूँज उठे।

दरबार सजाया गया। शायरों ने कसीदे सुनाये।

नादिरशाह ने गर्व से उठ कर शाहजादे के ताज को मुगलेआजम हीरे से अलंकृत कर दिया। चारों ओर महरबा ! महरबा ! की आवाजें बुलंद हुईं। शाहजादे के मुख की कांति हीरे के प्रकाश से दूनी चमक उठी। पितृस्नेह से हृदय पुलकित हो उठा। नादिर—वह नादिर, जिसने दिल्ली में खून की नदी

बहायी थी–पुत्र-प्रेम से फूला न समाता था। उसकी आँखों से गर्व और हार्दिक उल्लास के आँसू बह रहे थे।

7

सहसा बंदूक की आवाज आयी–धाँय ! धाँय ! दरबार हिल उठा। लोगों के कलेजे धड़क उठे। हाय ! वज्रपात हो गया ! हाय रे दुर्भाग्य ! बंदूक की आवाजे कानों में गूँज ही रही थी कि शाहजादा कटे हुए पेड़ की तरह गिर पड़ा। साथ ही वह रत्नजटित मुकुट भी नादिरशाह के पैरों के पास आ गिरा।

नादिरशाह ने उन्मत्त की भाँति हाथ उठाकर कहा–कातिलों को पकड़ो ! साथ ही शोक से विस्वल होकर वह शाहजादे के प्राणहीन शरीर पर गिर पड़ा। जीवन की सारी अभिलाषाओं का अंत हो गया।

लोग कातिलों की तरफ दौड़े। फिर धाँय-धाँय की आवाज आयी और दोनों कातिल गिर पड़े। उन्होंने आत्महत्या कर ली। दोनों विद्रोहीपक्ष के नेता थे।

हाय रे मनुष्य का मनोरथ, तेरी भित्ति कितनी अस्थिर है ! बालू पर की दीवार तो वर्षा में गिरती है। पर तेरी दीवार बिना पानी-बूँद के ढह जाती है। आँधी में दीपक का कुछ भरोसा किया जा सकता है, पर तेरा नहीं। तेरी अस्थिरता के आगे बालकों का घरौंदा अचल पर्वत है, वेश्या का प्रेम सती की प्रतिज्ञा की भाँति अटल !

नादिरशाह को लोगों ने लाश पर से उठाया। उसका करुण क्रंदन हृदयों को हिलाये देता था। सभी की आँखों से आँसू बह रहे थे। होनहार कितना प्रबल, कितना निष्ठुर, कितना निर्दय और कितना निर्मम है !

नादिरशाह ने हीरे को जमीन से उठा लिया। एक बार उसे विषादपूर्ण नेत्रों से देखा। फिर मुकुट को शाहजादे के सिर पर रख दिया और वजीर से कहा–यह हीरा इसी लाश के साथ दफन होगा।

रात का समय था। तेहरान में मातम छाया हुआ था। कहीं दीपक या अग्नि का प्रकाश न था। न किसी ने दिया जलाया, और न भोजन बनाया। अफीमचियों की चिलमें भी आज ठंडी हो रही थीं। मगर कब्रिस्तान में मशालें रोशन थीं–शाहजादे की अंतिम क्रिया हो रही थी।

जब फातिहा खतम हुआ, नादिरशाह ने अपने हाथों से मुकुट को लाश

के साथ कब्र में रख दिया। राज और संगतराश हाजिर थे। उसी वक्त कब्र पर ईंट-पत्थर और चूने का मजार बनने लगा।

नादिर एक महीने तक एक क्षण के लिए भी वहाँ से न हटा। वहीं सोता, वहीं से राज्य करता। उसके दिल में यह बात बैठ गयी थी कि मेरा अहित इसी हीरे के कारण हुआ। यही मेरे सर्वनाश और अचानक वज्रपात का कारण है।

सत्याग्रह

हिज एक्सेलेंसी वाइसराय बनारस आ रहे थे। सरकारी कर्मचारी, छोटे से बड़े तक, उनके स्वागत की तैयारियाँ कर रहे थे। इधर काँग्रेस ने शहर में हड़ताल मनाने की सूचना दे दी थी। इससे कर्मचारियों में बड़ी हलचल थी। एक ओर सड़कों पर झंडियाँ लगायी जा रही थीं, सफाई हो रही थी; पंडाल बन रहा था; दूसरी ओर फौज और पुलिस के सिपाही संगीनें चढ़ाये शहर की गलियों में और सड़कों पर कवायद करते फिरते थे। कर्मचारियों की सिरतोड़ कोशिश थी कि हड़ताल न होने पाये, मगर काँग्रेसियों की धुन थी कि हड़ताल हो और जरूर हो। अगर कर्मचारियों को पशुबल का जोर है तो हमें नैतिक बल का भरोसा, इस बार दोनों की परीक्षा हो जाय कि मैदान किसके हाथ रहता है।

घोड़े पर सवार मैजिस्ट्रेट सुबह से शाम तक दूकानदारों को धमकियाँ देता फिरता कि एक-एक को जेल भिजवा दूँगा, बाजार लुटवा दूँगा, यह करूँगा और वह करूँगा ! दूकानदार हाथ बाँधकर कहते—हुजूर बादशाह हैं, विधाता हैं; जो चाहें कर सकते हैं। पर हम क्या करें ? काँग्रेसवाले हमें जीता न छोड़ेंगे। हमारी दूकानों पर धरने देंगे, हमारे ऊपर बाल बढ़ायेंगे, कुएँ में गिरेंगे, उपवास करेंगे। कौन जाने, दो-चार प्राण ही दे दें तो हमारे मुँह पर सदैव के लिए कालिख पुत जायेगी। हुजूर, उन्हीं काँग्रेसवालों को समझायें, तो हमारे ऊपर बड़ा एहसान करें। हड़ताल न करने से हमारी कुछ हानि थोड़े ही होगी। देश के बड़े-बड़े आदमी आवेंगे, हमारी दूकानें खुली रहेंगी, तो एक के दो लेंगे, महँगे सौदे बेचेंगे, पर करें क्या, इन शैतानों से कोई बस नहीं चलता।

राय हरनंदन साहब, राजा लालचंद और खाँबहादुर मौलवी महमूदअली तो कर्मचारियों से भी ज्यादा बेचैन थे। मैजिस्ट्रेट के साथ-साथ और अकेले भी बड़ी कोशिश करते थे। अपने मकान पर बुलाकर दूकानदारों को समझाते, अनुनय-विनय करते, आँखें दिखाते, इक्के-बग्गीवालों को धमकाते, मजदूरों की

खुशामद करते; पर काँग्रेस के मुट्ठी-भर आदमियों का कुछ ऐसा आतंक छाया हुआ था कि कोई इनकी सुनता ही न था। यहाँ तक कि पड़ोस की कुँजड़िन ने भी निर्भय होकर कह दिया—हुजूर, चाहे मार डालो पर दूकान न खुलेगी। नाक न कटवाऊँगी। सबसे बड़ी चिंता यह थी कि कहीं पंडाल बनाने वाले मजदूर, बढ़ई, लोहार वगैरह काम न छोड़ दें; नहीं तो अनर्थ ही हो जायेगा। रायसाहब ने कहा—हुजूर, दूसरे शहरों से दूकानदार बुलवायें और एक बाजार अलग खोलें।

खाँसाहब ने फरमाया—वक्त इतना कम रह गया है कि दूसरा बाजार तैयार नहीं हो सकता। हुजूर काँग्रेसवालों को गिरफ्तार कर लें, या उनकी जायदाद जब्त कर लें, फिर देखिए कैसे काबू में नहीं आते !

राजासाहब बोले—पकड़-धकड़ से तो लोग और झल्लायेंगे। काँग्रेस से हुजूर कहें कि तुम हड़ताल बंद कर दो, तो सबको सरकारी नौकरी दे दी जायेगी। उसमें अधिकांश बेकार लोग पड़े हैं, यह प्रलोभन पाते ही फूल उठेंगे।

मगर मैजिस्ट्रेट को कोई राय न जँची। यहाँ तक कि वाइसराय के आने में तीन दिन और रह गये।

2

आखिर राजासाहब को एक युक्ति सूझी। क्यों न हम लोग भी नैतिक बल का प्रयोग करें ? आखिर काँग्रेसवाले धर्म और नीति के नाम पर ही तो यह तूमार बाँधते हैं। हम लोग भी उन्हीं का अनुकरण करें, शेर को उनके माँद में पछाड़ें। कोई ऐसा आदमी पैदा करना चाहिए, जो व्रत करे कि दूकानें न खुलीं, तो मैं प्राण दे दूँगा। यह जरूरी है कि वह ब्राह्मण हो और ऐसा जिसको शहर के लोग मानते हों, आदर करते हों। अन्य सहयोगियों के मन में भी यह बात बैठ गयी। उछल पड़े। रायसाहब ने कहा—बस, अब पड़ाव मार लिया। अच्छा, ऐसा कौन पंडित है, पण्डित गदाधर शर्मा ?

राजा—जी नहीं, उसे कौन मानता है ? खाली समाचार-पत्रों में लिखा करता है। शहर के लोग उसे क्या जानें ?

रायसाहब—दमड़ी ओझा तो है इस ढंग का।

राजा—जी नहीं, कालेज के विद्यार्थियों के सिवा उसे और कौन जानता है ?

रायसाहब—पंडित मोटेराम शास्त्री ?

राजा—बस, बस। आपने खूब सोचा। बेशक वह है इस ढंग का। उसी को बुलाना चाहिए। विद्वान् है, धर्म-कर्म से रहता है। चतुर भी है। वह अगर हाथ में आ जाय तो फिर बाजी हमारी है।

रायसाहब ने तुरंत पंडित मोटेराम के घर संदेश भेजा। उस समय शास्त्रीजी पूजा पर थे। यह पैगाम सुनते ही जल्दी से पूजा समाप्त की और चले। राजासाहब ने बुलाया है, धन्य भाग ! धर्मपत्नी से बोले—आज चंद्रमा कुछ बली मालूम होते हैं। कपड़े लाओ, देखूँ, क्यों बुलाया है ?

स्त्री ने कहा—भोजन तैयार है करते जाओ; न जाने कब लौटने का अवसर मिले।

किंतु शास्त्रीजी ने आदमी को इतनी देर खड़ा रखना उचित न समझा। जाड़े के दिन थे। हरी बनात की अचकन पहनी, जिस पर लाल शंजाफ लगी हुई थी। गले में एक जरी का दुपट्टा डाला। फिर सिर पर बनारसी साफा बाँधा। लाल चौड़े किनारे की रेशमी धोती पहनी, और खड़ाऊँ पर चले। उनके मुख से ब्रह्मतेज टपकता था। दूर ही से मालूम होता था कि कोई महात्मा आ रहे हैं। रास्ते में जो मिलता, सिर झुकाता; कितने ही दूकानदारों ने खड़े होकर पैलगी की। आज काशी का नाम इन्हीं की बदौलत चल रहा है, नहीं तो और कौन रह गया है। कितना नम्र स्वभाव है। बालकों से हँसकर बातें करते हैं। इस ठाट से पंडितजी राजासाहब के मकान पर पहुँचे। तीनों मित्रों ने खड़े होकर उनका सम्मान किया। खाँबहादुर बोले—कहिए पंडितजी, मिजाज तो अच्छे हैं ? वल्लाह, आप नुमाइश में रखने के काबिल आदमी हैं। आपका वजन तो दस मन से कम न होगा।

रायसाहब—एक मन इल्म के लिए दस मन अक्ल चाहिए। उसी कायदे से एक मन अक्ल के लिए दस मन का जिस्म जरूरी है, नहीं तो उसका बोझ कौन उठाये ?

राजासाहब—आप लोग इसका मतलब नहीं समझ सकते। बुद्धि एक प्रकार का नजला है, जब दिमाग में नहीं समाती, जिस्म में आ जाती है।

खाँसाहब—मैंने तो बुजुर्गों की जबानी सुना है कि मोटे आदमी अक्ल के दुश्मन होते हैं।

रायसाहब—आपका हिसाब कमजोर था, वरना आपकी समझ में इतनी

बात जरूर आ जाती कि जब अक्ल और जिस्म में 1 और 10 की निस्बत है, तो जितना ही मोटा आदमी होगा, उतना ही उसकी अक्ल का वजन भी ज्यादा होगा।

राजासाहब—इससे यह साबित हुआ कि जितना मोटा आदमी, उतनी ही मोटी उसकी अक्ल।

मोटेराम—जब मोटी अक्ल की बदौलत राज-दरबार में पूछ होती है तो मुझे पतली अक्ल लेकर क्या करना है !

हास-परिहास के बाद राजासाहब ने वर्तमान समस्या पंडितजी के सामने उपस्थित की और उसके निवारण का जो उपाय सोचा था, वह भी प्रकट किया ! बोले—बस, यह समझ लीजिए कि इस साल आपका भविष्य पूर्णतया अपने हाथों में है। शायद किसी आदमी को अपने भाग्य-निर्णय का ऐसा महत्वपूर्ण अवसर न मिला होगा। हड़ताल न हुई, तो और तो कुछ नहीं कह सकते, आपको जीवन-भर किसी के दरवाजे जाने की जरूरत न होगी। बस, ऐसा कोई व्रत ठानिए कि शहरवाले थर्रा उठें। काँग्रेसवालों ने धर्म की आड़ लेकर इतनी शक्ति बढ़ायी है। बस, ऐसी कोई युक्ति निकालिए कि जनता के धार्मिक भावों को चोट पहुँचे।

मोटेराम ने गम्भीर भाव से उत्तर दिया—यह तो कोई ऐसा कठिन काम नहीं है। मैं तो ऐसे-ऐसे अनुष्ठान कर सकता हूँ कि आकाश से जल की वर्षा कर दूँ; मरी के प्रकोप को भी शांत कर दूँ; अन्न का भाव घटा-बढ़ा दूँ। काँग्रेसवालों को परास्त कर देना तो कोई बड़ी बात नहीं। अँग्रेजी पढ़े-लिखे महानुभाव समझते हैं कि जो काम हम कर सकते हैं, वह कोई नहीं कर सकता। पर गुप्त विद्याओं का उन्हें ज्ञान ही नहीं।

खाँसाहब—तब तो जनाब, यह कहना चाहिए कि आप दूसरे खुदा हैं। हमें क्या मालूम था कि आप में कुदरत है; नहीं तो इतने दिनों तक क्यों परेशान होते ?

मोटेराम—साहब, मैं गुप्त-धन का पता लगा सकता हूँ। पितरों को बुला सकता हूँ, केवल गुण-ग्राहक चाहिए। संसार में गुणियों का अभाव नहीं, गुणज्ञों का ही अभाव है—गुन ना हिरानो गुन-गाहक हिरानो है।

राजा—भला इस अनुष्ठान के लिए आपको क्या भेंट करना होगा ?

मोटेराम—जो कुछ आपकी श्रद्धा हो।

राजा—कुछ बतला सकते हैं कि यह कौन-सा अनुष्ठान होगा ?

मोटेराम—अनशन-व्रत के साथ मंत्रों का जप होगा। सारे शहर में हलचल न मचा दूँ तो मोटेराम नाम नहीं !

राजा—तो फिर कब से।

मोटेराम—आज ही हो सकता है। हाँ, पहले देवताओं के आवाहन के निमित्त थोड़े से रुपये दिला दीजिए।

रुपये की कमी ही क्या थी। पंडितजी को रुपये मिल गये और वह खुश-खुश घर आये। धर्म पत्नी से सारा समाचार कहा। उसने चिंतित होकर कहा—तुमने नाहक यह रोग अपने सिर लिया ! भूख न बरदाश्त हुई, तो ? सारे शहर में भद्द हो जायेगी, लोग हँसी उड़ावेंगे। रुपये लौटा दो।

मोटेराम ने आश्वासन देते हुए कहा—भूख कैसे न बरदाश्त होगी ? मैं ऐसा मूर्ख थोड़े ही हूँ कि यों ही जा बैठूँगा। पहले मेरे भोजन का प्रबंध करो, अमृतियाँ, लड्डू, रसगुल्ले मँगाओ। पेट-भर भोजन कर लूँ। फिर आध सेर मलाई खाऊँगा, उसके ऊपर आध सेर बादाम की तह जमाऊँगा। बची-खुची कसर मलाईवाले दही से पूरी कर दूँगा। फिर देखूँगा, भूख क्योंकर पास फटकती है। तीन दिन तक तो साँस ही न ली जायेगी, भूख की कौन चलावे। इतने में तो सारे शहर में खलबली मच जायेगी। भाग्य-सूर्य उदय हुआ है, इस समय आगा-पीछा करने से पछताना पड़ेगा। बाजार न बंद हुआ, तो समझ लो मालामाल हो जाऊँगा, नहीं तो यहाँ गाँठ से क्या जाता है ! सौ रुपये तो हाथ लग ही गये।

इधर तो भोजन का प्रबंध हुआ उधर पंडित मोटेराम ने डौंडी पिटवा दी कि संध्या-समय टाउनहाल मैदान में पंडित मोटेराम देश की राजनीतिक समस्या पर व्याख्यान देंगे, लोग अवश्य आयें। पंडितजी सदैव राजनीतिक विषयों से अलग रहते थे। आज वह इस विषय पर कुछ बोलेंगे, सुनना चाहिए। लोगों को उत्सुकता हुई, पंडितजी का शहर में बड़ा मान था। नियत समय पर कई हजार आदमियों की भीड़ लग गयी। पंडितजी घर से अच्छी तरह तैयार होकर पहुँचे। पेट इतना भरा हुआ था कि चलना कठिन था। ज्यों ही यह वहाँ पहुँचे, दर्शकों ने खड़े होकर इन्हें साष्टांग दंडवत्-प्रणाम किया।

मोटेराम बोले—नगरवासियो, व्यापारियो, सेठो और महाजनो ! मैंने सुना है तुम लोगों ने काँग्रेसवालों के कहने में आकर बड़े लाट साहब के शुभागमन

के अवसर पर हड़ताल करने का निश्चय किया है। यह कितनी बड़ी कृतघ्नता है ? वह चाहें, तो आज तुम लोगों को तोप के मुँह पर उड़वा दें, सारे शहर को खुदवा डालें। राजा हैं, हँसी-ठट्ठा नहीं। वह तरह देते जाते हैं, तुम्हारी दीनता पर दया करते हैं और तुम गउओं की तरह हत्या के बल खेत चरने को तैयार हो ! लाट साहब चाहें तो आज रेल बंद कर दें, डाक बंद कर दें, माल का आना-जाना बंद कर दें। तब बताओ, क्या करोगे ? तुम उनसे भागकर कहाँ जा सकते हो ? है कहीं ठिकाना ! इसलिए जब इस देश में और उन्हीं के अधीन रहना है, तो इतना उपद्रव क्यों मचाते हो ? याद रखो, तुम्हारी जान उनकी मुट्ठी में है ! ताऊन के कीड़े फैला दें तो सारे नगर में हाहाकार मच जाय। तुम झाड़ू से आँधी को रोकने चले हो ? खबरदार जो किसी ने बाजार बंद किया; नहीं तो कहे देता हूँ, यहीं अन्न-जल बिना प्राण दे दूँगा।

एक आदमी ने शंका की—महाराज, आपके प्राण निकलते-निकलते महीने-भर से कम न लगेगा। तीन दिनों में क्या होगा ?

मोटेराम ने गरजकर कहा—प्राण शरीर में नहीं रहता, ब्रह्मांड में रहता है। मैं चाहूँ तो योगबल से अभी प्राण त्याग कर सकता हूँ। मैंने तुम्हें चेतावनी दे दी, अब तुम जानो, तुम्हारा काम जाने। मेरा कहना मानोगे, तो तुम्हारा कल्याण होगा। न मानोगे, हत्या लगेगी, संसार में कहीं मुँह न दिखला सकोगे। बस, यह लो, मैं यहीं आसन जमाता हूँ।

3

शहर में यह समाचार फैला, तो लोगों के होश उड़ गये। अधिकारियों की इस नयी चाल ने उन्हें हतबुद्धि-सा कर दिया। काँग्रेस के कर्मचारी तो अब भी कहते थे कि यह सब पाखंड है। राजभक्तों ने पंडित को कुछ दे-दिला-कर यह स्वाँग खड़ा किया है। जब और कोई बस न चला, फौज, पुलिस, कानून सभी युक्तियों से हार गये, तो यह नयी माया रची है। यह और कुछ नहीं, राजनीति का दिवाला है। नहीं पंडितजी ऐसे कहाँ देश-सेवक थे जो देश की दशा से दुःखी होकर व्रत ठानते। इन्हें भूखा मरने दो, दो दिन में बोल जायेंगे। इस नयी चाल की जड़ अभी से काट देनी चाहिए ! कहीं यह चाल सफल हो गयी, तो समझ लो, अधिकारियों के हाथ में एक नया अस्त्र आ जायेगा

और वह सदैव इसका प्रयोग करेंगे। जनता इतनी समझदार तो है नहीं कि इन रहस्यों को समझे। गीदड़-भभकी में आ जायेगी।

लेकिन नगर के बनिये-महाजन, जो प्रायः धर्मभीरु होते हैं, ऐसे घबरा गये कि उन पर इन बातों का कुछ असर ही न होता था। वे कहते थे—साहब, आप लोगों के कहने से सरकार से बुरे बने, नुकसान उठाने को तैयार हुए, रोजगार छोड़ा, कितनों के दिवाले हो गये, अफसरों को मुँह दिखाने लायक नहीं रहे। पहले जाते थे, अधिकारी लोग 'आइए, आइए सेठजी' कहकर सम्मान करते थे; अब रेलगाड़ियों में धक्के खाते हैं, पर कोई नहीं सुनता; आमदनी चाहे कुछ हो न हो, बहियों की तौल देखकर कर (टैक्स) बढ़ा दिया जाता है। यह सब सहा, और सहेंगे, लेकिन धर्म के मामले में हम आप लोगों का नेतृत्व नहीं स्वीकार कर सकते। जब एक विद्वान्, कुलीन, धर्मनिष्ठ ब्राह्मण हमारे ऊपर अन्न-जल त्याग कर रहा है, तब हम क्योंकर भोजन करके टाँगें फैलाकर सोयें ? कहीं मर गया, तो भगवान् के सामने क्या जवाब देंगे ?

सारांश यह है कि काँग्रेसवालों की एक न चली। व्यापारियों का एक डेपुटेशन 9 बजे रात पंडितजी की सेवा में उपस्थित हुआ। पंडितजी ने आज भोजन तो खूब डटकर किया था, लेकिन डटकर भोजन करना उनके लिए कोई असाधारण बात न थी। महीने में प्रायः 20 दिन वह अवश्य ही न्योता पाते थे और निमंत्रण में डटकर भोजन करना एक स्वाभाविक बात है। अपने सहभोजियों की देखा-देखी, लाग-डाँट की धुन में, या गृह-स्वामी के सविनय आग्रह से और सबसे बढ़कर पदार्थों की उत्कृष्टता के कारण, भोजन मात्रा से अधिक हो ही जाता है। पंडितजी की जठराग्नि ऐसी परीक्षाओं में उत्तीर्ण होती रहती थी। अतएव इस समय भोजन का समय आ जाने से उनकी नीयत कुछ डावाँडोल हो रही थी। यह बात नहीं कि वह भूख से व्याकुल थे। लेकिन भोजन का समय आ जाने पर अगर पेट अफरा हुआ न हो, अजीर्ण न हो गया हो तो मन में एक प्रकार की भोजन की चाह होने लगती है। शास्त्रीजी की इस समय यही दशा हो रही थी। चाहता था, किसी खोंचेवाले को पुकारकर कुछ ले लेते, किंतु अधिकारियों ने उनकी शरीर-रक्षा के लिए वहाँ कई सिपाहियों को तैनात कर दिया था। वे सब हटने का नाम न लेते थे। पंडितजी की विशाल बुद्धि इस समय यही समस्या हल कर रही थी कि इन यमदूतों को कैसे टालूँ ? खामख्वाह इन पाजियों को यहाँ खड़ा कर दिया ! मैं कोई कैदी तो हूँ नहीं

कि भाग जाऊँगा।

अधिकारियों ने शायद वह व्यवस्था इसलिए कर रखी थी काँग्रेसवाले जबरदस्ती पंडितजी को वहाँ से भगाने की चेष्टा न कर सकें। कौन जाने, वे क्या चाल चलें। ऐसे अनुचित और अपमानजनक व्यवहारों से पंडितजी की रक्षा करना अधिकारियों का कर्तव्य था।

वह अभी इस चिंता में थे कि व्यापारियों का डेपुटेशन आ पहुँचा। पंडितजी कुहनियों के बल लेटे हुए थे, सँभल बैठे। नेताओं ने उनके चरण छू कर कहा—महाराज, हमारे ऊपर आपने क्यों यह कोप किया है ? आपकी जो आज्ञा हो, वह हम शिरोधार्य करें। आप उठिए, अन्न-जल ग्रहण कीजिए। हमें नहीं मालूम था कि आप सचमुच यह व्रत ठाननेवाले हैं, नहीं तो हम पहले ही आपसे विनती करते। आप कृपा कीजिए, दस बजने का समय है। हम आपका वचन कभी न टालेंगे।

मोटेराम—ये काँग्रेसवाले तुम्हें मटियामेट करके छोड़ेंगे ! आप तो डूबते ही हैं; तुम्हें भी अपने साथ ले डूबेंगे ! बाजार बन्द रहेगा, तो इससे तुम्हारा ही टोटा होगा; सरकार को क्या ? तुम नौकरी छोड़ दोगे, आप भूखों मरोगे; सरकार को क्या ? तुम जेल जाओगे, आप चक्की पीसोगे, सरकार को क्या ? न जाने इन सबको क्या सनक सवार हो गयी है कि अपनी नाक काटकर दूसरों का असगुन मानते हैं। तुम इन कुपंथियों के कहने में न आओ। क्यों, दूकानें खुली रखोगे ?

सेठ—महाराज, जब तक शहर-भर के आदमियों की पंचायत न हो जाय, तब तक हम इसका बीमा कैसे ले सकते हैं। काँग्रेसवालों ने कहीं लूट मचवा दी, तो कौन हमारी मदद करेगा ? आप उठिए, भोजन पाइए, हम कल पंचायत करके आपकी सेवा में जैसा कुछ होगा, हाल देंगे।

मोटेराम—तो फिर पंचायत करके आना।

डेपुटेशन जब निराश होकर लौटने लगा, तो पंडितजी ने कहा—किसी के पास सुँघनी तो नहीं है ?

एक महाशय ने डिबिया निकालकर दे दी।

लोगों के जाने के बाद मोटेराम ने पुलिसवालों से पूछा—तुम यहाँ क्यों खड़े हो ?

सिपाहियों ने कहा—साहब का हुक्म है, क्या करें ?

मोटेराम—यहाँ से चले जाओ।

सिपाही—आपके कहने से चले जायँ ? कल नौकरी छूट जायेगी, तो आप खाने को देंगे ?

मोटेराम—हम कहते हैं, चले जाओ; नहीं तो हम ही यहाँ से चले जायेंगे। हम कोई कैदी हैं, जो तुम घेरे खड़े हो ?

सिपाही—चले क्या जाइएगा, मजाल है।

मोटेराम—मजाल क्यों नहीं है बे ! कोई जुर्म किया है ?

सिपाही—अच्छा, जाओ तो देखें ?

पंडितजी—ब्रह्म-तेज में आकर उठे और एक सिपाही को इतनी जोर से धक्का दिया कि वह कई कदम पर जा गिरा। दूसरे सिपाहियों की हिम्मत छूट गयी। पंडितजी को उन सबने थल-थल समझ लिया था, पराक्रम देखा, तो चुपके से सटक गये।

मोटेराम अब लगे इधर-उधर नजरें दौड़ाने कि कोई खोंचेवाला नजर आ जाय, उससे कुछ लें। किन्तु ध्यान आ गया, कहीं उसने किसी से कह दिया, तो लोग तालियाँ बजाने लगेंगे। नहीं, ऐसी चतुराई से काम करना चाहिए कि किसी को कानोंकान खबर न हो। ऐसे ही संकटों में तो बुद्धिबल का परिचय मिलता है। एक क्षण में उन्होंने इस कठिन प्रश्न को हल कर लिया।

दैवयोग से उसी समय एक खोंचेवाला जाता दिखायी दिया। 11 बज चुके थे, चारों तरफ सन्नाटा छा गया था। पंडितजी ने बुलाया—खोंचेवाले, ओ खोंचेवाले !

खोंचेवाला—कहिए क्या दूँ ? भूख लग आयी न ? अन्न-जल छोड़ना साधुओं का काम है, हमारा-आपका नहीं।

मोटेराम—अबे क्या कहता है ? यहाँ क्या किसी साधु से कम हैं ? चाहें तो महीनों पड़े रहें और भूख-प्यास न लगे। तुझे तो केवल इसलिए बुलाया है कि जरा अपनी कुप्पी मुझे दे। देखूँ तो वहाँ क्या रेंग रहा है। मुझे भय होता है कि साँप न हो।

खोंचेवाले ने कुप्पी उतार कर दे दी। पंडितजी उसे लेकर इधर-उधर जमीन पर कुछ खोजने लगे। इतने में कुप्पी उनके हाथ से छूटकर गिर पड़ी, और बुझ गयी। सारा तेल बह गया। पंडितजी ने उसमें एक ठोकर और लगायी कि बचा खुचा तेल भी बह जाय।

खोंचेवाला—(कुप्पी को हिलाकर) महाराज, इसमें तो जरा भी तेल नहीं बचा। अब तक चार पैसे का सौदा बेचता, आपने यह खटराग बढ़ा दिया।

मोटेराम—भैया, हाथ ही तो है, छूट गिरी, तो अब क्या हाथ काट डालूँ ? यह लो पैसे, जाकर कहीं से तेल भरा लो।

खोंचेवाला—(पैसे लेकर) तो अब तेल भरवाकर मैं यहाँ थोड़े ही आऊँगा।

मोटेराम—खोंचा रखे जाओ, लपककर थोड़ा तेल ले लो; नहीं मुझे कोई साँप काट लेगा तो तुम्हीं पर हत्या पड़ेगी। कोई जानवर है जरूर। देखो, वह रेंगता है। गायब हो गया। दौड़ जाओ पट्ठे, तेल लेते आओ, मैं तुम्हारा खोंचा देखता रहूँगा। डरते हो तो अपने रुपये-पैसे लेते जाओ।

खोंचेवाला बड़े धर्म-संकट में पड़ा। खोंचे से पैसे निकालता है तो भय है, कि पंडितजी अपने दिल में बुरा न मानें। सोचें मुझे बेईमान समझ रहा है। छोड़कर जाता है तो कौन जाने, इनकी नीयत क्या हो। किसी की नीयत सदा ठीक नहीं रहती।

अंत को उसने यही निश्चय किया कि खोंचा यहीं छोड़ दूँ, जो कुछ तकदीर में होगा, वह होगा। वह उधर बाजार की तरफ चला, इधर पंडितजी ने खोंचे पर निगाह दौड़ायी, तो बहुत हताश हुए। मिठाई बहुत कम बच रही थी। पाँच-छः चीजें थीं, मगर किसी में दो अदद से ज्यादा निकालने की गुंजाइश न थी। भंडा फूट जाने का खटका था।

पंडितजी ने सोचा—इतने से क्या होगा ? केवल क्षुधा और प्रबल हो जायेगी, शेर के मुँह खून लग जायेगा। गुनाह बेलज्जत है। अपनी जगह पर जा बैठे। लेकिन दम-भर के बाद प्यास ने फिर जोर किया। सोचे—कुछ तो ढाढ़स हो ही जायेगा। आहार कितना ही सूक्ष्म हो, फिर भी आहार ही है। उठे, मिठाई निकाली; पर पहला ही लड्डू मुँह में रखा था कि देखा, खोंचेवाला तेल की कुप्पी जलाये कदम बढ़ाता चला आ रहा है, उसके पहुँचने के पहले मिठाई का समाप्त हो जाना अनिवार्य था। एक साथ दो चीज मुँह में रखीं। अभी चुबला ही रहे थे कि वह निशाचर दस कदम और आगे बढ़ आया। एक साथ चार चीजें मुँह में डालीं और अधकुचली ही निगल गये। अभी 6 अदद और थीं, और खोंचेवाला फाटक तक आ चुका था। सारी की सारी मिठाई मुँह में डाल ली अब न चबाते बनता है, न उगलते। वह शैतान मोटरकार की तरह कुप्पी चमकाता हुआ चला ही आता था। जब वह बिलकुल सामने आ गया, तो पंडितजी ने जल्दी से सारी मिठाई

निगल ली। आखिर आदमी ही थे, कोई मगर तो थे नहीं। आँखों में पानी भर आया, गला फँस गया, शरीर में रोमांच हो आया, जोर से खाँसने लगे। खोंचेवाले ने तेल की कुप्पी बढ़ाते हुए कहा यह लीजिए, देख लीजिए, चले तो हैं आप उपवास करने पर प्राणों का इतना डर है। आपको क्या चिंता, प्राण भी निकल जायेंगे, तो सरकार बाल-बच्चों की परवस्ती करेगी।

पंडितजी को क्रोध तो ऐसा आया कि इस पाजी को खोटी-खरी सुनाऊँ, लेकिन गले से आवाज न निकली। कुप्पी चुपके से ले ली और झूठ-मूठ इधर-उधर देखकर लौटा दी।

खोंचेवाला—आपको क्या पड़ी जो चले सरकार का पच्छ करने ? कहीं कल दिन-भर पंचायत होगी, तो रात तक कुछ तय होगा। तब तक तो आपकी आँखों में तितलियाँ उड़ने लगेंगी।

यह कहकर वह चला गया और पंडितजी भी थोड़ी देर तक खाँसने के बाद सो रहे।

4

दूसरे दिन सबेरे ही से व्यापारियों ने मिसकौट करनी शुरू की। उधर काँग्रेसवालों में भी हलचल मची। अमन-सभा के अधिकारियों ने भी कान खड़े किये। यह तो इन भोले-भाले बनियों को धमकाने की अच्छी तरकीब हाथ आयी। पंडित-समाज ने अलग एक सभा की और उसमें यह निश्चय किया कि पंडित मोटेराम को राजनीतिक मामलों में पड़ने का कोई अधिकार नहीं। हमारा राजनीति से क्या संबंध ? गरज सारा दिन इसी वाद-विवाद में कट गया और किसी ने पंडितजी की खबर न ली। लोग खुल्लमखुल्ला कहते थे कि पंडितजी ने एक हजार रुपये सरकार से लेकर यह अनुष्ठान किया है। बेचारे पंडितजी ने रात तो लोट-पोटकर काटी, पर उठे तो शरीर मुरदा-सा जान पड़ता था। खड़े होते थे, आँखें तिलमिलाने लगती थीं, सिर में चक्कर आ जाता था। पेट में जैसे कोई बैठा हुआ कुरेद रहा हो। सड़क की तरफ आँखें लगी हुई थीं कि लोग मनाने तो नहीं आ रहे हैं। संध्योपासना का समय इसी प्रतीक्षा में गया। इस समय पूजन के पश्चात् नित्य नाश्ता किया करते थे। आज अभी मुँह में पानी भी न गया। न-जाने वह शुभ घड़ी कब आयेगी। फिर पंडिताइन

पर बड़ा क्रोध आने लगा। आप तो रात को भर-पेट खाकर सोयी होंगी, इस वक्त भी जलपान कर ही चुकी होंगी, पर इधर भूलकर भी न झाँका कि मरे या जीते हैं। कुछ बात करने के बहाने से क्या थोड़ा-सा मोहनभोग बनाकर न ला सकती थीं ? पर किसे इतनी चिंता है ? रुपये लेकर रख लिये, फिर जो कुछ मिलेगा, वह भी रख लेंगी। मुझे उल्लू बनाया।

किस्सा-कोताह पंडितजी ने दिन-भर इंतजार किया, पर कोई मनानेवाला नजर न आया। लोगों के दिल में जो यह संदेह पैदा हुआ था कि पंडितजी ने कुछ ले-देकर वह स्वाँग रचा है, स्वार्थ के वशीभूत होकर यह पाखंड खड़ा किया है, वही उनको मनाने में बाधक होता था।

रात को नौ बज गये थे। सेठ भोंदूमल ने, जो व्यापारी-समाज के नेता थे, निश्चयात्मक भाव से कहा—मान लिया, पंडितजी ने स्वार्थवश ही यह अनुष्ठान किया है; पर इससे वह कष्ट तो कम नहीं हो सकता, जो अन्न-जल के बिना प्राणि-मात्र को होता है। यह धर्म-विरुद्ध है कि एक ब्राह्मण हमारे ऊपर दाना-पानी त्याग दे और हम पेट भर-भरकर चैन की नींद सोयें। अगर उन्होंने धर्म के विरुद्ध आचरण किया है, तो उसका दंड उन्हें भोगना पड़ेगा। हम क्यों अपने कर्त्तव्य से मुँह फेरें ?

काँग्रेस के मंत्री ने दबी हुई आवाज से कहा—मुझे तो जो कहना था, वह मैं कह चुका। आप लोग समाज के अगुआ हैं, जो फैसला कीजिए, हमें मंजूर है। चलिए मैं अभी आपके साथ चलूँगा। धर्म का कुछ अंश मुझे भी मिल जायेगा; पर एक विनती सुन लीजिए—आप लोग पहले मुझे वहाँ जाने दीजिए। मैं एकांत में उनसे दस मिनट बातें करना चाहता हूँ। आप लोग फाटक पर खड़े रहिएगा। जब मैं वहाँ से लौट आऊँ तो फिर जाइएगा। इसमें किसी को क्या आपत्ति हो सकती थी ? प्रार्थना स्वीकृत हो गयी।

मंत्रीजी पुलिस-विभाग में बहुत दिनों तक रह चुके थे, मानव-चरित्र की कमजोरियों को जानते थे। वह सीधे बाजार गये और 5 रु. की मिठाई ली। उसमें मात्रा से अधिक सुगंध डालने का प्रयत्न किया, चाँदी के वरक लगवाये और एक दोने में लिये रूठे हुए ब्रह्मदेव की पूजा करने चले। एक झझर में ठंडा पानी लिया और उसमें केवड़े का जल मिलाया। दोनों ही चीजों से खुशबू की लपटें उड़ रही थीं। सुगंध में इतनी उत्तेजित शक्ति है, कौन नहीं जानता। इससे बिना भूख की भूख लग जाती है, भूखे आदमी की तो बात ही क्या ?

पंडितजी इस समय भूमि पर अचेत पड़े हुए थे। रात को कुछ नहीं मिला। दस-पाँच छोटी-छोटी मिठाइयों का क्या जिक्र ! दोपहर को कुछ नहीं मिला। और इस वक्त भी भोजन की बेला टल गयी थी। भूख में अब आशा की व्याकुलता नहीं; निराशा की शिथिलता थी। सारे अंग ढीले पड़ गये थे। यहाँ तक कि आँखें भी न खुलती थीं। उन्हें खोलने की बार-बार चेष्टा करते; पर वे आप-ही-आप बंद हो जातीं। ओंठ सूख गये थे। जिंदगी का कोई चिह्न था, तो बस, उनका धीरे-धीरे कराहना। ऐसा संकट उनके ऊपर कभी न पड़ा था। अजीर्ण की शिकायत तो उन्हें महीने में दो-चार बार हो जाती थी, जिसे वह हड़ आदि की फंकियों से शांत कर लिया करते थे; पर अजीर्णावस्था में ऐसा कभी न हुआ था कि उन्होंने भोजन छोड़ दिया हो। नगर-निवासियों को, अमन-सभा को, सरकार को, ईश्वर को, काँग्रेस को और धर्म-पत्नी को जी-भर कर कोस चुके थे। किसी से कोई आशा न थी। अब इतनी शक्ति भी न रही थी कि स्वयं खड़े होकर बाजार जा सकें। निश्चय हो गया था कि आज रात को अवश्य प्राण-पखेरू उड़ जायँगे। जीवन-सूत्र कोई रस्सी तो है नहीं कि चाहे जितने झटके दो, टूटने का नाम न ले !

मंत्रीजी ने पुकारा—शास्त्रीजी !

मोटेराम ने पड़े-पड़े आँखें खोल दीं। उनमें ऐसी करुण वेदना भरी हुई थी, जैसे किसी बालक के हाथ से कौआ मिठाई छीन ले गया हो।

मंत्रीजी ने दोने की मिठाई सामने रख दी और झज्झर पर कुल्हड़ औंधा दिया। इस काम से सुचित होकर बोले—यहाँ कब तक पड़े रहिएगा ?

सुगंध ने पंडितजी की इंद्रियों पर संजीवनी का काम किया। पंडितजी उठ बैठे और बोले—देखो, कब तक निश्चय होता है।

मंत्री—यहाँ कुछ निश्चय-विश्चय न होगा। आज दिन-भर पंचायत हुई थी, कुछ तय न हुआ। कल कहीं शाम को लाट साहब आयेंगे। तब तक तो आपकी न-जाने क्या दशा होगी ? आपका चेहरा बिलकुल पीला पड़ गया है !

मोटेराम—यहीं मरना बदा होगा, तो कौन टाल सकता है ? इस दोने में कलाकंद है क्या ?

मंत्री—हाँ, तरह-तरह की मिठाइयाँ हैं। एक नातेदार के यहाँ बैना भेजने के लिए विशेष रीति से बनवायी हैं।

मोटेराम—जभी इनमें इतनी सुगंध है। जरा दोना खोलिए तो ?

मंत्रीजी ने मुस्कराकर दोना खोल दिया और पंडितजी नेत्रों से मिठाइयाँ खाने लगे। अंधा आँखें पाकर भी संसार को ऐसे तृष्णापूर्ण नेत्रों से न देखेगा। मुँह में पानी भर आया। मंत्रीजी ने कहा—आपका व्रत न होता, तो दो-चार मिठाइयाँ आपको चखाता। 5 रु. सेर के दाम दिये हैं।

मोटेराम—तब तो बहुत ही श्रेष्ठ होंगी। मैंने बहुत दिन हुए कलाकंद नहीं खाया।

मंत्री—आपने भी तो बैठे-बैठाये झंझट मोल ले लिया। प्राण ही न रहेंगे, तो धन किस काम आयेगा ?

मोटेराम—क्या करूँ, फँस गया, मैं इतनी मिठाइयों का जलपान कर जाता था। (हाथ से मिठाइयों को टटोलकर) भोला की दूकान की होंगी ?

मंत्री—चखिएगा दो-चार ?

मोटेराम—क्या चखूँ ? धर्म-संकट में पड़ा हूँ।

मंत्री—अजी चखिए भी ! इस समय जो आनंद प्राप्त होगा, वह लाख रुपये से भी नहीं मिल सकता। कोई किसी से कहने जाता है क्या ?

मोटेराम—मुझे भय किसका है। मैं यहाँ दाना-पानी बिना मर रहा हूँ, और किसी को परवा ही नहीं। तो फिर मुझे क्या डर ? लाओ, इधर दोना बढ़ाओ। जाओ, सबसे कह देना शास्त्रीजी ने व्रत तोड़ दिया। भाड़ में जाय बाजार और व्यापार ! यहाँ किसी की चिंता नहीं। जब धर्म नहीं रहा, तो मैंने ही धर्म का बीड़ा थोड़े ही उठाया है !

यह कहकर पंडितजी ने दोना अपनी तरफ खींच लिया और लगे बढ़-बढ़कर हाथ मारने। यहाँ तक कि पल-भर में आधा दोना समाप्त हो गया। सेठ लोग आकर फाटक पर खड़े थे।

मंत्री ने जाकर कहा—जरा चलकर तमाशा देखिए। आप लोगों को न बाजार खोलना पड़ेगा; न खुशामद करनी पड़ेगी। मैंने सारी समस्याएँ हल कर दीं। यह काँग्रेस का प्रताप है।

चाँदनी छिटकी हुई थी। लोगों ने आकर देखा, पंडितजी मिठाई ठिकाने लगाने में वैसे ही तन्मय हो रहे हैं, जैसे कोई महात्मा समाधि में मग्न हो।

भोंदूमल ने कहा—पंडितजी के चरण छूता हूँ। हम लोग तो आ ही रहे थे, आपने क्यों जल्दी की ? ऐसी जुगुत बताते कि आपकी प्रतीज्ञा भी न टूटती और कार्य भी सिद्ध हो जाता।

मोटेराम—मेरा काम सिद्ध हो गया। यह अलौकिक आनंद है, जो धन के ढेरों से नहीं प्राप्त हो सकता। अगर कुछ श्रद्धा हो, तो इसी दूकान की इतनी ही मिठाई और मँगवा दो।[1]

1. हम यह कहना भूल गये कि मंत्रीजी को मिठाई लेकर मैदान में आते समय पुलिस के सिपाही को 4 आने पैसे देने पड़े थे। यह नियम-विरुद्ध था; लेकिन मंत्रीजी ने इस बात पर अड़ना उचित न समझा—लेखक।

सती

दो शताब्दियों से अधिक बीत गये हैं; पर चिंतादेवी का नाम चला आता है। बुंदेलखंड के एक बीहड़ स्थान में आज भी मंगलवार को सहस्रों स्त्री-पुरुष चिंतादेवी की पूजा करने आते हैं। उस दिन यह निर्जन स्थान सुहाने गीतों से गूँज उठता है, टीले और टोकरे रमणियों के रंग-बिरंगे वस्त्रों से सुशोभित हो जाते हैं। देवी का मंदिर एक बहुत ऊँचे टीले पर बना हुआ है। उसके कलश पर लहराती हुई लाल पताका बहुत दूर से दिखायी देती है। मन्दिर इतना छोटा है कि उसमें मुश्किल से एक साथ दो आदमी समा सकते हैं। भीतर कोई प्रतिमा नहीं है, केवल एक छोटी-सी वेदी बनी हुई है। नीचे से मन्दिर तक पत्थर का जीना है। भीड़-भाड़ में धक्का खा कर कोई नीचे न गिर पड़े, इसलिए जीने की दीवार दोनों तरफ बनी हुई है। यहीं चिंतादेवी सती हुई थीं; पर लोकरीति के अनुसार वह अपने मृत पति के साथ चिता पर नहीं बैठी थीं। उनका पति हाथ जोड़े सामने खड़ा था; पर वह उसकी ओर आँख उठाकर भी न देखती थीं। वह पति-शरीर के साथ नहीं, उसकी आत्मा के साथ सती हुईं। उस चिता पर पति का शरीर न था, उसकी मर्यादा भस्मीभूत हो रही थी।

2

यमुना तट पर कालपी एक छोटा-सा नगर है। चिंता उसी नगर के एक वीर बुन्देल की कन्या थी। उसकी माता उसकी बाल्यावस्था में ही परलोक सिधार चुकी थी। उसके पालन-पोषण का भार पिता पर पड़ा। संग्राम का समय था, योद्धाओं को कमर खोलने की भी फुरसत न मिलती थी, वे घोड़े की पीठ पर भोजन करते और जीन ही पर झपकियाँ ले लेते थे। चिंता का बाल्यकाल पिता के साथ समरभूमि में कटा। बाप उसे किसी खोह में या वृक्ष की आड़

में छिपा कर मैदान में चला जाता। चिंता निश्शंक भाव से बैठी हुई मिट्टी के किले बनाती और बिगाड़ती। उसके घरौंदे थे, उसकी गुड़ियाँ ओढ़नी न ओढ़ती थीं। वह सिपाहियों के गुड्डे बनाती और उन्हें रण-क्षेत्र में खड़ा करती थी। कभी-कभी उसका पिता संध्या समय भी न लौटता; पर चिंता को भय छू तक न गया था। निर्जन स्थान में भूखी-प्यासी रात-रात भर बैठी रह जाती। उसने नेवले और सियार की कहानियाँ कभी न सुनी थीं। वीरों के आत्मोत्सर्ग की कहानियाँ, और वह भी योद्धाओं के मुँह से सुन-सुन कर वह आदर्शवादिनी बन गयी थी।

एक बार तीन दिन तक चिंता को अपने पिता की खबर न मिली। वह एक पहाड़ी की खोह में बैठी मन ही मन एक ऐसा किला बना रही थी, जिसे शत्रु किसी भाँति जान न सके। दिन भर वह उसी किले का नक्शा सोचती और रात को उसी किले का स्वप्न देखती। तीसरे दिन संध्या-समय उसके पिता के कई साथियों ने आ कर उसके सामने रोना शुरू किया। चिंता ने विस्मित होकर पूछा—दादा जी कहाँ हैं ? तुम लोग क्यों रोते हो ?

किसी ने इसका उत्तर न दिया। वे जोर से धाड़ें मार-मार कर रोने लगे। चिंता समझ गयी कि उसके पिता ने वीरगति पायी। उस तेरह वर्ष की बालिका की आँखों से आँसू की एक बूँद भी न गिरी, मुख जरा भी मलिन न हुआ, एक आह भी न निकली। हँस कर बोली—अगर उन्होंने वीरगति पायी, तो तुम लोग रोते क्यों हो ? योद्धाओं के लिए इससे बढ़ कर और कौन मृत्यु हो सकती है ? इससे बढ़कर उनकी वीरता का और क्या पुरस्कार मिल सकता है ? यह रोने का नहीं, आनन्द मनाने का अवसर है।

एक सिपाही ने चिंतित स्वर में कहा—हमें तुम्हारी चिंता है। तुम अब कहाँ रहोगी ?

चिंता ने गम्भीरता से कहा—इसकी तुम कुछ चिंता न करो, दादा ! मैं अपने बाप की बेटी हूँ। जो कुछ उन्होंने किया, वही मैं भी करूँगी। अपनी मातृभूमि को शत्रुओं के पंजे से छुड़ाने में उन्होंने प्राण दे दिये। मेरे सामने भी वही आदर्श है। जा कर अपने आदमियों को सँभालिए। मेरे लिए एक घोड़ा और हथियारों का प्रबन्ध कर दीजिए। ईश्वर ने चाहा, तो आप लोग मुझे किसी से पीछे न पायेंगे, लेकिन यदि मुझे पीछे हटते देखना, तो तलवार के एक हाथ से इस जीवन का अंत कर देना। यही मेरी आपसे विनय है।

जाइए, अब विलम्ब न कीजिए।

सिपाहियों को चिंता के ये वीर-वचन सुनकर कुछ भी आश्चर्य नहीं हुआ। हाँ, उन्हें यह संदेह अवश्य हुआ कि क्या कोमल बालिका अपने संकल्प पर दृढ़ रह सकेगी ?

3

पाँच वर्ष बीत गये। समस्त प्रांत में चिंतादेवी की धाक बैठ गयी। शत्रुओं के कदम उखड़ गये। वह विजय की सजीव मूर्ति थी, उसे तीरों और गोलियों के सामने निश्शंक खड़े देख कर सिपाहियों को उत्तेजना मिलती रहती थी। उसके सामने वे कैसे कदम पीछे हटाते ? कोमलांगी युवती आगे बढ़े, तो कौन पुरुष पीछे हटेगा ! सुंदरियों के सम्मुख योद्धाओं की वीरता अजेय हो जाती है। रमणी के वचन-बाण योद्धाओं के लिए आत्म-समर्पण के गुप्त संदेश हैं। उसकी एक चितवन कायरों में भी पुरुषत्व प्रवाहित कर देती है। चिंता की छवि-कीर्ति ने मनचले सूरमाओं को चारों ओर से खींच-खींच कर उसकी सेना को सजा दिया—जान पर खेलनेवाले भौंरे चारों ओर से आ-आ कर इस फूल पर मँडराने लगे।

इन्हीं योद्धाओं में रत्नसिंह नाम का एक युवक राजपूत भी था।

यों तो चिंता के सैनिकों में सभी तलवार के धनी थे; बात पर जान देनेवाले, उसके इशारे पर आग में कूदने वाले, उसकी आज्ञा पाकर एक बार आकाश के तारे तोड़ लाने को भी चल पड़ते; किन्तु रत्नसिंह सबसे बढ़ा हुआ था। चिंता भी हृदय में उससे प्रेम करती थी। रत्नसिंह अन्य वीरों की भाँति अक्खड़, मुँहफट या घमंडी न था। और लोग अपनी-अपनी कीर्ति को खूब बढ़ा-बढ़ाकर बयान करते, आत्म-प्रशंसा करते हुए उनकी जबान न रुकती थी। वे जो कुछ करते, चिंता को दिखाने के लिए। उनका ध्येय अपना कर्तव्य न था, चिंता थी। रत्नसिंह जो कुछ करता, शांत भाव से। अपनी प्रशंसा करना तो दूर रहा, वह चाहे कोई शेर ही क्यों न मार आये, उसकी चर्चा तक न करता। उसकी विनयशीलता और नम्रता, संकोच की सीमा से भिड़ गयी थी। औरों के प्रेम में विलास था; पर रत्नसिंह के प्रेम में त्याग और तप। और लोग मीठी नींद सोते थे; पर रत्नसिंह तारे गिन-गिन कर रात काटता था और

सब अपने दिल में समझते थे कि चिंता मेरी होगी—केवल रत्नसिंह निराश था, और इसलिए उसे किसी से न द्वेष था, न राग। औरों को चिंता के सामने चहकते देख कर उसे उनकी वाक्पटुता पर आश्चर्य होता, प्रतिक्षण उसका निराशांधकार और भी घना हो जाता था। कभी-कभी वह अपने बोदेपन पर झुँझला उठता—क्यों ईश्वर ने उसे उन गुणों से वंचित रखा, जो रमणियों के चित्त को मोहित करते हैं ? उसे कौन पूछेगा ? उसकी मनोव्यथा को कौन जानता है ? पर वह मन में झुँझला कर रह जाता था। दिखावे की उसकी सामर्थ्य ही न थी।

आधी से अधिक रात बीत चुकी थी। चिंता अपने खेमे में विश्राम कर रही थी। सैनिकगण भी कड़ी मंजिल मारने के बाद कुछ खा-पीकर गाफिल पड़े हुए थे। आगे एक घना जंगल था। जंगल के उस पार शत्रुओं का एक दल डेरा डाले पड़ा था। चिंता उसके आने की खबर पा कर भागाभाग चली आ रही थी। उसने प्रातःकाल शत्रुओं पर धावा करने का निश्चय कर लिया था। उसे विश्वास था कि शत्रुओं को मेरे आने की खबर न होगी; किंतु यह उसका भ्रम था। उसी की सेना का एक आदमी शत्रुओं से मिला हुआ था। यहाँ की खबरें वहाँ नित्य पहुँचती रहती थीं। उन्होंने चिंता से निश्चिंत होने के लिए एक षड्यंत्र रच रखा था—उसकी गुप्त हत्या करने के लिए तीन साहसी सिपाहियों को नियुक्त कर दिया था। वे तीनों हिंस्र पशुओं की भाँति दबे-पाँव जंगल को पार करके आये और वृक्षों की आड़ में खड़े हो कर सोचने लगे कि चिंता का खेमा कौन-सा है ? सारी सेना बे-खबर सो रही थी, इससे उन्हें अपने कार्य की सिद्धि में लेशमात्र संदेह न था। वे वृक्षों की आड़ से निकले, और जमीन पर मगर की तरह रेंगते हुए चिंता के खेमे की ओर चले।

सारी सेना बे-खबर सोती थी, पहरे के सिपाही थक कर चूर हो जाने के कारण निद्रा में मग्न हो गये हैं। केवल एक प्राणी खेमे के पीछे मारे ठंड के सिकुड़ा हुआ बैठा था। यही रत्नसिंह था। आज उसने यह कोई नयी बात न की थी। पड़ावों में उसकी रातें इसी भाँति चिंता के खेमे के पीछे बैठे-बैठे कटती थीं। घातकों की आहट पा कर उसने तलवार निकाल ली, और चौंक कर उठ खड़ा हुआ। देखा—तीन आदमी झुके हुए चले आ रहे हैं। अब क्या करे ? अगर शोर मचाता है, तो सेना में खलबली पड़ जाय, और अँधेरे में लोग एक-दूसरे पर वार करके आपस ही में कट मरें। इधर अकेले तीन जवानों से भिड़ने में प्राणों का भय। अधिक सोचने का मौका न था। उसमें योद्धाओं

की अविलम्ब निश्चय कर लेने की शक्ति थी; तुरन्त तलवार खींच ली, और उन तीनों पर टूट पड़ा। कई मिनट तक तलवारें छपाछप चलती रहीं। फिर सन्नाटा छा गया। उधर वे तीनों आहत होकर गिर पड़े, इधर यह भी जख्मों से चूर हो कर अचेत हो गया।

प्रातःकाल चिंता उठी, तो चारों जवानों को भूमि पर पड़े पाया। उसका कलेजा धक् से हो गया। समीप जा कर देखा–तीनों आक्रमणकारियों के प्राण निकल चुके थे; पर रत्नसिंह की साँस चल रही थी। सारी घटना समझ में आ गयी। नारीत्व ने वीरत्व पर विजय पायी। जिन आँखों से पिता की मृत्यु पर आँसू की एक बूँद भी न गिरी थी, उन्हीं आँखों से आँसुओं की झड़ी लग गयी। उसने रत्नसिंह का सिर अपनी जाँघ पर रख लिया, और हृदयांगण में रचे हुए स्वयंवर में उसके गले में जयमाल डाल दी।

4

महीने भर न रत्नसिंह की आँखें खुलीं, और न चिंता की आँखें बन्द हुईं। चिंता उसके पास से एक क्षण के लिए भी कहीं न जाती। न अपने इलाके की परवा थी, न शत्रुओं के बढ़ते चले आने की फिक्र। रत्नसिंह पर वह अपनी सारी विभूतियों का बलिदान कर चुकी थी। पूरा महीना बीत जाने के बाद रत्नसिंह की आँखें खुलीं। देखा–चारपाई पड़ी हुई है, और चिंता सामने पंखा लिए खड़ी है। क्षीण स्वर में बोला–चिंता, पंखा मुझे दे दो, तुम्हें कष्ट हो रहा है।

चिंता का हृदय इस समय स्वर्ग के अखंड, अपार सुख का अनुभव कर रहा था। एक महीना पहले जिस जीर्ण शरीर के सिरहाने बैठी हुई वह नैराश्य से रोया करती थी, उसे आज बोलते देख कर आह्लाद का पारावार न था। उसने स्नेह-मधुर स्वर में कहा–प्राणनाथ, यदि यह कष्ट है, तो सुख क्या है, मैं नहीं जानती। 'प्राणनाथ'–इस सम्बोधन में विलक्षण मंत्र की-सी शक्ति थी। रत्नसिंह की आँखें चमक उठीं। जीर्ण मुद्रा प्रदीप्त हो गयी, नसों में एक नये जीवन का संचार हो उठा, और वह जीवन कितना स्फूर्तिमय था। उसमें कितना उत्साह, कितना माधुर्य, कितना उल्लास और कितनी करुणा थी।

रत्नसिंह के अंग-अंग फड़कने लगे। उसे अपनी भुजाओं में अलौकिक पराक्रम का अनुभव होने लगा। ऐसा जान पड़ा, मानो वह सारे संसार को सर

कर सकता है, उड़ कर आकाश पर पहुँच सकता है, पर्वतों को चीर सकता है। एक क्षण के लिए उस ऐसी तृप्ति हुई, मानो उसकी सारी अभिलाषाएँ पूरी हो गयी हैं, और वह किसी से कुछ नहीं चाहता; शायद शिव को सामने खड़ा देख कर भी वह मुँह फेर लेगा, कोई वरदान न माँगेगा। उसे अब किसी ऋद्धि की, किसी पदार्थ की इच्छा न थी। उसे गर्व हो रहा था, मानो उससे अधिक सुखी, उससे अधिक भाग्यशाली पुरुष संसार में और कोई न होगा।

रत्नसिंह ने उठने की चेष्टा करके कहा—बिना तप के सिद्धि नहीं मिलती।

चिंता अभी अपना वाक्य पूरा भी न कर पायी थी कि उसी प्रसंग में बोली—हाँ, आपको मेरे कारण अलबत्ता दुस्सह यातना भोगनी पड़ी।

चिंता ने रत्नसिंह को कोमल हाथों से लिटाते हुए कहा—इस सिद्धि के लिए तुमने तपस्या नहीं की थी। झूठ क्यों बोलते हो ? तुम केवल एक अबला की रक्षा कर रहे थे। यदि मेरी जगह कोई दूसरी स्त्री होती, तो भी तुम इतने ही प्राणपण से उसकी रक्षा करते। मुझे इसका विश्वास है। मैं तुमसे सत्य कहती हूँ, मैंने आजीवन ब्रह्मचारिणी रहने का प्रण कर लिया था; लेकिन तुम्हारे आत्मोत्सर्ग ने मेरे प्रण को तोड़ डाला। मेरा पालन योद्धाओं की गोद में हुआ है; मेरा हृदय उसी पुरुषसिंह के चरणों पर अर्पण हो सकता है, जो प्राणों की बाजी खेल सकता हो। रसिकों के हास-विलास, गुंडों के रूप-रंग और फेकैतों के दाँव-घात का मेरी दृष्टि में रत्ती भर भी मूल्य नहीं। उनकी नट-विद्या को मैं केवल तमाशे की तरह देखती हूँ। तुम्हारे ही हृदय में मैंने सच्चा उत्सर्ग पाया, और तुम्हारी दासी हो गयी—आज से नहीं, बहुत दिनों से।

5

प्रणय की पहली रात थी। चारों ओर सन्नाटा था। केवल दोनों प्रेमियों के हृदयों में अभिलाषाएँ लहरा रही थीं। चारों ओर अनुरागमयी चाँदनी छिटकी हुई थी, और उसकी हास्यमयी छटा में वर-वधू प्रेमालाप कर रहे थे।

सहसा खबर आयी कि शत्रुओं की एक सेना किले की ओर बढ़ी चली आती है। चिंता चौंक पड़ी; रत्नसिंह खड़ा हो गया, और खूँटी से लटकती हुई तलवार उतार ली।

चिंता ने उसकी ओर कातर-स्नेह की दृष्टि से देख कर कहा—कुछ आदमियों

को उधर भेज दो, तुम्हारे जाने की क्या जरूरत है ?

रत्नसिंह ने बंदूक कंधे पर रखते हुए कहा—मुझे भय है कि अबकी वे लोग बड़ी संख्या में आ रहे हैं।

चिंता—तो मैं भी चलूँगी।

'नहीं, मुझे आशा है, वे लोग ठहर न सकेंगे। मैं एक ही धावे में उनके कदम उखाड़ दूँगा। यह ईश्वर की इच्छा है कि हमारी प्रणय-रात्रि विजय-रात्रि हो !'

'न-जाने क्यों मन कातर हो रहा है। जाने देने को जी नहीं चाहता !'

रत्नसिंह ने इस सरल, अनुरक्त आग्रह से विह्वल हो कर चिंता को गले लगा लिया और बोले—मैं सबेरे तक लौट जाऊँगा, प्रिये !

चिंता पति के गले में हाथ डाल कर आँखों में आँसू भरे हुए बोली—मुझे भय है, तुम बहुत दिनों में लौटोगे। मेरा मन तुम्हारे साथ रहेगा। जाओ, पर रोज खबर भेजते रहना। तुम्हारे पैरों पड़ती हूँ, अवसर का विचार करके धावा करना। तुम्हारी आदत है कि शत्रु देखते ही आकुल हो जाते हो, और जान पर खेल कर टूट पड़ते हो। तुमसे मेरा यही अनुरोध है कि अवसर देख कर काम करना। जाओ जिस तरह पीठ दिखाते हो, उसी तरह मुँह दिखाओ।

चिंता का हृदय कातर हो रहा था। वहाँ पहले केवल विजय-लालसा का आधिपत्य था, अब भोग-लालसा की प्रधानता थी। वही वीरबाला, जो सिंहनी की तरह गरज कर शत्रुओं के कलेजे को कँपा देती थी, आज इतनी दुर्बल हो रही थी कि जब रत्नसिंह घोड़े पर सवार हुआ, तो आप उसकी कुशल-कामना से मन ही मन देवी की मनौतियाँ कर रही थी।

जब तक वह वृक्षों की ओट में छिप न गया, वह खड़ी उसे देखती रही, फिर वह किले के सबसे ऊँचे बुर्ज पर चढ़ गयी, और घंटों उसी तरफ ताकती रही।

वहाँ शून्य था, पहाड़ियों ने कभी का रत्नसिंह को अपनी ओट में छिपा लिया था; पर चिंता को ऐसे जान पड़ा था कि वह सामने चले जा रहे हैं। जब उषा की लोहित छवि वृक्षों की आड़ से झाँकने लगी, तो उसकी मोह विस्मृति टूट गयी। मालूम हुआ, चारों तरफ शून्य है। वह रोती हुई बुर्ज से उतरी, और शय्या पर मुँह ढाँप कर रोने लगी।

6

रत्नसिंह के साथ मुश्किल से सौ आदमी थे; किन्तु सभी मँजे हुए, अवसर और संख्या को तुच्छ समझने वाले, अपनी जान के दुश्मन ! वीरोल्लास से भरे हुए, एक वीर-रस-पूर्ण पद गाते हुए, घोड़ों को बढ़ाये चले जाते थे–

'बाँकी तेरी पाग सिपाही, इसकी रखना लाज।
तेग-तवर कुछ काम न आवे, बख्तर-ढाल व्यर्थ हो जावे।
रखियो मन में लाग, सिपाही बाँकी तेरी पाग।
इसकी रखना लाज।।'

पहाड़ियाँ इन वीर-स्वरों से गूँज रही थीं। घोड़ों की टाप ताल दे रही थी। यहाँ तक कि रात बीत गयी, सूर्य ने अपनी लाल आँखें खोल दीं और इन वीरों पर अपनी स्वर्ण-छटा की वर्षा करने लगा।

वहीं रक्तमय प्रकाश में शत्रुओं की सेना एक पहाड़ी पर पड़ाव डाले हुए नजर आयी।

रत्नसिंह सिर झुकाये, वियोग-व्यथित हृदय को दबाये, मन्द गति से पीछे-पीछे चला जाता था। कदम आगे बढ़ता था; पर मन पीछे हटता। आज जीवन में पहली बार दुश्चिंताओं ने उसे आशंकित कर रखा था। कौन जानता है, लड़ाई का अंत क्या होगा ? जिस स्वर्ग-सुख को छोड़ कर वह आया था, उसकी स्मृतियाँ रह-रह कर उसके हृदय को मसोस रही थीं; चिंता की सजल आँखें याद आती थीं; और जी चाहता था, घोड़े की रास पीछे मोड़ दें। प्रतिक्षण रणोत्साह क्षीण होता जाता था, सहसा एक सरदार ने समीप आकर कहा–भैया, यह देखो, ऊँची पहाड़ी पर शत्रु डेरे डाले पड़े हैं। तुम्हारी अब क्या राय है ? हमारी तो यह इच्छा है कि तुरन्त उन पर धावा कर दें। गाफिल पड़े हुए हैं, भाग खड़े होंगे। देर करने से वे भी सँभल जायेंगे और तब मामला नाजुक हो जायेगा। एक हजार से कम न होंगे।

रत्नसिंह ने चिंतित नेत्रों से शत्रु-दल की ओर देख कर कहा–हाँ, मालूम तो होता है।

सिपाही–तो धावा कर दिया जाय न ?

रत्न.–जैसी तुम्हारी इच्छा। संख्या अधिक है, यह सोच लो।

सिपाही–इसकी परवाह नहीं। हम इससे बड़ी सेनाओं को परास्त कर

चुके हैं।

रत्न.—यह सच है; पर आग में कूदना ठीक नहीं।

सिपाही—भैया, तुम कहते क्या हो ? सिपाही का तो जीवन ही आग में कूदने के लिए है। तुम्हारे हुक्म की देर है, फिर हमारा जीवट देखना।

रत्न.—अभी हम लोग बहुत थके हुए हैं। जरा विश्राम कर लेना अच्छा है।

सिपाही—नहीं भैया; उन सबों को हमारी आहट मिल गयी, तो गजब हो जायेगा।

रत्न.—तो फिर धावा ही कर दो।

एक क्षण में योद्धाओं ने घोड़ों की बागें उठा दीं, और अस्त्र सँभाले हुए शत्रु सेना पर लपके; किन्तु पहाड़ी पर पहुँचते ही इन लोगों ने उसके विषय में जो अनुमान किया था, वह मिथ्या था। वह सजग ही न थे स्वयं किले पर धावा करने की तैयारियाँ भी कर रहे थे। इन लोगों ने जब उन्हें सामने आते देखा, तो समझ गये कि भूल हुई; लेकिन अब सामना करने के सिवा चारा ही क्या था। फिर भी वे निराश न थे। रत्नसिंह जैसे कुशल योद्धा के साथ इन्हें कोई शंका न थी। वह इससे भी कठिन अवसरों पर अपने रण-कौशल से विजय-लाभ कर चुका था। क्या आज वह अपना जौहर न दिखाएगा ? सारी आँखें रत्नसिंह को खोज रही थीं; पर उसका वहाँ कहीं पता न था। कहाँ चला गया ? यह कोई न जानता था।

पर वह कहीं नहीं जा सकता। अपने साथियों को इस कठिन अवस्था में छोड़कर वह कहीं नहीं जा सकता—सम्भव नहीं। अवश्य ही वह यहीं है, और हारी हुई बाजी को जिताने की कोई युक्ति सोच रहा है।

एक क्षण में शत्रु इनके सामने आ पहुँचे। इतनी बहुसंख्यक सेना के सामने ये मुट्ठी भर आदमी क्या कर सकते थे। चारों ओर से रत्नसिंह की पुकार होने लगी—भैया, तुम कहाँ हो ? हमें क्या हुक्म देते हो ? देखते हो, वे लोग सामने आ पहुँचे; पर तुम अभी मौन खड़े हो। सामने आकर हमें मार्ग दिखाओ, हमारा उत्साह बढ़ाओ !

पर अब भी रत्नसिंह न दिखायी दिया। यहाँ तक कि शत्रु-दल सिर पर आ पहुँचा, और दोनों दलों में तलवारें चलने लगीं। बुन्देलों ने प्राण हथेली पर ले कर लड़ना शुरू किया; पर एक को एक बहुत होता है; एक और दस

का मुकाबिला ही क्या ? यह लड़ाई न थी, प्राणों का जुआ था ! बुन्देलों में निराशा का अलौकिक बल था। खूब लड़े; पर क्या मजाल कि कदम पीछे हटें। उनमें अब जरा भी संगठन न था। जिससे जितना आगे बढ़ते बना, बढ़ा। अंत क्या होगा, इसकी किसी को चिंता न थी। कोई तो शत्रुओं की सफें चीरता हुआ सेनापति के समीप पहुँच गया, कोई उनके हाथी पर चढ़ने की चेष्टा करते मारा गया। उनका अमानुषिक साहस देख कर शत्रुओं के मुँह से भी वाह-वाह निकलती थी; लेकिन ऐसे योद्धाओं ने नाम पाया है, विजय नहीं पायी। एक घंटे में रंगमंच का परदा गिर गया, तमाशा खत्म हो गया। एक आँधी थी; जो आयी और वृक्षों को उखाड़ती हुई चली गयी। संगठित रह कर ये मुट्ठी भर आदमी दुश्मनों के दाँत खट्टे कर देते; पर जिस पर संगठन का भार था, उसका कहीं पता न था। विजयी मरहठों ने एक-एक लाश ध्यान से देखी। रत्नसिंह उसकी आँखों में खटकता था। उसी पर उनके दाँत लगे थे। रत्नसिंह के जीते-जी उन्हें नींद न आती थी। लोगों ने पहाड़ी की एक-एक चट्टान का मन्थन कर डाला; पर रत्न न हाथ आया। विजय हुई; पर अधूरी।

7

चिंता के हृदय में आज न जाने क्यों भाँति-भाँति की शंकाएँ उठ रही थीं। वह कभी इतनी दुर्बल न थी। बुन्देलों की हार ही क्यों होगी, इसका कोई कारण तो वह न बता सकती थी; पर यह भावना उसके विकल हृदय से किसी तरह न निकलती थी। उस अभागिन के भाग्य में प्रेम का सुख भोगना लिखा होता, तो क्या बचपन ही में माँ मर जाती, पिता के साथ वन-वन घूमना पड़ता, खोहों और कंदराओं में रहना पड़ता ! और वह आश्रय भी तो बहुत दिन न रहा। पिता भी मुँह मोड़ कर चल दिये। तब से उसे एक दिन भी तो आराम से बैठना नसीब न हुआ। विधाता क्या अब अपना क्रूर कौतुक छोड़ देगा ? आह ! उसके दुर्बल हृदय में इस समय एक विचित्र भावना उत्पन्न हुई—ईश्वर उसके प्रियतम को आज सकुशल लाये, तो वह उसे लेकर किसी दूर के गाँव में जा बसेगी। पतिदेव की सेवा और आराधना में जीवन सफल करेगी। इस संग्राम से सदा के लिए मुँह मोड़ लेगी। आज पहली बार नारीत्व का भाव उसके मन में जाग्रत हुआ।

संध्या हो गयी थी, सूर्य भगवान् किसी हारे हुए सिपाही की भाँति मस्तक झुकाते कोई आड़ खोज रहे थे। सहसा एक सिपाही नंगे सिर, पाँव, निरस्त्र उसके सामने आ कर खड़ा हो गया। चिंता पर वज्रपात हो गया। एक क्षण तक मर्माहत सी बैठी रही। फिर उठ कर घबराई हुई सैनिक के पास आयी, और आतुर स्वर में पूछा—कौन-कौन बचा ?

सैनिक ने कहा—कोई नहीं ?

'कोई नहीं ? कोई नहीं ?'

चिंता सिर पकड़ कर भूमि पर बैठ गयी। सैनिक ने फिर कहा—मरहठे समीप आ पहुँचे।

'समीप आ पहुँचे ?'

'बहुत समीप !'

'तो तुरंत चिता तैयार करो। समय नहीं है।'

'अभी हम लोग तो सिर कटाने को हाजिर ही हैं।'

'तुम्हारी जैसी इच्छा। मेरे कर्तव्य का तो यही अंत है।'

'किला बंद करके हम महीनों लड़ सकते हैं।'

'तो जाकर लड़ो। मेरी लड़ाई अब किसी से नहीं।'

एक ओर अंधकार प्रकाश को पैरों-तले कुचलता चला आता था; दूसरी ओर विजयी मरहठे लहराते हुए खेतों को। और किले में चिता बन रही थी। ज्यों ही दीपक जले, चिता में भी आग लगी। सती चिंता सोलहो शृंगार किये, अनुपम छवि दिखाती हुई, प्रसन्न-मुख अग्नि-मार्ग से पतिलोक की यात्रा करने जा रही थी।

8

चिता के चारों ओर स्त्री और पुरुष जमा थे। शत्रुओं ने किले को घेर लिया है इसकी किसी को फिक्र न थी। शोक और संतोष से सबके चेहरे उदास और सिर झुके हुए थे।

अभी कल इसी आँगन में विवाह का मंडप सजाया गया था। जहाँ इस समय चिता सुलग रही है, वहीं कल हवन-कुण्ड था। कल भी इसी भाँति अग्नि की लपटें उठ रही थीं, इसी भाँति लोग जमा थे; पर आज और कल के दृश्यों

में कितना अंतर है ! हाँ, स्थूल नेत्रों के लिए अंतर हो सकता है; पर वास्तव में यह उसी यज्ञ की पूर्णाहुति है, उसी प्रतिज्ञा का पालन है।

सहसा घोड़े की टापों की आवाजें सुनायी देने लगीं। मालूम होता था, कोई सिपाही घोड़े को सरपट भगाता चला आ रहा है। एक क्षण में टापों की आवाज बंद हो गयी, और एक सैनिक आँगन में दौड़ा हुआ आ पहुँचा। लोगों ने चकित होकर देखा, यह रत्नसिंह था !

रत्नसिंह चिता के पास जाकर हाँफता हुआ बोला—प्रिये, मैं तो अभी जीवित हूँ, यह तुमने क्या कर डाला ?

चिता में आग लग चुकी थी ! चिंता की साड़ी से अग्नि की ज्वाला निकल रही थी।

रत्नसिंह उन्मत्त की भाँति चिता में घुस गया, और चिंता का हाथ पकड़ कर उठाने लगा। लोगों ने चारों ओर से लपक-लपक कर चिता की लकड़ियाँ हटानी शुरू कीं; पर चिंता ने पति की ओर आँख उठा कर भी न देखा, केवल हाथों से उसे हट जाने का संकेत किया।

रत्नसिंह सिर पीट कर बोला—हाय प्रिये, तुम्हें क्या हो गया है। मेरी ओर देखती क्यों नहीं ? मैं तो जीवित हूँ।

चिता से आवाज आयी—तुम्हारा नाम रत्नसिंह है; पर तुम मेरे रत्नसिंह नहीं हो।

तुम मेरी तरफ देखो तो, मैं ही तुम्हारा दास, तुम्हारा उपासक, तुम्हारा पति हूँ।

'मेरे पति ने वीर-गति पायी।'

'हाय ! कैसे समझाऊँ ! अरे लोगो, किसी भाँति अग्नि शांत करो। मैं रत्नसिंह ही हूँ, प्रिये ? क्या तुम मुझे पहचानती नहीं हो ?'

अग्नि-शिखा चिंता के मुख तक पहुँच गयी। अग्नि में कमल खिल गया। चिंता स्पष्ट स्वर में बोली—खूब पहचानती हूँ। तुम मेरे रत्नसिंह नहीं। मेरा रत्नसिंह सच्चा शूर था। वह आत्मरक्षा के लिए, इस तुच्छ देह को बचाने के लिए अपने क्षत्रिय-धर्म का परित्याग न कर सकता था। मैं जिस पुरुष के चरणों की दासी बनी थी, वह देवलोक में विराजमान है। रत्नसिंह को बदनाम मत करो। वह वीर राजपूत था, रणक्षेत्र से भागनेवाला कायर नहीं !

अंतिम शब्द निकले ही थे कि अग्नि की ज्वाला चिंता के सिर के ऊपर

जा पहुँची। फिर एक क्षण में वह अनुपम रूप-राशि, वह आदर्श वीरता की उपासिका, वह सच्ची सती अग्नि-राशि में विलीन हो गयी।

रत्नसिंह चुपचाप, हतबुद्धि-सा खड़ा यह शोकमय दृश्य देखता रहा। फिर अचानक एक ठंडी साँस खींचकर उसी चिता में कूद पड़ा।

राजा हरदौल

बुंदेलखंड में ओरछा पुराना राज्य है। इसके राजा बुंदेले हैं। इन बुंदेलों ने पहाड़ों की घाटियों में अपना जीवन बिताया है। एक समय ओरछे के राजा जुझारसिंह थे। ये बड़े साहसी और बुद्धिमान थे। शाहजहाँ उस समय दिल्ली के बादशाह थे। जब लोदी ने बलवा किया और वह शाही मुल्क को लूटता-पाटता ओरछे की ओर आ निकला, तब राजा जुझारसिंह ने उससे मोरचा लिया। राजा के इस काम से गुणग्राही शाहजहाँ बहुत प्रसन्न हुए। उन्होंने तुरंत ही राजा को दक्खिन का शासन-भार सौंपा। उस दिन ओरछे में बड़ा आनंद मनाया गया। शाही दूत खिलअत और सनद ले कर राजा के पास आया। जुझारसिंह को बड़े-बड़े काम करने का अवसर मिला। सफर की तैयारियाँ होने लगीं, तब राजा ने अपने छोटे भाई हरदौलसिंह को बुला कर कहा, ''भैया, मैं तो जाता हूँ। अब यह राज-पाट तुम्हारे सुपुर्द है। तुम भी इसे जी से प्यार करना ! न्याय ही राजा का सबसे बड़ा सहायक है। न्याय की गढ़ी में कोई शत्रु नहीं घुस सकता, चाहे वह रावण की सेना या इन्द्र का बल लेकर आये; पर न्याय वही सच्चा है, जिसे प्रजा भी न्याय समझे। तुम्हारा काम केवल न्याय ही करना न होगा बल्कि प्रजा को अपने न्याय का विश्वास भी दिलाना होगा और मैं तुम्हें क्या समझाऊँ, तुम स्वयं समझदार हो।''

यह कह कर उन्होंने अपनी पगड़ी उतारी और हरदौलसिंह के सिर पर रख दी। हरदौल रोता हुआ उनके पैरों से लिपट गया। इसके बाद राजा अपनी रानी से विदा होने के लिए रनिवास आये। रानी दरवाजे पर खड़ी रो रही थी। उन्हें देखते ही पैरों पर गिर पड़ी। जुझारसिंह ने उठा कर उसे छाती से लगाया और कहा, ''प्यारी, यह रोने का समय नहीं है। बुंदेलों की स्त्रियाँ ऐसे अवसर पर रोया नहीं करतीं। ईश्वर ने चाहा, तो हम-तुम जल्द मिलेंगे। मुझ पर ऐसी ही प्रीति रखना। मैंने राज-पाट हरदौल को सौंपा है, वह अभी लड़का

है। उसने अभी दुनिया नहीं देखी है। अपनी सलाहों से उसकी मदद करती रहना।''

रानी की जबान बंद हो गयी। वह अपने मन में कहने लगी, ''हाय यह कहते हैं, बुंदेलों की स्त्रियाँ ऐसे अवसरों पर रोया नहीं करतीं। शायद उनके हृदय नहीं होता, या अगर होता है तो उसमें प्रेम नहीं होता !'' रानी कलेजे पर पत्थर रख कर आँसू पी गयी और हाथ जोड़ कर राजा की ओर मुस्कराती हुई देखने लगी; पर क्या वह मुस्कराहट थी ? जिस तरह अँधेरे मैदान में मशाल की रोशनी अँधेरे को और भी अथाह कर देती है, उसी तरह रानी की मुस्कराहट उसके मन के अथाह दुःख को और भी प्रकट कर रही थी।

जुझारसिंह के चले जाने के बाद हरदौलसिंह राज करने लगा। थोड़े ही दिनों में उसके न्याय और प्रजावात्सल्य ने प्रजा का मन हर लिया। लोग जुझारसिंह को भूल गये। जुझारसिंह के शत्रु भी थे और मित्र भी; पर हरदौलसिंह का कोई शत्रु न था, सब मित्र ही थे। वह ऐसा हँसमुख और मधुरभाषी था कि उससे जो बातें कर लेता, वही जीवन भर उसका भक्त बना रहता। राज्य भर में ऐसा कोई न था जो उसके पास तक न पहुँच सकता हो। रात-दिन उसके दरबार का फाटक सबके लिए खुला रहता था। ओरछे को कभी ऐसा सर्वप्रिय राजा नसीब न हुआ था। वह उदार था, न्यायी था, विद्या और गुण का ग्राहक था; पर सबसे बड़ा गुण जो उसमें था, वह उसकी वीरता थी। उसका वह गुण हद दर्जे को पहुँच गया था। जिस जाति के जीवन का अवलम्ब तलवार पर है, वह अपने राजा के किसी गुण पर इतना नहीं रीझती जितना उसकी वीरता पर। हरदौल अपने गुण से अपनी प्रजा के मन का भी राजा हो गया, जो मुल्क और माल पर राज करने से भी कठिन है। इस प्रकार एक वर्ष बीत गया। उधर दक्खिन में जुझारसिंह ने अपने प्रबंध से चारों ओर शाही दबदबा जमा दिया, इधर ओरछे में हरदौल ने प्रजा पर मोहन-मंत्र फूँक दिया।

2

फाल्गुन का महीना था, अबीर और गुलाल से जमीन लाल हो रही थी। कामदेव का प्रभाव लोगों को भड़का रहा था। रबी ने खेतों में सुनहला फर्श बिछा रखा था और खलिहानों में सुनहले महल उठा दिये थे। संतोष इस सुनहले फर्श

पर इठलाता फिरता था और निश्चिंतता इस सुनहले महल में तानें अलाप रही थी। इन्हीं दिनों दिल्ली का नामवर फेकैत कादिरखाँ ओरछे आया। बड़े-बड़े पहलवान उसका लोहा मान गये थे। दिल्ली से ओरछे तक सैकड़ों मर्दानगी के मद से मतवाले उसके सामने आये; पर कोई उससे जीत न सका। उससे लड़ना भाग्य से नहीं, बल्कि मौत से लड़ना था। वह किसी इनाम का भूखा न था। जैसा ही दिल का दिलेर था, वैसा ही मन का राजा था। ठीक होली के दिन उसने धूमधाम से ओरछे में सूचना दी कि "खुदा का शेर दिल्ली का कादिरखाँ ओरछे आ पहुँचा है। जिसे अपनी जान भारी हो, आ कर अपने भाग्य का निपटारा कर ले।" ओरछे के बड़े-बड़े बुंदेले सूरमा वह घमंड-भरी वाणी सुन कर गरम हो उठे। फाग और डफ की तान के बदले ढोल की वीर-ध्वनि सुनायी देने लगी। हरदौल का अखाड़ा ओरछे के पहलवानों और फेकैतों का सबसे बड़ा अड्डा था। संध्या को यहाँ सारे शहर के सूरमा जमा हुए। कालदेव और भालदेव बुंदेलों की नाक थे, सैकड़ों मैदान मारे हुए। ये ही दोनों पहलवान कादिरखाँ का घमंड चूर करने के लिए गये।

दूसरे दिन किले के सामने तालाब के किनारे बड़े मैदान में ओरछे के छोटे-बड़े सभी जमा हुए। कैसे-कैसे सजीले, अलबेले जवान थे—सिर पर खुशरंग बाँकी पगड़ी, माथे पर चंदन का तिलक, आँखों में मर्दानगी का सरूर, कमर में तलवार। और कैसे-कैसे बूढ़े थे—तनी हुई मूँछें, सादी पर तिरछी पगड़ी, कानों बँधी हुई दाढ़ियाँ, देखने में तो बूढ़े , पर काम में जवान, किसी को कुछ न समझनेवाले। उनकी मर्दाना चाल-ढाल नौजवानों को लजाती थी। हर एक के मुँह से वीरता की बातें निकल रही थीं। नौजवान कहते थे—देखें आज ओरछे की लाज रहती है या नहीं। पर बूढ़े कहते—ओरछे की हार कभी नहीं हुई, न होगी। वीरों का यह जोश देख कर राजा हरदौल ने बड़े जोर से कह दिया—"खबरदार, बुंदेलों की लाज रहे या न रहे; पर उनकी प्रतिष्ठा में बल न पड़ने पाये—यदि किसी ने औरों को यह कहने का अवसर दिया कि ओरछेवाले तलवार से न जीत सके तो धाँधली कर बैठे, वह अपने को जाति का शत्रु समझे।"

सूर्य निकल आया था। एकाएक नगाड़े पर चोट पड़ी और आशा तथा भय ने लोगों के मन को उछाल कर मुँह तक पहुँचा दिया। कालदेव और कादिरखाँ दोनों लँगोट कसे शेरों की तरह अखाड़े में उतरे और गले मिल गये। तब दोनों

तरफ से तलवारें निकलीं और दोनों के बगलों में चली गयीं। फिर बादल के दो टुकड़ों से बिजलियाँ निकलने लगीं। पूरे तीन घंटे तक यही मालूम होता रहा कि दो अगारे हैं। हजारों आदमी खड़े तमाशा देख रहे थे और मैदान में आधी रात का-सा सन्नाटा छाया हुआ था। हाँ, जब कभी कालदेव गिरहदार हाथ चलाता या कोई पेंचदार वार बचा जाता, तो लोगों की गर्दन आप ही आप उठ जाती; पर किसी के मुँह से एक शब्द भी नहीं निकलता था। अखाड़े के अंदर तलवारों की खींचतान थी; पर देखनेवालों के लिए अखाड़े से बाहर मैदान में इससे भी बढ़ कर तमाशा था। बार-बार जातीय प्रतिष्ठा के विचार से मन के भावों को रोकना और प्रसन्नता या दुःख का शब्द मुँह से बाहर न निकलने देना तलवारों के वार बचाने से अधिक कठिन काम था। एकाएक कादिरखाँ 'अल्लाहो-अकबर' चिल्लाया, मानो बादल गरज उठा और उसके गरजते ही कालदेव के सिर पर बिजली गिर पड़ी।

कालदेव के गिरते ही बुंदेलों को सब्र न रहा। हर एक के चेहरे पर निर्बल क्रोध और कुचले हुए घमंड की तसवीर खिंच गयी। हजारों आदमी जोश में आ कर अखाड़े पर दौड़े, पर हरदौल ने कहा—खबरदार ! अब कोई आगे न बढ़े। इस आवाज ने पैरों के साथ जंजीर का काम किया। दर्शकों को रोक कर जब वे अखाड़े में गये और कालदेव को देखा, तो आँखों में आँसू भर आये। जख्मी शेर जमीन पर पड़ा तड़प रहा था। उसके जीवन की तरह उसकी तलवार के दो टुकड़े हो गये थे।

आज का दिन बीता, रात आयी; पर बुंदेलों की आँखों में नींद कहाँ। लोगों ने करवटें बदल कर रात काटी जैसे दुःखित मनुष्य विकलता से सुबह की बाट जोहता है, उसी तरह बुंदेले रह-रह कर आकाश की तरफ देखते और उसकी धीमी चाल पर झुँझलाते थे। उनके जातीय घमंड पर गहरा घाव लगा था। दूसरे दिन ज्यों ही सूर्य निकला, तीन लाख बुंदेले तालाब के किनारे पहुँचे। जिस समय भालदेव शेर की तरह अखाड़े की तरफ चला, दिलों में धड़कन-सी होने लगी। कल जब कालदेव अखाड़े में उतरा था, बुंदेलों के हौसले बढ़े हुए थे; पर आज वह बात न थी। हृदय में आशा की जगह डर घुसा हुआ था। कादिरखाँ कोई चुटीला वार करता तो लोगों के दिल उछल कर होंठों तक आ जाते। सूर्य सिर पर चढ़ा जाता था और लोगों के दिल बैठ जाते थे। इसमें कोई संदेह नहीं कि भालदेव अपने भाई से फुर्तीला और तेज था। उसने कई

बार कादिरखाँ को नीचा दिखलाया; पर दिल्ली का निपुण पहलवान हर बार सँभल जाता था। पूरे तीन घंटे तक दोनों बहादुरों में तलवारें चलती रहीं। एकाएक खटाके की आवाज हुई और भालदेव की तलवार के दो टुकड़े हो गये। राजा हरदौल अखाड़े के सामने खड़े थे। उन्होंने भालदेव की तरफ तेजी से अपनी तलवार फेंकी। भालदेव तलवार लेने के लिए झुका ही था कि कादिरखाँ की तलवार उसकी गर्दन पर आ पड़ी। घाव गहरा न था, केवल एक 'चरका' था; पर उसने लड़ाई का फैसला कर दिया।

हताश बुंदेले अपने-अपने घरों को लौटे। यद्यपि भालदेव अब भी लड़ने को तैयार था; पर हरदौल ने समझा कर कहा कि "भाइयो, हमारी हार उसी समय हो गयी जब हमारी तलवार ने जवाब दे दिया। यदि हम कादिरखाँ की जगह होते तो निहत्थे आदमी पर वार न करते और जब तक हमारे शत्रु के हाथ में तलवार न आ जाती, हम उस पर हाथ न उठाते; पर कादिरखाँ में यह उदारता कहाँ ? बलवान् शत्रु का सामना करने में उदारता को ताक पर रख देना पड़ता है। तो भी हमने दिखा दिया है कि तलवार की लड़ाई में हम उसके बराबर हैं और अब हमको यह दिखाना है कि हमारी तलवार में भी वैसा ही जौहर है !" इसी तरह लोगों को तसल्ली दे कर राजा हरदौल रनिवास को गये।

कुलीना ने पूछा—लाला, आज दंगल का क्या रंग रहा ?

हरदौल ने सिर झुका कर जवाब दिया—आज भी वही कल का-सा हाल रहा।

कुलीना—क्या भालदेव मारा गया ?

हरदौल—नहीं, जान से तो नहीं पर हार हो गयी।

कुलीना—तो अब क्या करना होगा ?

हरदौल—मैं स्वयं इसी सोच में हूँ। आज तक ओरछे को कभी नीचा न देखना पड़ा था। हमारे पास धन न था, पर अपनी वीरता के सामने हम राज और धन कोई चीज न समझते थे। अब हम किस मुँह से अपनी वीरता का घमंड करेंगे ? ओरछे की और बुन्देलों की लाज अब जाती है।

कुलीना—क्या अब कोई आस नहीं है ?

हरदौल—हमारे पहलवानों में वैसा कोई नहीं है, जो उससे बाजी ले जाय। भालदेव की हार ने बुंदेलों की हिम्मत तोड़ दी है। आज सारे शहर में शोक

छाया हुआ है। सैकड़ों घरों में आग नहीं जली। चिराग रोशन नहीं हुआ। हमारे देश और जाति की वह चीज जिससे हमारा मान था, अब अंतिम साँस ले रही है। भालदेव हमारा उस्ताद था। उसके हार चुकने के बाद मेरा मैदान में आना धृष्टता है; पर बुंदेलों की साख जाती है, तो मेरा सिर भी उसके साथ जायेगा। कादिरखाँ बेशक अपने हुनर में एक ही है, पर हमारा भालदेव कभी उससे कम नहीं। उसकी तलवार यदि भालदेव के हाथ में होती तो मैदान जरूर उसके हाथ रहता। ओरछे में केवल एक तलवार है जो कादिरखाँ की तलवार का मुँह मोड़ सकती हैं वह भैया की तलवार है। अगर तुम ओरछे की नाक रखना चाहती हो तो उसे मुझे दे दो। यह हमारी अंतिम चेष्टा होगी। यदि इस बार भी हार हुई तो ओरछे का नाम सदैव के लिए डूब जायेगा।

कुलीना सोचने लगी, तलवार इनको दूँ या न दूँ। राजा रोक गये हैं। उनकी आज्ञा थी कि किसी दूसरे की परछाहीं भी उस पर न पड़ने पाये। क्या ऐसी दशा में मैं उनकी आज्ञा का उल्लंघन करूँ तो वे नाराज होंगे ? कभी नहीं। जब वे सुनेंगे कि मैंने कैसे कठिन समय में तलवार निकाली है, तो उन्हें सच्ची प्रसन्नता होगी। बुंदेलों की आन किसको इतनी प्यारी नहीं है ? उनसे ज्यादा ओरछे की भलाई चाहने वाला कौन होगा ? इस समय उनकी आज्ञा का उल्लंघन करना ही आज्ञा मानना है। यह सोच कर कुलीना ने तलवार हरदौल को दे दी।

सबेरा होते ही यह खबर फैल गयी कि राजा हरदौल कादिरखाँ से लड़ने के लिए जा रहे हैं। इतना सुनते ही लोगों में सनसनी-सी फैल गयी और चौंक उठे। पागलों की तरह लोग अखाड़े की ओर दौड़े। हर एक आदमी कहता था कि जब तक हम जीते हैं, महाराज को लड़ने नहीं देंगे; पर जब लोग अखाड़े के पास पहुँचे तो देखा कि अखाड़े में बिजलियाँ-सी चमक रही हैं। बुंदेलों के दिलों पर उस समय जैसी बीत रही थी, उसका अनुमान करना कठिन है। उस समय उस लम्बे-चौड़े मैदान में जहाँ तक निगाह जाती थी, आदमी-ही-आदमी नजर आते थे; पर चारों तरफ सन्नाटा था। हर एक आँख अखाड़े की तरफ लगी हुई थी और हर एक का दिल हरदौल की मंगल-कामना के लिए ईश्वर का प्रार्थी था। कादिरखाँ का एक-एक वार हजारों दिलों के टुकड़े कर देता था और हरदौल की एक-एक काट से मनों में आनन्द की लहरें उठती थीं। अखाड़ों में दो पहलवानों का सामना था और अखाड़े के बाहर आशा और

निराशा का। आखिर घड़ियाल ने पहला पहर बजाया और हरदौल की तलवार बिजली बन कर कादिर के सिर पर गिरी। यह देखते ही बुन्देले मारे आनन्द के उन्मत्त हो गये। किसी को किसी की सुधि न रही। कोई किसी से गले मिलता, कोई उछलता और कोई छलाँगें मारता था। हजारों आदमियों पर वीरता का नशा छा गया। तलवारें स्वयं म्यान से निकल पड़ीं, भाले चमकने लगे। जीत की खुशी में सैकड़ों जानें भेंट हो गयीं। पर जब हरदौल अखाड़े से बाहर आये और उन्होंने बुन्देलों की ओर तेज निगाहों से देखा तो आन-की-आन में लोग सँभल गये। तलवारें म्यान में जा छिपीं। खयाल आ गया, यह खुशी क्यों, यह उमंग क्यों और यह पागलपन किसलिए ? बुन्देलों के लिए यह कोई नयी बात नहीं हुई। इस विचार ने लोगों का दिल ठंडा कर दिया। हरदौल की इस वीरता ने उसे हर एक बुन्देले के दिल में मान-प्रतिष्ठा की ऊँची जगह पर बिठाया, जहाँ न्याय और उदारता भी उसे न पहुँचा सकती थी। वह पहले ही से सर्वप्रिय था और अब वह अपनी जाति का वीरवर और बुन्देला दिलावरी का सिरमौर बन गया।

3

राजा जुझारसिंह ने भी दक्षिण में अपनी योग्यता का परिचय दिया। वे केवल लड़ाई में ही वीर न थे, बल्कि राज्य-शासन में भी अद्वितीय थे। उन्होंने अपने सुप्रबन्ध से दक्षिण प्रांतों को बलवान राज्य बना दिया और वर्ष भर के बाद बादशाह से आज्ञा लेकर वे ओरछे की तरफ चले। ओरछे की याद उन्हें सदैव बेचैन करती रही। आह ओरछा ! वह दिन कब आयेगा कि फिर तेरे दर्शन होंगे ! राजा मंजिलें मारते चले आते थे, न भूख थी, न प्यास, ओरछेवालों की मुहब्बत खींचे लिये आती थी। यहाँ तक कि ओरछे के जंगलों में आ पहुँचे। साथ के आदमी पीछे छूट गये। दोपहर का समय था। धूप तेज थी। वे घोड़े से उतरे और एक पेड़ की छाँह में जा बैठे। भाग्यवश आज हरदौल भी जीत की खुशी में शिकार खेलने निकले थे। सैकड़ों बुंदेला सरदार उनके साथ थे। सब अभिमान के नशे में चूर थे। उन्होंने राजा जुझारसिंह को अकेले बैठे देखा; पर वे अपने घमंड में इतने डूबे हुए थे कि इनके पास तक न आये। समझा कोई यात्री होगा। हरदौल की आँखों ने भी धोखा खाया। वे घोड़े पर सवार

अकड़ते हुए जुझारसिंह के सामने आये और पूछना चाहते थे कि तुम कौन हो कि भाई से आँख मिल गयी। पहचानते ही घोड़े से कूद पड़े और उनको प्रणाम किया। राजा ने भी उठ कर हरदौल को छाती से लगा लिया; पर उस छाती में अब भाई की मुहब्बत न थी। मुहब्बत की जगह ईर्ष्या ने घेर ली थी और वह केवल इसीलिए कि हरदौल दूर से नंगे पैर उनकी तरफ न दौड़ा, उसके सवारों ने दूर ही से उनकी अभ्यर्थना की। संध्या होते-होते दोनों भाई ओरछे पहुँचे। राजा के लौटने का समाचार पाते ही नगर में प्रसन्नता की दुंदुभी बजने लगी। हर जगह आनंदोत्सव होने लगा और तुरती-फुरती शहर जगमगा उठा।

आज रानी कुलीना ने अपने हाथों भोजन बनाया। नौ बजे होंगे। लौंडी ने आ कर कहा—महाराज, भोजन तैयार है। दोनों भाई भोजन करने गये। सोने के थाल में राजा के लिए भोजन परोसा गया और चाँदी के थाल में हरदौल के लिए। कुलीना ने स्वयं भोजन बनाया था, स्वयं थाल परोसे थे और स्वयं ही सामने लायी थी; पर दिनों का चक्र कहो, या भाग्य के दुर्दिन, उसने भूल से सोने का थाल हरदौल के आगे रख दिया और चाँदी का राजा के सामने। हरदौल ने कुछ ध्यान न दिया, वह वर्ष भर से सोने के थाल में खाते-खाते उसका आदी हो गया था, पर जुझारसिंह तिलमिला गये। जबान से कुछ न बोले; पर तीवर बदल गये और मुँह लाल हो गया। रानी की तरफ घूरकर देखा और भोजन करने लगे। पर ग्रास विष मालूम होता था। दो-चार ग्रास खा कर उठ आये। रानी उनके तीवर देख कर डर गयी। आज कैसे प्रेम से उसने भोजन बनाया था, कितनी प्रतीक्षा के बाद यह शुभ दिन आया था, उसके उल्लास का कोई पारावार न था; पर राजा के तीवर देख कर उसके प्राण सूख गये। जब राजा उठ गये और उसने थाल को देखा, तो कलेजा धक् से हो गया और पैरों तले से मिट्टी निकल गयी। उसने सिर पीट लिया—ईश्वर ! आज रात कुशलतापूर्वक कटे, मुझे शकुन अच्छे दिखायी नहीं देते।

राजा जुझारसिंह शीशमहल में लेटे। चतुर नाइन ने रानी का शृंगार किया और मुस्करा कर बोली—कल महाराज से इसका इनाम लूँगी। यह कह कर वह चली गयी; परंतु कुलीना वहाँ से न उठी। वह गहरे सोच में पड़ी हुई थी। उनके सामने कौन-सा मुँह ले कर जाऊँ ? नाइन ने नाहक मेरा शृंगार कर दिया। मेरा शृंगार देख कर वे खुश भी होंगे ? मुझसे इस समय अपराध हुआ

है, मैं अपराधिनी हूँ, मेरा उनके पास इस समय बनाव-शृंगार करके जाना उचित नहीं। नहीं, नहीं; आज मुझे उनके पास भिखारिनी के भेष में जाना चाहिए। मैं उनसे क्षमा माँगूँगी। इस समय मेरे लिए यही उचित है। यह सोच कर रानी बड़े शीशे के सामने खड़ी हो गयी वह अप्सरा-सी मालूम होती थी। सुंदरता की कितनी ही तसवीरें उसने देखी थीं; पर उसे इस समय शीशे की तसवीर सबसे ज्यादा खूबसूरत मालूम होती थी।

सुंदरता और आत्मरुचि का साथ है। हल्दी बिना रंग के नहीं रह सकती। थोड़ी देर के लिए कुलीना सुंदरता के मद से फूल उठी। वह तन कर खड़ी हो गयी। लोग कहते हैं कि सुंदरता में जादू है और वह जादू, जिसका कोई उतार नहीं। धर्म और कर्म, तन और मन सब सुंदरता पर न्योछावर हैं। मैं सुंदर न सही, ऐसी कुरूपा भी नहीं हूँ। क्या मेरी सुंदरता में इतनी भी शक्ति नहीं है कि महाराज से मेरा अपराध क्षमा करा सके ? ये बाहु-लताएँ जिस समय उनके गले का हार होंगी, ये आँखें जिस समय प्रेम के मद से लाल हो कर देखेंगी, तब क्या मेरे सौंदर्य की शीतलता उनकी क्रोधाग्नि को ठंडा न कर देगी ? पर थोड़ी देर में रानी को ज्ञात हुआ। आह यह मैं क्या स्वप्न देख रही हूँ ! मेरे मन में ऐसी बातें क्यों आती हैं ! मैं अच्छी हूँ या बुरी हूँ, उनकी चेरी हूँ। मुझसे अपराध हुआ है, मुझे उनसे क्षमा माँगनी चाहिए। यह शृंगार और बनाव इस समय उपयुक्त नहीं है। यह सोच कर रानी ने सब गहने उतार दिये। इतर में बसी हुई रेशम की साड़ी अलग कर दी। मोतियों से भरी माँग खोल दी और वह खूब फूट-फूट कर रोयी। हाय ! यह मिलाप की रात वियोग की रात से भी विशेष दुःखदायिनी है। भिखारिनी का भेष बना कर रानी शीशमहल की ओर चली। पैर आगे बढ़ते थे, पर मन पीछे हटता जाता था। दरवाजे तक आयी, पर भीतर पैर न रख सकी। दिल धड़कने लगा। ऐसा जान पड़ा मानो उसके पैर थर्रा रहे हैं। राजा जुझारसिंह बोले, "कौन है ?—कुलीना ! भीतर क्यों नहीं आ जाती ?"

कुलीना ने जी कड़ा करके कहा—महाराज, कैसे आऊँ ? मैं अपनी जगह क्रोध को बैठा पाती हूँ।

राजा—यह क्यों नहीं कहती कि मन दोषी है, इसीलिए आँखें नहीं मिलने देतीं।

कुलीना—निस्संदेह मुझसे अपराध हुआ है, पर एक अबला आपसे क्षमा

का दान माँगती है।

राजा–इसका प्रायश्चित्त करना होगा।

कुलीना–क्योंकर ?

राजा–हरदौल के खून से।

कुलीना सिर से पैर तक काँप गयी। बोली–क्या इसलिए कि आज मेरी भूल ने ज्योनार के थालों में उलटफेर कर दिया।

जैसे आग की आँच से लोहा लाल हो जाता है, वैसे ही रानी का मुँह लाल हो गया। क्रोध की अग्नि सद्भावों को भस्म कर देती है, प्रेम और प्रतिष्ठा, दया और न्याय सब जल के राख हो जाते हैं। एक मिनट तक रानी को ऐसा मालूम हुआ, मानो दिल और दिमाग दोनों खौल रहे हैं, पर उसने आत्मदमन की अंतिम चेष्टा से अपने को सँभाला, केवल इतना बोली–हरदौल को अपना लड़का और भाई समझती हूँ।

राजा उठ बैठे और कुछ नर्म स्वर से बोले–नहीं, हरदौल लड़का नहीं है, लड़का मैं हूँ, जिसने तुम्हारे ऊपर विश्वास किया। कुलीना मुझे तुमसे ऐसी आशा न थी। मुझे तुम्हारे ऊपर घमंड था। मैं समझता था, चाँद-सूर्य टल सकते हैं, पर तुम्हारा दिल नहीं टल सकता, पर आज मुझे मालूम हुआ कि वह मेरा लड़कपन था। बड़ों ने सच कहा है कि स्त्री का प्रेम पानी की धार है, जिस ओर ढाल पाता है, उधर ही बह जाता है। सोना ज्यादा गरम होकर पिघल जाता है।

कुलीना रोने लगी। क्रोध की आग पानी बन कर आँखों से निकल पड़ी। जब आवाज वश में हुई, तो बोली–आपके इस सन्देह को कैसे दूर करूँ ?

राजा–हरदौल के खून से।

रानी–मेरे खून से दाग न मिटेगा ?

राजा–तुम्हारे खून से और पक्का हो जायेगा।

रानी–और कोई उपाय नहीं है ?

राजा–नहीं।

रानी–यह आपका अंतिम विचार है ?

राजा–हाँ, यह मेरा अन्तिम विचार है। देखो, इस पानदान में पान का बीड़ा रखा है। तुम्हारे सतीत्व की परीक्षा यही है कि तुम हरदौल को इसे अपने हाथों खिला दो। मेरे मन का भ्रम उसी समय निकलेगा, जब इस घर से हरदौल

की लाश निकलेगी।

रानी ने घृणा की दृष्टि से पान के बीड़े को देखा और वह उलटे पैर लौट आयी।

रानी सोचने लगी—क्या हरदौल के प्राण लूँ ? निर्दोष, सच्चरित्र वीर हरदौल की जान से अपने सतीत्व की परीक्षा दूँ ? उस हरदौल के खून से अपना हाथ काला करूँ जो मुझे बहन समझता है ? यह पाप किसके सिर पड़ेगा ? क्या एक निर्दोष का खून रंग न लायेगा ? आह ! अभागी कुलीना ! तुझे आज अपने सतीत्व की परीक्षा देने की आवश्यकता पड़ी है और वह ऐसी कठिन ? नहीं, यह पाप मुझसे न होगा। यदि राजा मुझे कुलटा समझते हैं, तो समझें, उन्हें मुझ पर संदेह है, तो हो। मुझसे यह पाप न होगा। राजा को ऐसा संदेह क्यों हुआ ? क्या केवल थालों के बदल जाने से ? नहीं, अवश्य कोई और बात है। आज हरदौल उन्हें जंगल में मिल गया। राजा ने उसकी कमर में तलवार देखी होगी। क्या आश्चर्य है, हरदौल से कोई अपमान भी हो गया हो। मेरा अपराध क्या है ? मुझ पर इतना बड़ा दोष क्यों लगाया जाता है ? केवल थालों के बदल जाने से ? हे ईश्वर ! मैं किससे अपना दुःख कहूँ ? तू ही मेरा साक्षी है। जो चाहे सो हो, पर मुझसे यह पाप न होगा।

रानी ने फिर सोचा—राजा, क्या तुम्हारा हृदय ऐसा ओछा और नीच है ? तुम मुझसे हरदौल की जान लेने को कहते हो ? यदि तुमसे उसका अधिकार और मान नहीं देखा जाता, तो क्यों साफ-साफ ऐसा नहीं कहते ? क्यों मरदों की लड़ाई नहीं लड़ते ? क्यों स्वयं अपने हाथ से उसका सिर नहीं काटते और मुझसे वह काम करने को कहते हो ? तुम खूब जानते हो, मैं यह नहीं कर सकती। यदि मुझसे तुम्हारा जी उकता गया है, यदि मैं तुम्हारी जान की जंजाल हो गयी हूँ, तो मुझे काशी या मथुरा भेज दो। मैं बेखटके चली जाऊँगी, पर ईश्वर के लिए मेरे सिर इतना बड़ा कलंक न लगने दो। पर मैं जीवित ही क्यों रहूँ, मेरे लिए अब जीवन में कोई सुख नहीं है। अब मेरा मरना ही अच्छा है। मैं स्वयं प्राण दे दूँगी, पर यह महापाप मुझसे न होगा। विचारों ने फिर पलटा खाया। तुमको पाप करना ही होगा। इससे बड़ा पाप शायद आज तक संसार में न हुआ हो, पर यह पाप तुमको करना होगा। तुम्हारे पतिव्रत पर संदेह किया जा रहा है और तुम्हें इस संदेह को मिटाना होगा। यदि तुम्हारी जान जोखिम में होती, तो कुछ हर्ज न था। अपनी जान देकर हरदौल को बचा

लेती; पर इस समय तुम्हारे पतिव्रत पर आँच आ रही है। इसलिए तुम्हें यह पाप करना ही होगा, और पाप करने के बाद हँसना और प्रसन्न रहना होगा। यदि तुम्हारा चित्त तनिक भी विचलित हुआ, यदि तुम्हारा मुखड़ा जरा भी मद्धिम हुआ, तो इतना बड़ा पाप करने पर भी तुम संदेह मिटाने में सफल न होगी। तुम्हारे जी पर चाहे जो बीते, पर तुम्हें यह पाप करना ही पड़ेगा। परंतु कैसे होगा ? क्या मैं हरदौल का सिर उतारूँगी ? यह सोच कर रानी के शरीर में कँपकँपी आ गयी। नहीं, मेरा हाथ उस पर कभी नहीं उठ सकता। प्यारे हरदौल, मैं तुम्हें खिला सकती। मैं जानती हूँ, तुम मेरे लिए आनंद से विष का बीड़ा खा लोगे। हाँ, मैं जानती हूँ तुम 'नहीं' न करोगे, पर मुझसे यह महापाप नहीं हो सकता। एक बार नहीं, हजार बार नहीं हो सकता।

4

हरदौल को इन बातों की कुछ भी खबर न थी। आधी रात को एक दासी रोती हुई उसके पास गयी और उसने सब समाचार अक्षर-अक्षर कह सुनाया। वह दासी पानदान ले कर रानी के पीछे-पीछे राजमहल के दरवाजे पर गयी थी और सब बातें सुन कर आयी थी। हरदौल राजा का ढंग देख कर पहले ही पड़ता गया था कि राजा के मन में कोई-न-कोई काँटा अवश्य खटक रहा है। दासी की बातों ने उसके संदेह को और भी पक्का कर दिया। उसने दासी से कड़ी मनाही कर दी कि सावधान ! किसी दूसरे के कानों में इन बातों की भनक न पड़े और वह स्वयं मरने को तैयार हो गया।

हरदौल बुंदेलों की वीरता का सूरज था। उसकी भौंहों के तनिक इशारे से तीन लाख बुंदेले मरने और मारने के लिए इकट्ठे हो सकते थे, ओरछा उस पर न्योछावर था। यदि जुझारसिंह खुले मैदान उसका सामना करते तो अवश्य मुँह की खाते, क्योंकि हरदौल भी बुंदेला था और बुंदेला अपने शत्रु के साथ किसी प्रकार की मुँहदेखी नहीं करते, मारना-मरना उनके जीवन का एक अच्छा दिलबहलाव है। उन्हें सदा इसकी लालसा रही है कि कोई हमें चुनौती दे, कोई हमें छेड़े। उन्हें सदा खून की प्यास रहती है और वह प्यास कभी नहीं बुझती। परंतु उस समय एक स्त्री को उसके खून की जरूरत थी और उसका साहस उसके कानों में कहता था कि एक निर्दोष और सती अबला के लिए अपने

शरीर का खून देने में मुँह न मोड़ो। यदि भैया को यह संदेह होता कि मैं उनके खून का प्यासा हूँ और उन्हें मार कर राज पर अधिकार करना चाहता हूँ, तो कुछ हर्ज न था। राज्य के लिए कत्ल और खून, दगा और फरेब सब उचित समझा गया है, परंतु उनके इस संदेह का निपटारा मेरे मरने के सिवा और किसी तरह नहीं हो सकता। इस समय मेरा धर्म है कि अपना प्राण दे कर उनके इस संदेह को दूर कर दूँ। उनके मन में यह दुखानेवाला संदेह उत्पन्न करके भी यदि मैं जीता ही रहूँ और अपने मन की पवित्रता जनाऊँ, तो मेरी ढिठाई है। नहीं, इस भले काम में अधिक आगा-पीछा करना अच्छा नहीं। मैं खुशी से विष का बीड़ा खाऊँगा। इससे बढ़ कर शूरवीर की मृत्यु और क्या हो सकती है ?

क्रोध में आकर मारू के भय बढ़ानेवाले शब्द सुन कर रणक्षेत्र में अपनी जान को तुच्छ समझना इतना कठिन नहीं है। आज सच्चा वीर हरदौल अपने हृदय के बड़प्पन पर अपनी सारी वीरता न्योछावर करने को उद्यत है।

दूसरे दिन हरदौल ने खूब तड़के स्नान किया। बदन पर अस्त्र-शस्त्र सजा मुस्कराता हुआ राजा के पास गया। राजा भी सोकर तुरंत ही उठे थे, उनकी अलसायी हुई आँखें हरदौल की मूर्ति की ओर लगी हुई थीं। सामने संगमरमर की चौकी पर विष मिला पान सोने की तश्तरी में रखा हुआ था। राजा कभी पान की ओर ताकते और कभी मूर्ति की ओर, शायद उनके विचार ने इस विष की गाँठ और उस मूर्ति में एक सम्बन्ध पैदा कर दिया था। उस समय जो हरदौल एकाएक घर में पहुँचे तो राजा चौंक पड़े। उन्होंने सँभल कर पूछा, "इस समय कहाँ चले ?"

हरदौल का मुखड़ा प्रफुल्लित था। वह हँस कर बोला, "कल आप यहाँ पधारे हैं, इसी खुशी में मैं आज शिकार खेलने जाता हूँ। आपको ईश्वर ने अजित बनाया है, मुझे अपने हाथ से विजय का बीड़ा दीजिए।"

यह कह कर हरदौल ने चौक पर से पानदान उठा लिया और उसे राजा के सामने रख कर बीड़ा लेने के लिए हाथ बढ़ाया। हरदौल का खिला हुआ मुखड़ा देख कर राजा की ईर्ष्या की आग और भी भड़क उठी।—दुष्ट, मेरे घाव पर नमक छिड़कने आया है ! मेरे मान और विश्वास को मिट्टी में मिलाने पर भी तेरा जी न भरा ! मुझसे विजय का बीड़ा माँगता है ! हाँ, यह विजय का बीड़ा है; पर तेरी विजय का नहीं, मेरी विजय का।

इतना मन में कहकर जुझारसिंह ने बीड़े को हाथ में उठाया। वे एक क्षण तक कुछ सोचते रहे, फिर मुस्करा कर हरदौल को बीड़ा दे दिया। हरदौल ने सिर झुका कर बीड़ा लिया, उसे माथे पर चढ़ाया, एक बार बड़ी ही करुणा के साथ चारों ओर देखा और फिर बीड़े को मुँह में रख लिया। एक सच्चे राजपूत ने अपना पुरुषत्व दिखा दिया। विष हलाहल था, कंठ के नीचे उतरते ही हरदौल के मुखड़े पर मुर्दनी छा गयी और आँखें बुझ गयीं। उसने एक ठंडी साँस ली, दोनों हाथ जोड़ कर जुझारसिंह को प्रणाम किया और जमीन पर बैठ गया। उसके ललाट पर पसीने की ठंडी-ठंडी बूँदें दिखायी दे रही थीं और साँस तेजी से चलने लगी थी; पर चेहरे पर प्रसन्नता और संतोष की झलक दिखायी देती थी।

जुझारसिंह अपनी जगह से जरा भी न हिले। उनके चेहरे पर ईर्ष्या से भरी हुई मुस्कराहट छायी हुई थी; पर आँखों में आँसू भर आये थे। उजाले और अँधेरे का मिलाप हो गया था।

रानी सारन्धा

अँधेरी रात के सन्नाटे में धसान नदी चट्टानों से टकराती हुई ऐसी सुहावनी मालूम होती थी जैसे घुमुर-घुमुर करती हुई चक्कियाँ। नदी के दाहिने तट पर एक टीला है। उस पर एक पुराना दुर्ग बना हुआ है, जिसको जंगली वृक्षों ने घेर रखा है। टीले के पूर्व की ओर छोटा-सा गाँव है। यह गढ़ी और गाँव दोनों एक बुंदेला सरकार के कीर्ति-चिह्न हैं।

शताब्दियाँ व्यतीत हो गयीं, बुंदेलखंड में कितने ही राज्यों का उदय और अस्त हुआ, मुसलमान आये और बुंदेला राजा उठे और गिरे—कोई गाँव, कोई इलाका ऐसा न था, जो इन दुरवस्थाओं से पीड़ित न हो; मगर इस दुर्ग पर किसी शत्रु की विजय-पताका न लहरायी और इस गाँव में किसी विद्रोह का भी पदार्पण न हुआ। यह उसका सौभाग्य था।

अनिरुद्धसिंह वीर राजपूत था। वह जमाना ही ऐसा था जब मनुष्यमात्र को अपने बाहुबल और पराक्रम ही का भरोसा था। एक ओर मुसलमान सेनाएँ पैर जमाये खड़ी रहती थीं, दूसरी ओर बलवान राजा अपने निर्बल भाइयों का गला घोंटने पर तत्पर रहते थे। अनिरुद्धसिंह के पास सवारों और पियादों का एक छोटा-सा, मगर सजीव दल था। इससे वह अपने कुल और मर्यादा की रक्षा किया करता था। उसे कभी चैन से बैठना नसीब न होता था।

तीन वर्ष पहले उसका विवाह शीतला देवी से हुआ था; मगर अनिरुद्ध विहार के दिन और विलास की रातें पहाड़ों में काटता था और शीतला उसकी जान की खैर मनाने में।

वह कितनी बार पति से अनुरोध कर चुकी थी, कितनी बार उसके पैरों पर गिर कर रोई थी कि तुम मेरी आँखों से दूर न हो, मुझे हरिद्वार ले चलो, मुझे तुम्हारे साथ वनवास अच्छा है, यह वियोग अब नहीं सहा जाता। उसने प्यार से कहा, जिद से कहा, विनय की; मगर अनिरुद्ध बुंदेला था। शीतला अपने किसी हथियार से उसे परास्त न कर सकी।

2

अँधेरी रात थी। सारी दुनिया सोती थी, तारे आकाश में जागते थे। शीतला देवी पलंग पर पड़ी करवटें बदल रही थीं और उसकी ननद सारन्धा फर्श पर बैठी मधुर स्वर से गाती थी–

बिनु रघुवीर कटत नहिं रैन

शीतला ने कहा–जी न जलाओ। क्या तुम्हें भी नींद नहीं आती ?

सारन्धा–तुम्हें लोरी सुना रही हूँ।

शीतला–मेरी आँखों से तो नींद लोप हो गयी।

सारन्धा–किसी को ढूँढ़ने गयी होगी।

इतने में द्वार खुला और एक गठे हुए बदन के रूपवान पुरुष ने भीतर प्रवेश किया। वह अनिरुद्ध था। उसके कपड़े भीगे हुए थे, और बदन पर कोई हथियार न था। शीतला चारपाई से उतर कर जमीन पर बैठ गयी।

सारन्धा ने पूछा–भैया, यह कपड़े भीगे क्यों हैं ?

अनिरुद्ध–नदी तैर कर आया हूँ।

सारन्धा–हथियार क्या हुए ?

अनिरुद्ध–छिन गये।

सारन्धा–और साथ के आदमी ?

अनिरुद्ध–सबने वीर-गति पायी।

शीतला ने दबी जबान से कहा–ईश्वर ने ही कुशल किया। मगर सारन्धा के तीवरों पर बल पड़ गये और मुखमण्डल गर्व से सतेज हो गया। बोली–भैया, तुमने कुल की मर्यादा खो दी। ऐसा कभी न हुआ था।

सारन्धा भाई पर जान देती थी। उसके मुँह से यह धिक्कार सुनकर अनिरुद्ध लज्जा और खेद से विकल हो गया। वह वीराग्नि; जिसे क्षण भर के लिए अनुराग ने दबा लिया था, फिर ज्वलंत हो गयी। वह उलटे पाँव लौटा और यह कह कर बाहर चला गया कि "सारंधा, तुमने मुझे सदैव के लिए सचेत कर दिया। यह बात मुझे कभी न भूलेगी।"

3

अँधेरी रात थी। आकाश-मण्डल में तारों का प्रकाश बहुत धुँधला था। अनिरुद्ध

किले से बाहर निकला। पल भर में नदी के उस पार जा पहुँचा और फिर अन्धकार में लुप्त हो गया। शीतला उसके पीछे-पीछे किले की दीवारों तक आयी; मगर जब अनिरुद्ध छलाँग मार कर बाहर कूद पड़ा तो वह विरहिणी चट्टान पर बैठ कर रोने लगी।

इतने में सारन्धा भी वहीं आ पहुँची। शीतला ने नागिन की तरह बल खा कर कहा—मर्यादा इतनी प्यारी है ?

सारन्धा—हाँ।

शीतला—अपना पति होता तो हृदय में छिपा लेती।

सारन्धा—ना, छाती में छुरा चुभा देती।

शीतला ने ऐंठकर कहा—चोली में छिपाती फिरोगी, मेरी बात गिरह में बाँध लो।

सारन्धा—जिस दिन ऐसा होगा, मैं भी अपना वचन पूरा कर दिखाऊँगी।

इस घटना के तीन महीने पीछे अनिरुद्ध महरौनी को जीत करके लौटा और साल भर पीछे सारन्धा का विवाह ओरछा के राजा चम्पतराय से हो गया, मगर उस दिन की बातें दोनों महिलाओं के हृदय-स्थल में काँटे की तरह खटकती रहीं।

4

राजा चम्पतराय बड़े प्रतिभाशाली पुरुष थे। सारी बुन्देला जाति उनके नाम पर जान देती थी और उनके प्रभुत्व को मानती थी। गद्दी पर बैठते ही उन्होंने मुगल बादशाहों को कर देना बन्द कर दिया और वे अपने बाहुबल से राज्य-विस्तार करने लगे। मुसलमानों की सेनाएँ बार-बार उन पर हमले करती थीं, पर हार कर लौट जाती थीं।

यही समय था कि जब अनिरुद्ध ने सारन्धा का चम्पतराय से विवाह कर दिया। सारन्धा ने मुँहमाँगी मुराद पायी। उसकी यह अभिलाषा कि मेरा पति बुन्देला जाति का कुल-तिलक हो, पूरी हुई। यद्यपि राजा के रनिवास में पाँच रनियाँ थीं मगर उन्हें शीघ्र ही मालूम हो गया कि वह देवी, जो हृदय में मेरी पूजा करती है, सारन्धा है।

परन्तु कुछ ऐसी घटनाएँ हुईं कि चम्पतराय को मुगल बादशाह का आश्रित

होना पड़ा। वे अपना राज्य अपने भाई पहाड़सिंह को सौंपकर देहली चले गये। यह शाहजहाँ के शासन-काल का अन्तिम भाग था। शाहजादा दारा शिकोह राजकीय कार्यों को सँभालते थे। युवराज की आँखों में शील था और चित्त में उदारता। उन्होंने चम्पतराय की वीरता की कथाएँ सुनी थीं, इसलिए उनका बहुत आदर-सम्मान किया और कालपी की बहुमूल्य जागीर उनको भेंट की, जिसकी आमदनी नौ लाख थी। यह पहला अवसर था कि चम्पतराय को आये-दिन के लड़ाई-झगड़े से निवृत्ति मिली और उसके साथ ही भोग-विलास का प्राबल्य हुआ। रात-दिन आमोद-प्रमोद की चर्चा रहने लगी। राजा विलास में डूबे, रानियाँ जड़ाऊ गहनों पर रीझीं, मगर सारन्धा इन दिनों बहुत उदास और संकुचित रहती—वह इन रहस्यों से दूर-दूर रहती, ये नृत्य और गान की सभाएँ उसे सूनी प्रतीत होतीं।

एक दिन चम्पतराय ने सारन्धा से कहा—सारन, तुम उदास क्यों रहती हो ? मैं तुम्हें कभी हँसते नहीं देखता। क्या मुझसे नाराज हो ?

सारन्धा की आँखों में जल भर आया।

वह बोली—स्वामीजी, आप क्यों ऐसा विचार करते हैं ? जहाँ आप प्रसन्न हैं, वहाँ मैं भी खुश हूँ।

चम्पतराय—मैं जब से यहाँ आया हूँ, मैंने तुम्हारे मुख-कमल पर कभी मनोहारिणी मुस्कराहट नहीं देखी। तुमने कभी अपने हाथों से मुझे बीड़ा नहीं खिलाया। कभी मेरी पाग नहीं सँवारी। कभी मेरे शरीर पर शस्त्र न सजाये। कहीं प्रेम-लता मुरझाने तो नहीं लगी ?

सारन्धा—प्राणनाथ, आप मुझसे ऐसी बात पूछते हैं, जिसका उत्तर मेरे पास नहीं है। यथार्थ में इन दिनों मेरा चित्त उदास रहता है। मैं बहुत चाहती हूँ कि खुश रहूँ, मगर बोझ-सा हृदय पर धरा रहता है।

चम्पतराय स्वयं आनन्द में मग्न थे। इसलिए उनके विचार में सारन्धा को असन्तुष्ट रहने का कोई उचित कारण नहीं हो सकता था। वे भौंहें सिकोड़ कर बोले—मुझे तुम्हारे उदास रहने का कोई विशेष कारण नहीं मालूम होता। ओरछे में कौन-सा सुख था जो यहाँ नहीं है ?

सारन्धा का चेहरा लाल हो गया। बोली—मैं कुछ कहूँ, आप नाराज तो न होंगे ?

चम्पतराय—नहीं, शौक से कहो।

सारन्धा—ओरछे में मैं एक राजा की रानी थी। यहाँ मैं एक जागीरदार की चेरी हूँ। ओरछे में वह थी जो अवध में कौशल्या थीं, यहाँ मैं बादशाह के एक सेवक की स्त्री हूँ। जिस बादशाह के सामने आज आप आदर से सिर झुकाते हैं, वह कल आपके नाम से काँपता था। रानी से चेरी होकर भी प्रसन्नचित्त होना मेरे वश में नहीं है। आपने यह पद और ये विलास की सामग्रियाँ बड़े महँगे दामों मोल ली हैं।

चम्पतराय के नेत्रों पर से एक पर्दा-सा हट गया। वे अब तक सारन्धा की आत्मिक उच्चता को नहीं जानते थे। जैसे बे-माँ-बाप का बालक माँ की चर्चा सुन कर रोने लगता है, उसी तरह ओरछे की याद से चम्पतराय की आँखें सजल हो गयीं। उन्होंने आदरयुक्त अनुराग के साथ सारन्धा को अपने हृदय से लगा लिया।

आज से उन्हें फिर उसी उजड़ी बस्ती की फिक्र हुई, जहाँ से धन और कीर्ति की अभिलाषाएँ खींच लाई थीं।

5

माँ अपने खोये हुए बालक को पा कर निहाल हो जाती है। चम्पतराय के आने से बुन्देलखण्ड निहाल हो गया। ओरछे के भाग जागे। नौबतें बजने लगीं और फिर सारन्धा के कमल-नेत्रों में जातीय अभिमान का आभास दिखाई देने लगा !

यहाँ रहते-रहते महीनों बीत गये। इस बीच में शाहजहाँ बीमार पड़ा। पहले से ईर्ष्या की अग्नि दहक रही थी। यह खबर सुनते ही ज्वाला प्रचण्ड हुई। संग्राम की तैयारियाँ होने लगीं। शाहजादे मुराद और मुहीउद्दीन अपने-अपने दल सजाकर दक्खिन से चले। वर्षा के दिन थे। उर्वरा भूमि रंग-बिरंग के रूप भर कर अपने सौन्दर्य को दिखाती थी।

मुराद और मुहीउद्दीन उमंगों से भरे हुए कदम बढ़ाते चले आ रहे थे। यहाँ तक की धौलपुर के निकट चम्बल के तट पर आ पहुँचे; परन्तु यहाँ उन्होंने बादशाही सेना को अपने शुभागमन के निमित्त तैयार पाया।

शाहजादे अब बड़ी चिंता में पड़े। सामने अगम्य नदी लहरें मार रही थी, किसी योगी के त्याग के सदृश। विवश हो कर चम्पतराय के पास संदेश

भेजा कि खुदा के लिए आ कर हमारी डूबती हुई नाव को पार लगाइये।

राजा ने भवन में जा कर सारन्धा से पूछा—इसका क्या उत्तर दूँ ?

सारन्धा—आपको मदद करनी होगी।

चम्पतराय—उनकी मदद करना दारा शिकोह से वैर लेना है।

सारन्धा—यह सत्य है; परन्तु हाथ फैलाने की मर्यादा भी तो निभानी चाहिए ?

चम्पतराय—प्रिये, तुमने सोचकर जवाब नहीं दिया।

सारन्धा—प्राणनाथ, मैं अच्छी तरह जानती हूँ कि यह मार्ग कठिन है। और अब हमें अपने योद्धाओं का रक्त पानी के समान बहाना पड़ेगा; परंतु हम अपना रक्त बहायेंगे और चम्बल की लहरों को लाल कर देंगे। विश्वास रखिये कि जब तक नदी की धारा बहती रहेगी, वह हमारे वीरों की कीर्तिगान करती रहेगी। जब तक बुन्देलों का एक भी नामलेवा रहेगा, ये रक्त-बिन्दु उसके माथे पर केशर का तिलक बन कर चमकेंगे।

वायुमण्डल में मेघराज की सेनाएँ उमड़ रही थीं। ओरछे के किले से बुन्देलों की एक काली घटा उठी और वेग के साथ चम्बल की तरफ चली। प्रत्येक सिपाही वीर-रस से झूम रहा था। सारन्धा ने दोनों राजकुमारों को गले से लगा लिया और राजा को पान का बीड़ा देकर कहा—बुन्देलों की लाज अब तुम्हारे हाथ है।

आज उसका एक-एक अंग मुस्करा रहा है और हृदय हुलसित है। बुन्देलों की यह सेना देख कर शाहजादे फूले न समाये। राजा वहाँ की अंगुल-अंगुल भूमि से परिचित थे। उन्होंने बुन्देलों को तो एक आड़ में छिपा दिया और वे शाहजादों की फौज को सजा कर नदी के किनारे-किनारे पश्चिम की ओर चले। दारा शिकोह को भ्रम हुआ कि शत्रु किसी अन्य घाट से नदी उतरना चाहता है। उन्होंने घाट पर से मोर्चे हटा लिये। घाट में बैठे हुए बुन्देले उसी ताक में थे। बाहर निकल पड़े और उन्होंने तुरन्त ही नदी में घोड़े डाल दिये। चम्पतराय ने शाहजादा दारा शिकोह को भुलावा देकर अपनी फौज घुमा दी और वह बुन्देलों के पीछे चलता हुआ उसे पार उतार लाया। इस कठिन चाल में सात घण्टों का विलम्ब हुआ; परन्तु जा कर देखा तो सात सौ बुन्देलों की लाशें तड़प रही थीं।

राजा को देखते ही बुन्देलों की हिम्मत बँध गयी। शाहजादों की सेना

ने भी 'अल्लाहो अक़बर' की ध्वनि के साथ धावा किया। बादशाही सेना में हलचल पड़ गयी। उनकी पंक्तियाँ छिन्न-भिन्न हो गयीं, हाथोंहाथ लड़ाई होने लगी, यहाँ तक कि शाम हो गयी। रणभूमि रुधिर से लाल हो गयी और आकाश में अँधेरा हो गया। घमासान की मार हो रही थी। बादशाही सेना शाहजादों को दबाये आती थी। अकस्मात् पश्चिम से फिर बुन्देलों की एक लहर उठी और इस वेग से बादशाही सेना की पुश्त पर टकरायी कि उसके कदम उखड़ गये। जीता हुआ मैदान हाथ से निकल गया। लोगों को कुतूहल था कि यह दैवी सहायता कहाँ से आयी। सरल स्वभाव के लोगों की धारणा थी कि यह फतह के फरिश्ते हैं; शाहजादों की मदद के लिए आये हैं; परन्तु जब राजा चम्पतराय निकट गये तो सारन्धा ने घोड़े से उतर कर उनके पैरों पर सिर झुका दिया। राजा को असीम आनन्द हुआ। यह सारन्धा थी।

समर-भूमि का दृश्य इस समय अत्यन्त दुःखमय था। थोड़ी देर पहले जहाँ सजे हुए वीरों के दल थे, वहाँ अब बेजान लाशें तड़प रही थीं। मनुष्य ने अपने स्वार्थ के लिए अनादि काल से ही भाइयों की हत्या की है।

अब विजयी सेना लूट पर टूट पड़ी। पहले मर्द मर्दों से लड़ते थे। वह वीरता और पराक्रम का चित्र था, यह नीचता और दुर्बलता की ग्लानिप्रद तसवीर थी। उस समय मनुष्य पशु बना हुआ था, अब वह पशु से भी बढ़ गया था।

इस नोच-खसोट में लोगों को बादशाही सेना के सेनापति वली बहादुर खाँ की लाश दिखायी दी। उसके निकट उसका घोड़ा खड़ा हुआ अपनी दुम से मक्खियाँ उड़ा रहा था। राजा को घोड़ों का शौक था। देखते ही वह उस पर मोहित हो गया। यह इराकी जाति का अति सुन्दर घोड़ा था। एक-एक अंग साँचे में ढला हुआ, सिंह की-सी छाती; चीते की-सी कमर, उसका यह प्रेम और स्वामिभक्ति देखकर लोगों को बड़ा कुतूहल हुआ। राजा ने हुक्म दिया—खबरदार ! इस प्रेमी पर कोई हथियार न चलाये, इसे जीता पकड़ लो, यह मेरे अस्तबल की शोभा बढ़ायेगा। जो इसे मेरे पास ले आयेगा, उसे धन से निहाल कर दूँगा।

योद्धागण चारों ओर से लपके; परन्तु किसी को साहस न होता था कि उसके निकट जा सके। कोई चुमकार रहा था, कोई फन्दे में फँसाने की फिक्र में था, पर कोई उपाय सफल न होता था। वहाँ सिपाहियों का मेला-सा लगा हुआ था।

तब सारन्धा अपने खेमे से निकली और निर्भय होकर घोड़े के पास चली गयी। उसकी आँखों में प्रेम का प्रकाश था, छल का नहीं। घोड़े ने सिर झुका दिया। रानी ने उसकी गर्दन पर हाथ रखा और वह उसकी पीठ सहलाने लगी। घोड़े ने उसके अंचल में मुँह छिपा लिया। रानी उसकी रास पकड़ कर खेमे की ओर चली। घोड़ा इस तरह चुपचाप उसके पीछे चला मानो सदैव से उसका सेवक है।

पर बहुत अच्छा होता कि घोड़े ने सारन्धा से भी निष्ठुरता की होती। यह सुन्दर घोड़ा आगे चल कर इस राज-परिवार के निमित्त स्वर्णजटित मृग साबित हुआ।

6

संसार एक रण-क्षेत्र है। इस मैदान में उसी सेनापति को विजयलाभ होता है, जो अवसर को पहचानता है। वह अवसर पर जितने उत्साह से आगे बढ़ता है, उतने ही उत्साह से आपत्ति के समय पीछे हट जाता है। वह वीर पुरुष राष्ट्र का निर्माता होता है और इतिहास उसके नाम पर यश के फूलों की वर्षा करता है।

पर इस मैदान में कभी-कभी ऐसे सिपाही भी जाते हैं, जो अवसर पर कदम बढ़ाना जानते हैं; लेकिन संकट में पीछे हटाना नहीं जानते। ये रणवीर पुरुष विजय को नीति की भेंट कर देते हैं। वे अपनी सेना का नाम मिटा देंगे, किन्तु जहाँ एक बार पहुँच गये हैं, वहाँ से कदम पीछे न हटायेंगे। उनमें कोई विरला ही संसार-क्षेत्र में विजय प्राप्त करता है; किंतु प्रायः उसकी हार विजय से भी अधिक गौरवात्मक होती है। अगर अनुभवशील सेनापति राष्ट्रों की नींव डालता है, तो आन पर जान देनेवाला, मुँह न मोड़नेवाला सिपाही राष्ट्र के भावों को उच्च करता है, और उसके हृदय पर नैतिक गौरव को अंकित कर देता है। उसे इस कार्यक्षेत्र में चाहे सफलता न हो, किन्तु जब किसी वाक्य या सभा में उसका नाम जबान पर आ जाता है, श्रोतागण एक स्वर से उसके कीर्ति-गौरव को प्रतिध्वनित कर देते हैं। सारन्धा 'आन' पर जान देनेवालों में थी।

शाहजादा मुहीउद्दीन चम्बल के किनारे से आगरे की ओर चला तो सौभाग्य

उसके सिर पर मोर्छल हिलाता था। जब वह आगरे पहुँचा तो विजयदेवी ने उसके लिए सिंहासन सजा दिया !

औरंगजेब गुणज्ञ था। उसने बादशाही अफसरों के अपराध क्षमा कर दिये, उनके राज्य-पद लौटा दिये और राजा चम्पतराय को उसके बहुमूल्य कृत्यों के उपलक्ष्य में बारह हजारी मनसब प्रदान किया। ओरक्षा से बनारस और बनारस से जमुना तक उसकी जागीर नियत की गयी। बुन्देला राजा फिर राज-सेवक बना, वह फिर सुख-विलास में डूबा और रानी सारन्धा फिर पराधीनता के शोक से घुलने लगी।

वली बहादुर खाँ बड़ा वाक्य-चतुर मनुष्य था। उसकी मृदुता ने शीघ्र ही उसे बादशाह आलमगीर का विश्वासपात्र बना दिया। उस पर राजसभा में सम्मान की दृष्टि पड़ने लगी।

खाँ साहब के मन में अपने घोड़े के हाथ से निकल जाने का बड़ा शौक था। एक दिन कुँवर छत्रसाल उसी घोड़े पर सवार होकर सैर को गया था। वह खाँ साहब के महल की तरफ जा निकला। वली बहादुर ऐसे ही अवसर की ताक में था। उसने तुरन्त अपने सेवकों को इशारा किया। राजकुमार अकेला क्या करता ? पाँव-पाँव घर आया और उसने सारन्धा से सब समाचार बयान किया। रानी का चेहरा तमतमा गया। बोली, ''मुझे इसका शोक नहीं कि घोड़ा हाथ से गया, शोक इसका है कि तू उसे खो कर जीता क्यों लौटा ? क्या तेरे शरीर में बुंदेलों का रक्त नहीं है ? घोड़ा न मिलता, न सही; किन्तु तुझे दिखा देना चाहिए था कि एक बुन्देला बालक से उसका घोड़ा छीन लेना हँसी नहीं है।''

यह कह कर उसने अपने पच्चीस योद्धाओं को तैयार होने की आज्ञा दी। स्वयं अस्त्र धारण किये और योद्धाओं के साथ वली बहादुर खाँ के निवास-स्थान पर जा पहुँची। खाँ साहब उसी घोड़े पर सवार हो कर दरबार चले गये थे, सारन्धा दरबार की तरफ चली, और एक क्षण में किसी वेगवती नदी के सदृश बादशाही दरबार के सामने जा पहुँची, यह कैफियत देखते ही दरबार में हलचल मच गयी। अधिकारी वर्ग इधर-उधर से आ कर जमा हो गये। आलमगीर भी सहन में निकल आये। लोग अपनी-अपनी तलवारें सँभालने लगे और चारों तरफ शोर मच गया। कितने ही नेत्रों ने इसी दरबार में अमरसिंह की तलवार की चमक देखी थी। उन्हें वही घटना फिर याद आ गयी।

सारन्धा ने उच्च स्वर से कहा—खाँ साहब, बड़ी लज्जा की बात है, आपने वही वीरता, जो चम्बल के तट पर दिखानी चाहिए थी, आज एक अबोध बालक के सम्मुख दिखायी है। क्या यह उचित था कि आप उससे घोड़ा छीन लेते ?

वली बहादुर खाँ की आँखों से अग्नि-ज्वाला निकल रही थी। वे कड़ी आवाज से बोले—किसी गैर को क्या मजाल है कि मेरी चीज अपने काम में लाये ?

रानी—वह आपकी चीज नहीं, मेरी है। मैंने उसे रणभूमि में पाया है और उस पर मेरा अधिकार है। क्या रणनीति की इतनी मोटी बात भी आप नहीं जानते ?

खाँ साहब—वह घोड़ा मैं नहीं दे सकता, उसके बदले में सारा अस्तबल आपकी नजर है।

रानी—मैं अपना घोड़ा लूँगी।

खाँ साहब—मैं उसके बराबर जवाहरात दे सकता हूँ; परन्तु घोड़ा नहीं दे सकता !

रानी—तो फिर इसका निश्चय तलवार से होगा, बुन्देला योद्धाओं ने तलवारें सौंत लीं और निकट था कि दरबार की भूमि रक्त से प्लावित हो जाय, बादशाह आलमगीर ने बीच में आ कर कहा—रानी साहबा, आप सिपाहियों को रोकें। घोड़ा आपको मिल जायेगा; परन्तु इसका मूल्य बहुत देना पड़ेगा।

रानी—मैं उसके लिए अपना सर्वस्व खोने को तैयार हूँ।

बादशाह—जागीर और मनसब भी !

रानी—जागीर और मनसब कोई चीज नहीं।

बादशाह—अपना राज्य भी ?

रानी—हाँ, राज्य भी।

बादशाह—एक घोड़े के लिए ?

रानी—नहीं, उस पदार्थ के लिए जो संसार में सबसे अधिक मूल्यवान है।

बादशाह—वह क्या है ?

रानी—अपनी आन।

इस भाँति रानी ने अपने घोड़े के लिए अपनी विस्तृत जागीर, उच्च राज और राज-सम्मान सब हाथ से खोया और केवल इतना ही नहीं, भविष्य के

लिए काँटे बोये, इस घड़ी से अन्त दशा तक चम्पतराय को शान्ति न मिली।

7

राजा चम्पतराय ने फिर ओरछे के किले में पदार्पण किया। उन्हें मनसब और जागीर के हाथ से निकल जाने का अत्यन्त शोक हुआ; किन्तु उन्होंने अपने मुँह से शिकायत का एक शब्द भी नहीं निकाला, वे सारन्धा के स्वभाव को भली-भाँति जानते थे। शिकायत इस समय उसके आत्म-गौरव पर कुठार का काम करती।

कुछ दिन यहाँ शान्तिपूर्वक व्यतीत हुए; लेकिन बादशाह सारन्धा की कठोर बात भूला न था। वह क्षमा करना जानता ही न था। ज्यों ही भाइयों की ओर से निश्चिन्त हुआ, उसने एक बड़ी सेना चम्पतराय का गर्व चूर्ण करने के लिए भेजी और बाईस अनुभवशील सरदार इस मुहीम पर नियुक्त किये। शुभकरण बुन्देला बादशाह का सूबेदार था। वह चम्पतराय का बचपन का मित्र और सहपाठी था। उसने चम्पतराय को परास्त करने का बीड़ा उठाया। और भी कितने ही बुन्देला सरदार राजा से विमुख हो कर बादशाही सूबेदार से आ मिले। एक घोर संग्राम हुआ। भाइयों की तलवारें रक्त से लाल हुईं। यद्यपि इस समर में राजा को विजय प्राप्त हुई लेकिन उसकी शक्ति सदा के लिए क्षीण हो गयी। निकटवर्ती बुन्देला राजा जो चम्पतराय के बाहुबल थे, बादशाह के कृपाकांक्षी बन बैठे। साथियों में कुछ तो काम आये, कुछ दगा कर गये। यहाँ तक कि निज सम्बन्धियों ने भी आँखें चुरा लीं; परन्तु इन कठिनाइयों में भी चम्पतराय ने हिम्मत नहीं हारी, धीरज को न छोड़ा। उन्होंने ओरछा छोड़ दिया और वह तीन वर्ष तक बुंदेलखंड के सघन पर्वतों पर छिपे फिरते रहे। बादशाही सेनाएँ शिकारी जानवरों की भाँति सारे देश में मँडरा रही थीं। आये-दिन राजा का किसी न किसी से सामना हो जाता था। सारन्धा सदैव उनके साथ रहती और उनका साहस बढ़ाया करती। बड़ी-बड़ी आपत्तियों में जब कि धैर्य लुप्त हो जाता और आशा साथ छोड़ देती—आत्मरक्षा का धर्म उसे सँभाले रहता है। तीन साल के बाद अंत में बादशाह के सूबेदारों ने आलमगीर को सूचना दी कि इस शेर का शिकार आपके सिवाय और किसी से न होगा। उत्तर आया कि सेना को हटा लो और घेरा उठा लो। राजा ने समझा, संकट

से निवृत्ति हुई, पर वह बात शीघ्र ही भ्रमात्मक सिद्ध हो गयी।

8

तीन सप्ताह से बादशाही सेना ने ओरछा घेर रखा है। जिस तरह कठोर वचन हृदय को छेद डालते हैं, उसी तरह तोपों के गोलों ने दीवारों को छेद डाला है। किले में 20 हजार आदमी घिरे हुए हैं, लेकिन उनमें आधे से अधिक स्त्रियाँ और उनसे कुछ ही कम बालक हैं। मर्दों की संख्या दिनोंदिन न्यून होती जाती है। आने-जाने के मार्ग चारों तरफ से बंद हैं। हवा का भी गुजर नहीं। रसद का सामान बहुत कम रह गया है। स्त्रियाँ पुरुषों और बालकों को जीवित रखने के लिए आप उपवास करती हैं। लोग बहुत हताश हो रहे हैं। औरतें सूर्य नारायण की ओर हाथ उठा-उठा कर शत्रु को कोसती हैं। बालकवृन्द मारे क्रोध के दीवार की आड़ से उन पर पत्थर फेंकते हैं, जो मुश्किल से दीवार के उस पार जा पाते हैं। राजा चम्पतराय स्वयं ज्वर से पीड़ित हैं। उन्होंने कई दिन से चारपाई नहीं छोड़ी। उन्हें देखकर लोगों को कुछ ढाढ़स होता था, लेकिन उनकी बीमारी से सारे किले में नैराश्य छाया हुआ है।

राजा ने सारन्धा से कहा—आज शत्रु जरूर किले में घुस आयेंगे।

सारन्धा—ईश्वर न करे कि इन आँखों से वह दिन देखना पड़े।

राजा—मुझे बड़ी चिंता इन अनाथ स्त्रियों और बालकों की है। गेहूँ के साथ यह घुन भी पिस जायेंगे।

सारन्धा—हम लोग यहाँ से निकल जायँ तो कैसा ?

राजा—इन अनाथों को छोड़ कर ?

सारन्धा—इस समय इन्हें छोड़ देने में ही कुशल है। हम न होंगे तो शत्रु इन पर कुछ दया ही करेंगे।

राजा—नहीं, यह लोग मुझसे न छोड़े जायेंगे। मर्दों ने अपनी जान हमारी सेवा में अर्पण कर दी है, उनकी स्त्रियों और बच्चों को मैं कदापि नहीं छोड़ सकता।

सारन्धा—लेकिन यहाँ रह कर हम उनकी कुछ मदद भी तो नहीं कर सकते ?

राजा—उनके साथ प्राण तो दे सकते हैं। मैं उनकी रक्षा में अपनी जान

लड़ा दूँगा। उनके लिए बादशाही सेना की खुशामद करूँगा, कारावास की कठिनाइयाँ सहूँगा, किन्तु इस संकट में उन्हें छोड़ नहीं सकता।

सारन्धा ने लज्जित हो कर सिर झुका लिया और सोचने लगी, निस्संदेह प्रिय साथियों को आग की आँच में छोड़ कर अपनी जान बचाना घोर नीचता है ! मैं ऐसी स्वार्थान्ध क्यों हो गयी हूँ ? लेकिन एकाएक विचार उत्पन्न हुआ। बोली—यदि आपको विश्वास हो जाय कि इन आदमियों के साथ कोई अन्याय न किया जायेगा तब तो आपको चलने में कोई बाधा न होगी ?

राजा—(सोच कर) कौन विश्वास दिलायेगा ?

सारन्धा—बादशाह के सेनापति का प्रतिज्ञा-पत्र।

राजा—हाँ, तब मैं सानन्द चलूँगा।

सारन्धा विचार-सागर में डूबी। बादशाह के सेनापति से क्योंकर यह प्रतिज्ञा कराऊँ ? कौन यह प्रस्ताव ले कर वहाँ जायेगा और निर्दयी ऐसी प्रतिज्ञा करने ही क्यों लगे ? उन्हें तो अपनी विजय की पूरी आशा है। मेरे यहाँ ऐसा नीति-कुशल, वाक्पटु, चतुर कौन है जो इस दुस्तर कार्य को सिद्ध करे ? छत्रसाल चाहे तो कर सकता है। उसमें ये सब गुण मौजूद हैं।

इस तरह मन में निश्चय करके रानी ने छत्रसाल को बुलाया। यह उसके चारों पुत्रों में बुद्धिमान और साहसी था। रानी उससे सबसे अधिक प्यार करती थीं। जब छत्रसाल ने आ कर रानी को प्रणाम किया तो उनके कमल-नेत्र सजल हो गये और हृदय से दीर्घ निःश्वास निकल गया।

छत्रसाल—माता, मेरे लिए क्या आज्ञा है ?

रानी—आज लड़ाई का क्या ढंग है ?

छत्रसाल—हमारे पचास योद्धा अब तक काम आ चुके हैं।

रानी—बुन्देलों की लाज अब ईश्वर के हाथ है।

छत्रसाल—हम आज रात को छापा मारेंगे।

रानी ने संक्षेप में अपना प्रस्ताव छत्रसाल के सामने उपस्थित किया और कहा—यह काम किसे सौंपा जाय ?

छत्रसाल—मुझको।

'तुम इसे पूरा कर दिखाओगे ?'

'हाँ, मुझे पूर्ण विश्वास है ?'

'अच्छा जाओ, परमात्मा तुम्हारा मनोरथ पूरा करे।'

छत्रसाल जब चला तो रानी ने उसे हृदय से लगा लिया और तब आकाश की ओर दोनों हाथ उठा कर कहा—दयानिधि, मैंने अपना तरुण और होनहार पुत्र बुन्देलों की आन के आगे भेंट कर दिया। अब इस आन को निभाना तुम्हारा काम है। मैंने बड़ी मूल्यवान् वस्तु अर्पित की है, इसे स्वीकार करो।

9

दूसरे दिन प्रातःकाल सारन्धा स्नान करके थाल में पूजा की सामग्री लिये मन्दिर को चली। उसका चेहरा पीला पड़ गया था और आँखों तले अँधेरा छाया जाता था। वह मंदिर के द्वार पर पहुँची थी कि उसके थाल में बाहर से आ कर एक तीर गिरा। तीर की नोक पर एक कागज का पुरजा लिपटा हुआ था। सारन्धा ने थाल मंदिर के चबूतरे पर रख दिया और पुर्जे को खोलकर देखा तो आनन्द से चेहरा खिल गया; लेकिन यह आनन्द क्षण-भर का था। हाय ! इस पुर्जे के लिए मैंने अपना प्रिय पुत्र हाथ से खो दिया है। कागज के टुकड़े को इतने महँगे दामों किसने लिया होगा ?

मन्दिर से लौटकर सारन्धा राजा चम्पतराय के पास गयी और बोली—''प्राणनाथ, आपने जो वचन दिया था उसे पूरा कीजिये।'' राजा ने चौंक कर पूछा, ''तुमने अपना वादा पूरा कर दिया ?'' रानी ने वह प्रतिज्ञा-पत्र राजा को दे दिया। चम्पतराय ने उसे गौर से देखा फिर बोले—अब मैं चलूँगा और ईश्वर ने चाहा तो एक बार फिर शत्रुओं की खबर लूँगा। लेकिन सारन, सच बताओ, इस पत्र के लिए क्या देना पड़ा है ?

रानी ने कुंठित स्वर से कहा—बहुत कुछ।

राजा—सुनूँ ?

रानी—एक जवान पुत्र।

राजा को बाण-सा लग गया। पूछा—कौन ? अंगदराय ?

रानी—नहीं।

राजा—रतनसाह ?

रानी—नहीं।

राजा—छत्रसाल ?

रानी—हाँ।

जैसे कोई पक्षी गोली खाकर परों को फड़फड़ाता है और तब बेदम हो कर गिर पड़ता है, उसी भाँति चम्पतराय पलंग से उछले और फिर अचेत होकर गिर पड़े। छत्रसाल उनका परम प्रिय पुत्र था। उनके भविष्य की सारी कामनाएँ उसी पर अवलम्बित थीं। जब चेत हुआ तब बोले, "सारन, तुमने बुरा किया।"

अँधेरी रात थी। रानी सारन्धा घोड़े पर सवार चम्पतराय को पालकी में बैठाये किले के गुप्त मार्ग से निकली जाती थी। आज से बहुत काल पहले एक दिन ऐसी ही अँधेरी दुःखमयी रात्रि थी। तब सारन्धा ने शीतलादेवी को कुछ कठोर वचन कहे थे। शीतलादेवी ने उस समय जो भविष्यवाणी की थी, वह आज पूरी हुई। क्या सारन्धा ने उसका जो उत्तर दिया था, वह भी पूरा होकर रहेगा ?

10

मध्याह्न था। सूर्यनारायण सिर पर आकर अग्नि की वर्षा कर रहे थे। शरीर को झुलसाने वाली प्रचण्ड, प्रखर वायु वन और पर्वत में आग लगाती फिरती थी। ऐसा विदित होता था, मानो अग्निदेव की समस्त सेना गरजती हुई चली आ रही है। गगनमण्डल इस भय से काँप रहा था। रानी सारन्धा घोड़े पर सवार, चम्पतराय को लिये, पश्चिम की तरफ चली जाती थी। ओरछा दस कोस पीछे छूट चुका था और प्रतिक्षण यह अनुमान स्थिर होता जाता था कि अब हम भय के क्षेत्र से बाहर निकल आये। राजा पालकी में अचेत पड़े हुए थे और कहार पसीने में सराबोर थे। पालकी के पीछे पाँच सवार घोड़ा बढ़ाये चले आते थे, प्यास के मारे सबका बुरा हाल था। तालू सूखा जाता था। किसी वृक्ष की छाँह और कुएँ की तलाश में आँखें चारों ओर दौड़ रही थीं।

अचानक सारन्धा ने पीछे की तरफ फिर कर देखा, तो उसे सवारों का एक दल आता हुआ दिखायी दिया। उसका माथा ठनका कि अब कुशल नहीं है। यह लोग अवश्य हमारे शत्रु हैं। फिर विचार हुआ कि शायद मेरे राजकुमार अपने आदमियों को लिये हमारी सहायता को आ रहे हैं। नैराश्य में भी आशा साथ नहीं छोड़ती। कई मिनट तक वह इसी आशा और भय की अवस्था में रही। यहाँ तक कि वह दल निकट आ गया और सिपाहियों के वस्त्र साफ नजर आने लगे। रानी ने एक ठण्डी साँस ली, उसका शरीर तृणवत् काँपने

लगा। यह बादशाही सेना के लोग थे।

सारन्धा ने कहारों से कहा—डोली रोक लो। बुन्देला सिपाहियों ने भी तलवारें खींच लीं। राजा की अवस्था बहुत शोचनीय थी; किन्तु जैसे दबी हुई आग हवा लगते ही प्रदीप्त हो जाती है, उसी प्रकार इस संकट का ज्ञान होते ही उनके जर्जर शरीर में वीरात्मा चमक उठी। वे पालकी का पर्दा उठा कर बाहर निकल आये। धनुष-बाण हाथ में ले लिया; किन्तु वह धनुष जो उनके हाथ में इन्द्र का वज्र बन जाता था, इस समय जरा भी न झुका। सिर में चक्कर आया, पैर थर्राये और वे धरती पर गिर पड़े। भावी अमंगल की सूचना मिल गयी। उस पंखरहित पक्षी के सदृश, जो साँप को अपनी तरफ आते देख कर ऊपर को उचकता और फिर गिर पड़ता है, राजा चम्पतराय फिर सँभल उठे और फिर गिर पड़े। सारन्धा ने उन्हें सँभालकर बैठाया और रो कर बोलने की चेष्टा की, परन्तु मुँह से केवल इतना निकला—प्राणनाथ ! इसके आगे मुँह से एक शब्द भी न निकल सका। आन पर मरने वाली सारन्धा इस समय साधारण स्त्रियों की भाँति शक्तिहीन हो गयी, लेकिन एक अंश तक यह निर्बलता स्त्रीजाति की शोभा है।

चम्पतराय बोले—सारन, देखो, हमारा एक वीर जमीन पर गिरा। शोक ! जिस आपत्ति से यावज्जीवन डरता रहा, उसने इस अन्तिम समय में आ घेरा। मेरी आँखों के सामने शत्रु तुम्हारे कोमल शरीर में हाथ लगायेंगे, और मैं जगह से हिल भी न सकूँगा। हाय ! मृत्यु, तू कब आयेगी ! यह कहते-कहते उन्हें एक विचार आया। तलवार की तरफ हाथ बढ़ाया, मगर हाथों में दम न था। तब सारन्धा से बोले—प्रिये, तुमने कितने ही अवसरों पर मेरी आन निभायी है।

इतना सुनते ही सारन्धा के मुरझाये हुए मुख पर लाली दौड़ गयी। आँसू सूख गये। इस आशा में कि मैं पति के कुछ काम आ सकती हूँ, उसके हृदय में बल का संचार कर दिया। वह राजा की ओर विश्वासोत्पादक भाव से देख कर बोली—ईश्वर ने चाहा तो मरते दम तक निभाऊँगी।

रानी ने समझा, राजा मुझे प्राण देने का संकेत कर रहे हैं।

चम्पतराय—तुमने मेरी बात कभी नहीं टाली।

सारन्धा—मरते दम तक न टालूँगी।

राजा—यह मेरी अन्तिम याचना है। इसे अस्वीकार न करना।

सारन्धा ने तलवार को निकाल कर अपने वक्षस्थल पर रख लिया और कहा–यह आपकी आज्ञा नहीं है। मेरी हार्दिक अभिलाषा है कि मरूँ तो यह मस्तक आपके पद-कमलों पर हो।

चम्पतराय–तुमने मेरा मतलब नहीं समझा। क्या तुम मुझे इसलिए शत्रुओं के हाथ में छोड़ जाओगी कि मैं बेड़ियाँ पहने हुए दिल्ली की गलियों में निन्दा का पात्र बनूँ ?

रानी ने जिज्ञासा की दृष्टि से राजा को देखा। वह उनका मतलब न समझी।

राजा–मैं तुमसे एक वरदान माँगता हूँ।

रानी–सहर्ष माँगिए।

राजा–यह मेरी अन्तिम प्रार्थना है। जो कुछ कहूँगा, करोगी ?

रानी–सिर के बल करूँगी।

राजा–देखो, तुमने वचन दिया है। इनकार न करना।

रानी–(काँप कर) आपके कहने की देर है।

राजा–अपनी तलवार मेरी छाती में चुभा दो।

रानी के हृदय पर वज्रपात-सा हो गया। बोली–जीवननाथ ! इसके आगे वह और कुछ न बोल सकी। आँखों में नैराश्य छा गया।

राजा–मैं बेड़ियाँ पहनने के लिए जीवित रहना नहीं चाहता।

रानी–मुझसे यह कैसे होगा ?

पाँचवाँ और अन्तिम सिपाही धरती पर गिरा। राजा ने झुँझला कर कहा–इसी जीवन पर आन निभाने का गर्व था ?

बादशाह के सिपाही राजा की तरफ लपके। राजा ने नैराश्यपूर्ण भाव से रानी की ओर देखा। रानी क्षण भर अनिश्चित रूप से खड़ी रही; लेकिन संकट में हमारी निश्चयात्मक शक्ति बलवान हो जाती है। निकट था कि सिपाही लोग राजा को पकड़ लें कि सारन्धा ने दामिनी की भाँति लपक कर तलवार राजा के हृदय में चुभा दी।

प्रेम की नाव प्रेम के सागर में डूब गयी। राजा के हृदय से रुधिर की धारा निकल रही थी; पर चेहरे पर शान्ति छाई हुई थी।

कैसा हृदय है ! वह स्त्री जो अपने पति पर प्राण देती थी आज उसकी प्राणघातिका है ! जिस हृदय से आलिंगित होकर उसने यौवनसुख लूटा, जो

हृदय उसकी अभिलाषाओं का केन्द्र था, जो हृदय उसके अभिमान का पोषक था, उसी हृदय को सारन्धा की तलवार छेद रही है। किसी स्त्री की तलवार से ऐसा काम हुआ है ?

आह ! आत्माभिमान का कैसा विषादमय अंत है। उदयपुर और मारवाड़ के इतिहास में भी आत्म-गौरव की ऐसी घटनाएँ नहीं मिलतीं।

बादशाही सिपाही सारन्धा का यह साहस और धैर्य देखकर दंग रह गये।

सरदार ने आगे बढ़कर कहा रानी साहिबा, खुदा गवाह है, हम सब आपके गुलाम हैं। आपका जो हुक्म हो, उसे ब-सरो-चश्म बजा लायेंगे।

सारन्धा ने कहा—अगर हमारे पुत्रों में से कोई जीवित हो, तो ये दोनों लाशें उसे सौंप देना।

यह कह कर उसने वही तलवार अपने हृदय में चुभा ली। जब वह अचेत हो कर धरती पर गिरी, तो उसका सिर राजा चम्पतराय की छाती पर था।

शाप

मैं बर्लिन नगर का निवासी हूँ। मेरे पूज्य पिता भौतिक विज्ञान के सुविख्यात ज्ञाता थे। भौगोलिक अन्वेषण का शौक मुझे भी बाल्यावस्था ही से था। उनके स्वर्गवास के बाद मुझे यह धुन सवार हुई कि पैदल पृथ्वी के समस्त देश-देशान्तरों की सैर करूँ। मैं विपुल धन का स्वामी था। वे सब रुपये एक बैंक में जमा कर दिये और उससे शर्त कर ली कि मुझे यथासमय रुपये भेजता रहे, इस कार्य से निवृत्त हो कर मैंने सफर का सामान पूरा किया। आवश्यक वैज्ञानिक यंत्र साथ लिये और ईश्वर का नाम ले कर चल खड़ा हुआ। उस समय यह कल्पना मेरे हृदय में गुदगुदी पैदा कर रही थी कि मैं वह पहला प्राणी हूँ जिसे यह बात सूझी है कि पैरों से पृथ्वी को नापे। अन्य यात्रियों ने रेल, जहाज और मोटरकार की शरण ली है। मैं पहला ही वह वीर-आत्मा हूँ, जो अपने पैरों के बूते पर प्रकृति के विराट् उपवन की सैर के लिए उद्यत हुआ है। अगर मेरे साहस और उत्साह ने यह कष्टसाध्य यात्रा पूरी कर ली तो भद्रसंसार मुझे सम्मान और गौरव के मसनद पर बैठावेगा और अनंत काल तक मेरी कीर्ति के राग अलापे जायेंगे। उस समय मेरा मस्तिष्क इन्हीं विचारों से भरा हुआ था। और ईश्वर को धन्यवाद देता हूँ कि सहस्रों कठिनाइयों का सामना करने पर भी धैर्य ने मेरा साथ न छोड़ा और उत्साह एक क्षण के लिए भी निरुत्साह न हुआ।

मैं वर्षों ऐसे स्थानों में रहा हूँ, जहाँ निर्जनता के अतिरिक्त कोई दूसरा साथी न था। वर्षों ऐसे स्थानों में रहा हूँ, जहाँ की पृथ्वी और आकाश हिम की शिलाएँ थीं। मैं भयंकर जंतुओं के पहलू में सोया हूँ। पक्षियों के घोंसलों में रातें काटी हैं, किंतु ये सारी बलाएँ कट गयीं और वह समय अब दूर नहीं है कि साहित्य और विज्ञान-संसार मेरे चरणों पर शीश नवायें।

मैंने इस यात्रा में बड़े-बड़े अद्‌भुत दृश्य देखे और कितनी ही जातियों के आहार-व्यवहार, रहन-सहन का अवलोकन किया। मेरा यात्रा-वृत्तांत, विचार,

अनुभव और निरीक्षण का एक अमूल्य रत्न होगा। मैंने ऐसी-ऐसी आश्चर्यजनक घटनाएँ आँखों से देखी हैं, जो अलिफ-लैला की कथाओं से कम मनोरंजक न होंगी। परंतु वह घटना जो मैंने ज्ञानसरोवर के तट पर देखी, उसका उदाहरण मुश्किल से मिलेगा, मैं उसे कभी न भूलूँगा। यदि मेरे इस तमाम परिश्रम का उपहार यही एक रहस्य होता तो भी मैं उसे पर्याप्त समझता। मैं यह बता देना आवश्यक समझता हूँ कि मैं मिथ्यावादी नहीं और न सिद्धियों तथा विभूतियों पर मेरा विश्वास है। मैं उस विद्वान् का भक्त हूँ जिसका आधार तर्क और न्याय पर है। यदि कोई दूसरा प्राणी यही घटना मुझसे बयान करता तो मुझे उस पर विश्वास करने में बहुत संकोच होता, किन्तु मैं जो कुछ बयान कर रहा हूँ, वह सत्य घटना है। यदि मेरे इस आश्वासन पर भी कोई उस पर अविश्वास करे, तो उसकी मानसिक दुर्बलता और विचारों की संकीर्णता है।

यात्रा का सातवाँ वर्ष था और ज्येष्ठ का महीना। मैं हिमालय के दामन में ज्ञानसरोवर के तट पर हरी-हरी घास पर लेटा हुआ था, ऋतु अत्यंत सुहावनी थी। ज्ञानसरोवर के स्वच्छ निर्मल जल में आकाश और पर्वत श्रेणी का प्रतिबिम्ब, जलपक्षियों का पानी पर तैरना, शुभ्र हिमश्रेणी का सूर्य के प्रकाश से चमकना आदि दृश्य ऐसे मनोहर थे कि मैं आत्मोल्लास से विह्वल हो गया। मैंने स्विट्जरलैंड और अमेरिका के बहुप्रशंसित दृश्य देखे हैं, पर उनमें यह शांतिप्रद शोभा कहाँ ! मानव बुद्धि ने उनके प्राकृतिक सौंदर्य को अपनी कृत्रिमता से कलंकित कर दिया है। मैं तल्लीन हो कर इस स्वर्गीय आनंद का उपभोग कर रहा था कि सहसा मेरी दृष्टि एक सिंह पर जा पड़ी, जो मंदगति से कदम बढ़ाता हुआ मेरी ओर आ रहा था। उसे देखते ही मेरा खून सूख गया, होश उड़ गये। ऐसा वृहदाकार भयंकर जंतु मेरी नजर से न गुजरा था। वहाँ ज्ञान-सरोवर के अतिरिक्त कोई ऐसा स्थान नहीं था जहाँ भाग कर अपनी जान बचाता। मैं तैरने में कुशल हूँ, पर मैं ऐसा भयभीत हो गया कि अपने स्थान से हिल न सका। मेरे अंग-प्रत्यंग मेरे काबू से बाहर थे। समझ गया कि मेरी जिंदगी यहीं तक थी। इस शेर के पंजे से बचने की कोई आशा न थी। अकस्मात् मुझे स्मरण हुआ कि मेरी जेब में एक पिस्तौल गोलियों से भरी हुई रखी है, जो मैंने आत्मरक्षा के लिए चलते समय साथ ले ली थी, और अब तक प्राणपण से इसकी रक्षा करता आया था। आश्चर्य है कि इतनी देर तक मेरी स्मृति कहाँ सोई रही। मैंने तुरंत ही पिस्तौल निकाली और निकट था कि शेर पर

वार करूँ कि मेरे कानों में यह शब्द सुनायी दिए, ''मुसाफिर, ईश्वर के लिए वार न करना अन्यथा मुझे दुःख होगा। सिंहराज से तुझे हानि न पहुँचेगी।''

मैंने चकित होकर पीछे की ओर देखा तो एक युवती रमणी आती हुई दिखायी दी। उसके हाथ में एक सोने का लोटा था और दूसरे में एक तश्तरी। मैंने जर्मनी की हूरें और कोहकाफ की परियाँ देखी हैं, पर हिमाचल पर्वत की यह अप्सरा मैंने एक ही बार देखी और उसका चित्र आज तक हृदय-पट पर खिंचा हुआ है। मुझे स्मरण नहीं कि 'रफैल' या 'कोरेजियो' ने भी कभी ऐसा चित्र खींचा हो। 'बैंडाइक' और 'रेमब्राँड' के आकृति-चित्रों ने भी ऐसी मनोहर छवि नहीं देखी। पिस्तौल मेरे हाथ से गिर पड़ी। कोई दूसरी शक्ति इस समय मुझे अपनी भयावह परिस्थिति से निश्चिंत न कर सकती थी।

मैं उस सुंदरी की ओर देख ही रहा था कि वह सिंह के पास आयी। सिंह उसे देखते ही खड़ा हो गया और मेरी ओर सशंक नेत्रों से देख कर मेघ की भाँति गर्जा। रमणी ने एक रूमाल निकाल कर उसका मुँह पोंछा और फिर लोटे से दूध उँडेल कर उसके सामने रख दिया। सिंह दूध पीने लगा। मेरे विस्मय की अब कोई सीमा न थी। चकित था कि यह कोई तिलिस्म है या जादू। व्यवहार-लोक में हूँ अथवा विचार-लोक में। सोता हूँ या जागता। मैंने बहुधा सरकसों में पालतू शेर देखे हैं, किंतु उन्हें काबू में रखने के लिए किन-किन रक्षा-विधानों से काम लिया जाता है ! उसके प्रतिकूल यह मांसाहारी पशु उस रमणी के सम्मुख इस भाँति लेटा हुआ है मानो वह सिंह की योनि में कोई मृग-शावक है। मन में प्रश्न हुआ, सुंदरी में कौन-सी चमत्कारिक शक्ति है जिसने सिंह को इस भाँति वशीभूत कर लिया ? क्या पशु भी अपने हृदय में कोमल और रसिक भाव छिपाये रखते हैं ? कहते हैं कि महुअर का अलाप काले नाग को भी मस्त कर देता है। जब ध्वनि में यह सिद्धि है तो सौंदर्य की शक्ति का अनुमान कौन कर सकता है। रूप-लालित्य संसार का सबसे अमूल्य रत्न है, प्रकृति के रचना-नैपुण्य का सर्वश्रेष्ठ अंश है।

जब सिंह दूध पी चुका तो सुंदरी ने रूमाल से उसका मुँह पोंछा और उसका सिर अपने जाँघ पर रख कर उसे थपकियाँ देने लगी। सिंह पूँछ हिलाता था और सुंदरी की अरुणवर्ण हथेलियों को चाटता था। थोड़ी देर के बाद दोनों एक गुफा में अंतर्हित हो गये। मुझे भी धुन सवार हुई कि किसी प्रकार इस तिलिस्म को खोलूँ, इस रहस्य का उद्घाटन करूँ। जब दोनों अदृश्य हो गये

तो मैं भी उठा और दबे पाँव उस गुफा के द्वार तक जा पहुँचा। भय से मेरे शरीर की बोटी-बोटी काँप रही थी, मगर इस रहस्यपट को खोलने की उत्सुकता भय को दबाये हुए थी। मैंने गुफा के भीतर झाँका तो क्या देखता हूँ कि पृथ्वी पर जरी का फर्श बिछा हुआ है और कारचोबी गावतकिये लगे हुए हैं। सिंह मसनद पर गर्व से बैठा हुआ है। सोने-चाँदी के पात्र, सुंदर चित्र, फूलों के गमले सभी अपने-अपने स्थान पर सजे हुए हैं, वह गुफा राजभवन को भी लज्जित कर रही है।

द्वार पर मेरी परछाईं देख कर वह सुंदरी बाहर निकल आयी और मुझसे कहा, "यात्री, तू कौन है और इधर क्योंकर आ निकला ?"

कितनी मनोहर ध्वनि थी। मैंने अबकी बार समीप से देखा तो सुंदरी का मुख कुम्हलाया हुआ था। उसके नेत्रों से निराशा झलक रही थी, उसके स्वर में भी करुणा और व्यथा की खटक थी। मैंने उत्तर दिया, "देवी, मैं यूरोप का निवासी हूँ, यहाँ देशाटन करने आया हूँ। मेरा परम सौभाग्य है कि आप से सम्भाषण करने का गौरव प्राप्त हुआ।" सुन्दरी के गुलाब से ओंठों पर मधुर मुसकान की झलक दिखायी दी, उसमें कुछ कुटिल हास्य का भी अंश था। कदाचित् यह मेरे इस अस्वाभाविक वाक्य-प्रणाली का द्योतक था। "तू विदेश से यहाँ आया है। आतिथ्य-सत्कार हमारा कर्त्तव्य है। मैं आज तुझे निमंत्रण देती हूँ, स्वीकार कर।"

मैंने अवसर देख कर उत्तर दिया, "आपकी यह कृपा मेरे लिए गौरव की बात है, पर इस रहस्य ने मेरी भूख-प्यास बंद कर दी है। क्या मैं आशा करूँ कि आप इस पर कुछ प्रकाश डालेंगी ?"

सुन्दरी ने ठंडी साँस ले कर कहा, "मेरी रामकहानी विपत्ति की एक बड़ी कथा है; तुझे सुन कर दुःख होगा।" किंतु मैंने जब बहुत आग्रह किया तो उसने मुझे फर्श पर बैठने का संकेत किया और अपना वृत्तांत सुनाने लगी :

"मैं काश्मीर देश की रहनेवाली राजकन्या हूँ। मेरा विवाह एक राजपूत योद्धा से हुआ था। उनका नाम नृसिंहदेव था। हम दोनों बड़े आनंद से जीवन व्यतीत करते थे। संसार का सर्वोत्तम पदार्थ रूप है, दूसरा स्वास्थ्य और तीसरा धन। परमात्मा ने हमको ये तीनों ही पदार्थ प्रचुर परिमाण में प्रदान किये थे। खेद है कि मैं उनसे मुलाकात नहीं कर सकती। ऐसा साहसी, ऐसा सुन्दर, ऐसा विद्वान् पुरुष सारे काश्मीर में न था। मैं उनकी आराधना करती थी।

उनका मेरे ऊपर अपार स्नेह था। कई वर्षों तक हमारा जीवन एक जलस्रोत की भाँति वृक्ष-पुंजों और हरे-भरे मैदानों में प्रवाहित होता रहा।

मेरे पड़ोस में एक मंदिर था। पुजारी एक पंडित श्रीधर थे। हम दोनों प्रातःकाल तथा संध्या समय उस मन्दिर में उपासना के लिए जाते। मेरे स्वामी कृष्ण के भक्त थे। मंदिर एक सुरम्य सागर के तट पर बना हुआ था। वहाँ का परिष्कृत मंद समीर चित्त को पुलकित कर देता था। इसलिए हम उपासना के पश्चात् भी वहाँ घंटों वायु-सेवन करते रहते थे। श्रीधर बड़े विद्वान, वेदों के ज्ञाता, शास्त्रों के जाननेवाले थे। कृष्ण पर उनकी भी अविचल भक्ति थी। समस्त काश्मीर में उनके पांडित्य की चर्चा थी। वह बड़े संयमी, संतोषी, आत्मज्ञानी पुरुष थे। उनके नेत्रों से शांति की ज्योतिरेखाएँ निकलती हुई मालूम होती थीं। सदैव परोपकार में मग्न रहते थे। उनकी वाणी ने कभी किसी का हृदय नहीं दुखाया। उनका हृदय नित्य परवेदना से पीड़ित रहता था।

पंडित श्रीधर मेरे पतिदेव से लगभग दस वर्ष बड़े थे; पर उनकी धर्मपत्नी विद्याधरी मेरी समवयस्का थीं। हम दोनों सहेलियाँ थीं। विद्याधरी अत्यंत गंभीर, शांत प्रकृति की स्त्री थीं। यद्यपि रंग-रूप में वही रानी थीं, पर वह अपनी अवस्था से संतुष्ट थीं। अपने पति को वह देवतुल्य समझती थीं।

श्रावण का महीना था। आकाश पर काले-काले बादल मँडरा रहे थे, मानो काजल के पर्वत उड़े जा रहे हैं। झरनों से दूध की धारें निकल रही थीं और चारों ओर हरियाली छाई हुई थी। नन्ही-नन्ही फुहारें पड़ रही थीं, मानो स्वर्ग से अमृत की बूँदें टपक रही हैं। जल की बूँदें फूलों और पत्तियों के गले में चमक रही थीं। चित्त को अभिलाषाओं से उभारनेवाला शमा छाया हुआ था। यह वह समय है जब रमणियों को विदेशगामी प्रियतम की याद रुलाने लगती है, जब हृदय किसी से आलिंगन करने के लिए व्यग्र हो जाता है, जब सूनी सेज देख कर कलेजे में हूक-सी उठती है। इसी ऋतु में विरह की मारी वियोगिनियाँ अपनी बीमारी का बहाना करती हैं, जिसमें उनका पति उन्हें देखने आवे। इसी ऋतु में माली की कन्या धानी साड़ी पहन कर क्यारियों में इठलाती हुई चम्पा और बेले के फूलों से आँचल भरती है, क्योंकि हार और गजरों की माँग बहुत बढ़ जाती है। मैं और विद्याधरी ऊपर छत पर बैठी हुई वर्षाऋतु की बहार देख रही थीं और कालिदास का 'ऋतुसंहार' पढ़ती थीं कि इतने में मेरे पति ने आ कर कहा, 'आज का सुहावना दिन है। झूला झूलने में बड़ा

आनंद आयेगा।' सावन में झूला झूलने का प्रस्ताव क्योंकर रद्द किया जा सकता था। इन दिनों प्रत्येक रमणी का चित्त आप ही आप झूला झूलने के लिए विकल हो जाता है। जब वन के वृक्ष झूला झूलते हों, जब सारी प्रकृति आंदोलित हो रही हो तो रमणी का कोमल हृदय क्यों न चंचल हो जाय ! विद्याधरी भी राजी हो गयी। रेशम की डोरियाँ कदम की डाल पर पड़ गयीं, चंदन का पटरा रख दिया गया और मैं विद्याधरी के साथ झूला झूलने चली। जिस प्रकार ज्ञानसरोवर पवित्र जल से परिपूर्ण हो रहा है, उसी भाँति हमारे हृदय पवित्र आनंद से परिपूर्ण थे। किन्तु शोक ! वह कदाचित् मेरे सौभाग्यचंद्र की अंतिम झलक थी। मैं झूले के पास पहुँच कर पटरे पर जा बैठी; किंतु कोमलांगी विद्याधरी ऊपर न आ सकी। वह कई बार उचकी, परंतु पटरे तक न आ सकी। तब मेरे पतिदेव ने सहारा देने के लिए उसकी बाँह पकड़ ली ! उस समय उनके नेत्रों में एक विचित्र तृष्णा की झलक थी और मुख पर एक विचित्र आतुरता। वह धीमे में मल्हार गा रहे थे; किंतु विद्याधरी जब पटरे पर आयी तो उसका मुख डूबते हुए सूर्य की भाँति लाल हो रहा था, नेत्र अरुणवर्ण हो रहे थे। उसने पतिदेव की ओर क्रोधोन्मत्त हो कर कहा :

'तूने काम के वश हो कर मेरे शरीर में हाथ लगाया है। मैं अपने पातिव्रत के बल से तुझे शाप देती हूँ कि तू इसी क्षण पशु हो जा।'

यह कहते ही विद्याधरी ने अपने गले से रुद्राक्ष की माला निकाल कर मेरे पतिदेव के ऊपर फेंक दिया और तत्क्षण ही पटरे के समीप मेरे पतिदेव के स्थान पर एक विशाल सिंह दिखलायी दिया।

2

ऐ मुसाफिर, अपने प्रिय पतिदेवता की यह गति देख कर मेरा रक्त सूख गया और कलेजे पर बिजली-सी आ गिरी। मैं विद्याधरी के पैरों से लिपट गयी और फूट-फूट कर रोने लगी। उस समय अपनी आँखों से देख कर अनुभव हुआ कि पातिव्रत की महिमा कितनी प्रबल है। ऐसी घटनाएँ मैंने पुराणों में पढ़ी थीं, परंतु मुझे विश्वास न था कि वर्तमान काल में जबकि स्त्री-पुरुष के सम्बन्ध में स्वार्थ की मात्रा दिनोंदिन अधिक होती जाती है, पातिव्रत धर्म में यह प्रभाव होगा; परंतु यह नहीं कह सकती कि विद्याधरी के विचार कहाँ तक ठीक थे।

मेरे पति विद्याधरी को सदैव बहिन कह कर संबोधित करते थे। वह अत्यंत स्वरूपवान् थे और रूपवान् पुरुष की स्त्री का जीवन बहुत सुखमय नहीं होता; पर मुझे उन पर संशय करने का अवसर कभी नहीं मिला। वह स्त्रीव्रत धर्म का वैसे ही पालन करते थे जैसे सती अपने धर्म का। उनकी दृष्टि में कुचेष्टा न थी और विचार अत्यंत उज्ज्वल और पवित्र थे। यहाँ तक कि कालिदास की शृंगारमय कविता भी उन्हें प्रिय न थी, मगर काम के मर्मभेदी बाणों से कौन बचा है ! जिस काम ने शिव, ब्रह्मा जैसे तपस्वियों की तपस्या भंग कर दी, जिस काम ने नारद और विश्वामित्र जैसे ऋषियों के माथे पर कलंक का टीका लगा दिया, वह काम सब कुछ कर सकता है। सम्भव है कि सुरापान ने उद्दीपक ऋतु के साथ मिल कर उनके चित्त को विचलित कर दिया हो। मेरा गुमान तो यह है कि यह विद्याधरी की केवल भ्रांति थी। जो कुछ भी हो, उसने शाप दे दिया। उस समय मेरे मन में भी उत्तेजना हुई कि जिस शक्ति का विद्याधरी को गर्व है, क्या वह शक्ति मुझमें नहीं है ? क्या मैं पतिव्रता नहीं हूँ ? किंतु हा ! मैंने कितना ही चाहा कि शाप के शब्द मुँह से निकालूँ, पर मेरी जबान बंद हो गयी। अखंड विश्वास जो विद्याधरी को अपने पातिव्रत पर था, मुझे न था ? विवशता ने मेरे प्रतिकार के आवेग को शांत कर दिया। मैंने बड़ी दीनता के साथ कहा—बहिन, तुमने यह क्या किया ?

विद्याधरी ने निर्दय हो कर कहा—मैंने कुछ नहीं किया। यह उसके कर्मों का फल है।

मैं—तुम्हें छोड़ कर और किसकी शरण जाऊँ, क्या तुम इतनी दया न करोगी ?

विद्याधरी—मेरे किये अब कुछ नहीं हो सकता।

मैं—देवि, तुम पातिव्रतधारिणी हो, तुम्हारे वाक्य की महिमा अपार है। तुम्हारा क्रोध यदि मनुष्य से पशु बना सकता है, तो क्या तुम्हारी दया पशु से मनुष्य न बना सकेगी ?

विद्याधरी—प्रायश्चित्त करो। इसके अतिरिक्त उद्धार का और कोई उपाय नहीं।

ऐ मुसाफिर, मैं राजपूत की कन्या हूँ। मैंने विद्याधरी से अधिक अनुनय-विनय नहीं की। उसका हृदय दया का आगार था। यदि मैं उसके चरणों पर शीश रख देती तो कदाचित् उसे मुझ पर दया आ जाती; किंतु राजपूत की कन्या

इतना अपमान नहीं सह सकती। वह घृणा के घाव सह सकती है, क्रोध की अग्नि सह सकती है, पर दया का बोझ उससे नहीं उठाया जाता। मैंने पटरे से उतर कर पतिदेव के चरणों पर सिर झुकाया और उन्हें साथ लिये हुए अपने मकान चली आयी।

3

कई महीने गुजर गये। मैं पतिदेव की सेवा-शुश्रूषा में तन-मन से व्यस्त रहती। यद्यपि उनकी जिह्वा वाणीविहीन हो गयी थी, पर उनकी आकृति से स्पष्ट प्रकट होता था कि वह अपने कर्म से लज्जित थे। यद्यपि उनका रूपांतर हो गया था; पर उन्हें मांस से अत्यंत घृणा थी। मेरी पशुशाला में सैकड़ों गायें-भैंसें थीं; किंतु शेरसिंह ने कभी किसी की ओर आँख उठा कर भी न देखा। मैं उन्हें दोनों वेला दूध पिलाती और संध्या समय उन्हें साथ लेकर पहाड़ियों की सैर कराती। मेरे मन में न जाने क्यों धैर्य और साहस का इतना संचार हो गया था कि मुझे अपनी दशा असह्य न जान पड़ती थी। मुझे निश्चय था कि शीघ्र ही इस विपत्ति का अंत भी होगा।

इन्हीं दिनों हरिद्वार में गंगा-स्नान का मेला लगा। मेरे नगर से यात्रियों का एक समूह हरिद्वार चला। मैं भी उनके साथ हो ली। दीन-दुखी जनों को दान देने के लिए रुपयों और अशर्फियों की थैलियाँ साथ ले लीं। मैं प्रायश्चित्त करने जा रही थी, इसलिए पैदल ही यात्रा करने का निश्चय कर लिया। लगभग एक महीने में हरिद्वार जा पहुँची। यहाँ भारतवर्ष के प्रत्येक प्रांत से असंख्य यात्री आये हुए थे। संन्यासियों और तपस्वियों की संख्या गृहस्थों से कुछ ही कम होगी। धर्मशालाओं में रहने का स्थान न मिलता था। गंगातट पर, पर्वतों की गोद में, मैदानों के वक्षःस्थल पर, जहाँ देखिए आदमी ही आदमी नजर आते थे। दूर से वह छोटे-छोटे खिलौने की भाँति दिखायी देते थे। मीलों तक आदमियों का फर्श-सा बिछा हुआ था। भजन और कीर्तन की ध्वनि नित्य कानों में आती रहती थी। हृदय में असीम शुद्धि गंगा की लहरों की भाँति लहरें मारती थी। वहाँ का जल, वायु, आकाश सब शुद्ध थे।

मुझे हरिद्वार आये तीन दिन व्यतीत हुए थे। प्रभात का समय था। मैं गंगा में खड़ी स्नान कर रही थी। सहसा मेरी दृष्टि ऊपर की ओर उठी तो

मैंने किसी आदमी को पुल की ओर झाँकते देखा। अकस्मात् उस मनुष्य का पाँव ऊपर उठ गया और सैकड़ों ही गज की ऊँचाई से गंगा में गिर पड़ा। सहस्त्रों आखें यह दृश्य देख रही थी, पर किसी का साहस न हुआ कि उस अभागे मनुष्य की जान बचाये। भारतवर्ष के अतिरिक्त ऐसा समवेदनाशून्य और कौन देश होगा और यह वह देश है जहाँ परमार्थ मनुष्य का कर्त्तव्य बताया गया है। लोग बैठे हुए अपंगुओं की भाँति तमाशा देख रहे थे। सभी हतबुद्धि-से हो रहे थे। धारा प्रबल वेग से प्रवाहित थी और जल बर्फ से भी अधिक शीतल। मैंने देखा कि वह धारा के साथ बहता चला जाता था। यह हृदय-विदारक दृश्य मुझसे न देखा गया। मैं तैरने में अभ्यस्त थी। मैंने ईश्वर का नाम लिया और मन को दृढ़ करके धारा के साथ तैरने लगी। ज्यों-ज्यों मैं आगे बढ़ती थी, वह मनुष्य मुझसे दूर होता जाता था। यहाँ तक मेरे सारे अंग ठंड से शून्य हो गये।

मैंने कई बार चट्टानों को पकड़ कर दम लिया, कई बार पत्थरों से टकरायी। मेरे हाथ ही न उठते थे। सारा शरीर बर्फ का ढाँचा-सा बना हुआ था। मेरे अंग गतिहीन हो गये कि मैं धारा के साथ बहने लगी और मुझे विश्वास हो गया कि गंगामाता के उदर ही में मेरी जल-समाधि होगी। अकस्मात् मैंने उस पुरुष की लाश को एक चट्टान पर रुकते देखा। मेरा हौसला बँध गया। शरीर में एक विचित्र स्फूर्ति का अनुभव हुआ। मैं जोर लगा कर प्राणपण से उस चट्टान पर जा पहुँची और उसका हाथ पकड़ कर खींचा। मेरा कलेजा धक से हो गया। यह श्रीधर पंडित थे।

ऐ मुसाफिर, मैंने यह काम प्राणों को हथेली पर रख कर पूरा किया। जिस समय मैं पंडित श्रीधर की अर्धमृत देह लिये तट पर आयी तो सहस्त्रों मनुष्यों की जयध्वनि से आकाश गूँज उठा। कितने ही मनुष्यों ने चरणों पर सिर झुकाये। अभी लोग श्रीधर को होश में लाने के उपाय कर ही रहे थे कि विद्याधरी मेरे सामने आ कर खड़ी हो गयी। उसका मुख, प्रभात के चंद्र की भाँति कांतिहीन हो रहा था, होंठ सूखे हुए, बाल बिखरे हुए। आँखों से आँसुओं की झड़ी लगी हुई थी। वह जोर से हाँफ रही थी, दौड़ कर मेरे पैरों से चिमट गयी, किन्तु दिल खोल कर नहीं, निर्मल भाव से नहीं। एक की आँखें गर्व से भरी हुई थीं और दूसरे की ग्लानि से झुकी हुई।

विद्याधरी के मुँह से बात न निकलती थी। केवल इतना बोली—'बहिन,

ईश्वर तुमको इस सत्कार्य का फल दें।'

4

ऐ मुसाफिर, यह शुभकामना विद्याधरी के अंतःस्थल से निकली थी। मैं उसके मुँह से यह आशीर्वाद सुन कर फूली न समायी। मुझे विश्वास हो गया कि अबकी बार जब मैं अपने मकान पर पहुँचूँगी तो पतिदेव मुस्कराते हुए मुझसे गले मिलने के लिए द्वार पर आयेंगे। इस विचार से मेरे हृदय में गुदगुदी-सी होने लगी। मैं शीघ्र ही स्वदेश को चल पड़ी। उत्कंठा मेरे कदम बढ़ाये जाती थी। मैं दिन में भी चलती और रात को भी चलती, मगर पैर थकना ही न जानते थे। यह आशा कि वह मोहिनी मूर्ति द्वार पर मेरा स्वागत करने के लिए खड़ी होगी, मेरे पैरों में पर-से लगाये हुए थी। एक महीने की मंजिल मैंने एक सप्ताह में तय की। पर शोक ! जब मकान के पास पहुँची, तो उस घर को देख कर दिल बैठ गया और हिम्मत न पड़ी कि अंदर कदम रखूँ। मैं चौखट पर बैठ कर देर तक विलाप करती रही। न किसी नौकर का पता, न कहीं पाले हुए पशु ही दिखायी देते थे। द्वार पर धूल उड़ रही थी। जान पड़ता था कि पक्षी घोंसले से उड़ गया है, कलेजे पर पत्थर की सिल रख कर भीतर गयी तो क्या देखती हूँ कि मेरा प्यारा सिंह आँगन में मोटी-मोटी जंजीरों से बँधा हुआ है। इतना दुर्बल हो गया है कि उसके कूल्हों की हड्डियाँ दिखायी दे रही हैं। ऊपर-नीचे जिधर देखती थी, उजाड़-सा मालूम होता था। मुझे देखते ही शेरसिंह ने पूँछ हिलायी और सहसा उनकी आँखें दीपक की भाँति चमक उठीं। मैं दौड़कर उनके गले से लिपट गयी, समझ गयी कि नौकरों ने दगा की। घर की सामग्रियों का कहीं पता न था। सोने-चाँदी के बहुमूल्य पात्र, फर्श आदि सब गायब थे। हाय ! हत्यारे मेरे आभूषणों का संदूक भी उठा ले गये। इस अपहरण ने मुसीबत का प्याला भर दिया। शायद पहले उन्होंने शेरसिंह को जकड़ कर बाँध दिया होगा, फिर खूब दिल खोल कर नोच-खसोट की होगी। कैसी विडम्बना थी कि धर्म लूटने गयी थी और धन लुटा बैठी। दरिद्रता ने पहली बार अपना भयंकर रूप दिखाया।

ऐ मुसाफिर, इस प्रकार लुट जाने के बाद वह स्थान आँखों में काँटे की तरह खटकने लगा। यही वह स्थान था जहाँ हमने आनंद के दिन काटे

थे। इन्हीं क्यारियों में हमने मृगों की भाँति किलोल किये थे। प्रत्येक वस्तु से कोई न कोई स्मृति सम्बन्धित थी। उन दिनों की याद करके आँखों से रक्त के आँसू बहने लगते थे। बसंत की ऋतु थी, बौर की महक से वायु सुगंधित हो रही थी। महुए के वृक्षों के नीचे परियों के शयन करने के लिए मोतियों की शय्या बिछी हुई थी, करौंदे और नींबू के फलों की सुगंध से चित्त प्रसन्न हो जाता था। मैंने अपनी जन्म-भूमि को सदैव के लिए त्याग दिया। मेरी आँखों से आँसुओं की एक बूँद भी न गिरी। जिस जन्म-भूमि की याद यावज्जीवन हृदय को व्यथित करती रहती है, उससे मैंने यों मुँह मोड़ लिया मानो कोई बंदी कारागार से मुक्त हो जाय। एक सप्ताह तक मैं चारों ओर भ्रमण करके अपने भावी निवासस्थान का निश्चय करती रही। अंत में सिंधु नदी के किनारे एक निर्जन स्थान मुझे पसंद आया। यहाँ एक प्राचीन मंदिर था। शायद किसी समय वहाँ देवताओं का वास था; पर इस समय वह बिलकुल उजाड़ था। देवताओं ने काल को विजय किया हो; पर समय चक्र को नहीं। शनैः-शनैः मुझे इस स्थान से प्रेम हो गया और वह स्थान पथिकों के लिए धर्मशाला बन गया।

मुझे यहाँ रहते तीन वर्ष व्यतीत हो चुके थे। वर्षा ऋतु में एक दिन संध्या के समय मुझे मंदिर के सामने से एक पुरुष घोड़े पर सवार जाता दिखायी दिया। मंदिर से प्रायः दो सौ गज की दूरी पर एक रमणीक सागर था, उसके किनारे कचनार वृक्षों के झुरमुट थे। वह सवार उस झुरमुट में जा कर अदृश्य हो गया। अंधकार बढ़ता जाता था। एक क्षण के बाद मुझे उस ओर किसी मनुष्य का चीत्कार सुनायी दिया, फिर बंदूकों के शब्द सुनायी दिये और उनकी ध्वनि से पहाड़ गूँज उठा।

ऐ मुसाफिर, यह दृश्य देख कर मुझे किसी भीषण घटना का संदेह हुआ। मैं तुरंत उठ खड़ी हुई। एक कटार हाथ में ली और उस सागर की ओर चल दी।

अब मूसलाधार वर्षा होने लगी थी, मानो आज के बाद फिर कभी न बरसेगा। रह-रह कर गर्जन की ऐसी भयंकर ध्वनि उठती थी, मानो सारे पहाड़ आपस में टकरा गये हों। बिजली की चमक ऐसी तीव्र थी, मानो संसारव्यापी प्रकाश सिमट कर एक हो गया हो। अंधकार का यह हाल था मानो सहस्रों अमावस्या की रातें गले मिल रही हों। मैं कमर तक पानी में चलती दिल को

सम्हाले हुए आगे बढ़ती जाती थी। अंत में सागर के समीप आ पहुँची। बिजली की चमक ने दीपक का काम किया। सागर के किनारे एक बड़ी-सी गुफा थी। इस समय उस गुफा में से प्रकाश-ज्योति बाहर आती हुई दिखायी देती थी। मैंने भीतर की ओर झाँका तो क्या देखती हूँ कि एक बड़ा अलाव जल रहा है। उसके चारों ओर बहुत-से आदमी खड़े हुए हैं और एक स्त्री आग्नेय नेत्रों से घूर-घूर कर कह रही है, 'मैं अपने पति के साथ उसे भी जला कर भस्म कर दूँगी।' मेरे कुतूहल की कोई सीमा न रही। मैंने साँस बंद कर ली और हतबुद्धि की भाँति यह कौतुक देखने लगी। उस स्त्री के सामने एक रक्त से लिपटी हुई लाश पड़ी थी और लाश के समीप ही एक मनुष्य रस्सियों से बँधा हुआ सिर झुकाये बैठा था। मैंने अनुमान किया कि यह वही अश्वारोही पथिक है, जिस पर इन डाकुओं ने आघात किया था। यह शव डाकू सरदार का है और यह स्त्री डाकू की पत्नी है। उसके सिर के बाल बिखरे हुए थे और आँखों से अंगारे निकल रहे थे। हमारे चित्रकारों ने क्रोध को पुरुष कल्पित किया है। मेरे विचार में स्त्री का क्रोध इससे कहीं घातक, कहीं विध्वंसकारी होता है। क्रोधोन्मत्त हो कर वह कोमलांगी सुन्दरी ज्वालाशिखर बन जाती है।

उस स्त्री ने दाँत पीस कर कहा, 'मैं अपने पति के साथ इसे भी जला कर भस्म कर दूँगी।' यह कह कर उसने उस रस्सियों से बँधे हुए पुरुष को घसीटा और दहकती हुई चिता में डाल दिया। आह ! कितना भयंकर, कितना रोमांचकारी दृश्य था। स्त्री ही अपनी द्वेष की अग्नि शांत करने में इतनी पिशाचिनी हो सकती है। मेरा रक्त खौलने लगा। अब एक क्षण भी विलम्ब करने का अवसर न था। मैंने कटार खींच ली, डाकू चौंक कर तितर-बितर हो गये, समझे मेरे साथ और लोग भी होंगे। मैं बेधड़क चिता में घुस गयी और क्षणमात्र में उस अभागे पुरुष को अग्नि के मुख से निकाल लायी। अभी केवल उसके वस्त्र ही जले थे। जैसे सर्प अपना शिकार छिन जाने से फुफकारता हुआ लपकता है, उसी प्रकार गरजती हुई लपटें मेरे पीछे दौड़ीं। ऐसा प्रतीत होता था कि अग्नि भी उसके रक्त की प्यासी हो रही थी।

इतने में डाकू सम्हल गये और आहत सरदार की पत्नी पिशाचिनी की भाँति मुँह खोले मुझ पर झपटी। समीप था कि ये हत्यारे मेरी बोटियाँ कर दें कि इतने में गुफा के द्वार पर मेघगर्जन की-सी ध्वनि सुनायी दी और शेरसिंह रौद्र रूप धारण किये हुए भीतर पहुँचे। उनका भयंकर रूप देखते ही डाकू

अपनी-अपनी जान ले कर भागे। केवल डाकू सरदार की पत्नी स्तम्भित-सी अपने स्थान पर खड़ी रही। एकाएक उसने पति का शव उठाया और उसे ले कर चिता में बैठ गयी। देखते-देखते उसका भयंकर रूप अग्नि-ज्वाला में विलीन हो गया। अब मैंने उस बँधे हुए मनुष्य की ओर देखा तो मेरा हृदय उछल पड़ा। यह पंडित श्रीधर थे। मुझे देखते ही सिर झुका लिया और रोने लगे। मैं उनके समाचार पूछ ही रही थी कि उसी गुफा के एक कोने से किसी के कराहने का शब्द सुनायी दिया। जा कर देखा तो एक सुन्दर युवक रक्त से लथपथ पड़ा था। मैंने उसे देखते ही पहचान लिया। उसका पुरुषवेष उसे छिपा न सका। यह विद्याधरी थी। मर्दों के वस्त्र उस पर खूब सजते थे। वह लज्जा और ग्लानि की मूर्ति बनी हुई थी। वह पैरों पर गिर पड़ी, पर मुँह से कुछ न बोली।

उस गुफा में पल भर भी ठहरना अत्यंत शंकाप्रद था। न जाने कब डाकू फिर सशस्त्र हो कर आ जायँ। उधर चिताग्नि भी शांत होने लगी और उस सती की भी भीषण काया अत्यंत तेज रूप धारण करके हमारे नेत्रों के सामने तांडव क्रीड़ा करने लगी। मैं बड़ी चिंता में पड़ी कि इन दोनों प्राणियों को कैसे वहाँ से निकालूँ। दोनों ही रक्त से चूर थे। शेरसिंह ने मेरा असमंजस ताड़ लिया। रूपांतर हो जाने के बाद उनकी बुद्धि बड़ी तीव्र हो गयी थी। उन्होंने मुझे संकेत किया कि दोनों को हमारी पीठ पर बिठा दो। पहले तो मैं उनका आशय न समझी, पर जब उन्होंने संकेत को बार-बार दुहराया तो मैं समझ गयी। गूँगों के घरवाले ही गूँगों की बातें खूब समझते हैं। मैंने पंडित श्रीधर को गोद में उठा कर शेरसिंह की पीठ पर बिठा दिया। उसके पीछे विद्याधरी को भी बिठाया। नन्हा बालक भालू की पीठ पर बैठ कर जितना डरता है, उससे कहीं ज्यादा यह दोनों प्राणी भयभीत हो रहे थे। चिताग्नि के क्षीण प्रकाश में उनके भयविकृत मुख देख कर करुण विनोद होता था। अस्तु, मैं इन दोनों प्राणियों को साथ ले कर गुफा से निकली और फिर उसी तिमिर-सागर को पार करके मंदिर आ पहुँची।

मैंने एक सप्ताह तक उनका यहाँ यथाशक्ति सेवा-सत्कार किया। जब वे भली-भाँति स्वस्थ हो गये तो मैंने उन्हें विदा किया। ये स्त्री-पुरुष कई आदमियों के साथ टेढ़ी जा रहे थे, यहाँ के राजा पंडित श्रीधर के शिष्य हैं। पंडित श्रीधर का घोड़ा आगे था। विद्याधरी का अभ्यास न होने के कारण पीछे थी, उनके दोनों रक्षक भी उनके साथ थे। जब डाकुओं ने पंडित श्रीधर

को घेरा और पंडित ने पिस्तौल से डाकू सरदार को गिराया तो कोलाहल सुन कर विद्याधरी ने घोड़ा बढ़ाया। दोनों रक्षक तो जान ले कर भागे, विद्याधरी को डाकुओं ने पुरुष समझ कर घायल कर दिया और तब दोनों प्राणियों को बाँध कर गुफा में डाल दिया। शेष बातें मैंने अपनी आँखों देखीं। यद्यपि यहाँ से बिदा होते समय विद्याधरी का रोम-रोम मुझे आशीर्वाद दे रहा था। पर हाँ ! अभी प्रायश्चित्त पूरा न हुआ था। इतना आत्म-समर्पण करके भी मैं सफल मनोरथ न हुई थी।

5

ऐ मुसाफिर, उस प्रान्त में अब मेरा रहना कठिन हो गया। डाकू बंदूकें लिए हुए शेरसिंह की तलाश में घूमने लगे। विवश होकर एक दिन मैं वहाँ से चल खड़ी हुई और दुर्गम पर्वतों को पार करती हुई यहाँ आ निकली। यह स्थान मुझे ऐसा पसंद आया कि मैंने इस गुफा को अपना घर बना लिया है। आज पूरे तीन वर्ष गुजरे जब मैंने पहले-पहल ज्ञानसरोवर के दर्शन किये। उस समय भी यही ऋतु थी। मैं ज्ञानसरोवर में पानी भरने गयी हुई थी, सहसा क्या देखती हूँ कि एक युवक मुश्की घोड़े पर सवार रत्नजटित आभूषण पहने हाथ में चमकता हुआ भाला लिये चला आता है। शेरसिंह को देख कर वह ठिठका और भाला सम्हाल कर उन पर वार कर बैठा। शेरसिंह को भी क्रोध आया। उनके गरजन की ऐसी गगनभेदी ध्वनि उठी कि ज्ञानसरोवर का जल आंदोलित हो गया और तुरंत घोड़े से खींच कर उसकी छाती पर पंजे रख दिये। मैं घड़ा छोड़ कर दौड़ी। युवक का प्राणांत होनेवाला ही था कि मैंने शेरसिंह के गले में हाथ डाल दिये और उनका सिर सहला कर क्रोध शांत किया। मैंने उनका ऐसा भयंकर रूप कभी नहीं देखा था। मुझे स्वयं उनके पास जाते हुए डर लगता था, पर मेरे मृदु वचनों ने अंत में उन्हें वशीभूत कर लिया, वह अलग खड़े हो गये। युवक की छाती में गहरा घाव लगा था। उसे मैंने इसी गुफा में ला कर रखा और उसकी मरहम-पट्टी करने लगी। एक दिन मैं कुछ आवश्यक वस्तुएँ लेने के लिए उस कस्बे में गयी जिसके मंदिर के कलश यहाँ से दिखायी दे रहे हैं, मगर वहाँ सब दुकानें बंद थीं। बाजारों में खाक उड़ रही थी। चारों ओर सियापा छाया हुआ था। मैं बहुत देर तक इधर-उधर घूमती रही, किसी

मनुष्य की सूरत भी न दिखायी देती थी कि उससे वहाँ का सब समाचार पूछूँ। ऐसा विदित होता था, मानो यह अदृश्य जीवों की बस्ती है। सोच ही रही थी कि वापस चलूँ कि घोड़ों के टापों की ध्वनि कानों में आयी और एक क्षण में एक स्त्री सिर से पैर तक काले वस्त्र धारण किये, एक काले घोड़े पर सवार आती हुई दिखायी दी। उसके पीछे कई सवार और प्यादे काली वर्दियाँ पहने आ रहे थे। अकस्मात् उस सवार स्त्री की दृष्टि मुझ पर पड़ी। उसने घोड़े को एड़ लगायी और मेरे निकट आकर कर्कश स्वर में बोली, 'तू कौन है ?' मैंने निर्भीक भाव से उत्तर दिया, 'मैं ज्ञानसरोवर के तट पर रहती हूँ। यहाँ बाजार में कुछ सामग्रियाँ लेने आयी थी; किंतु शहर में किसी का पता नहीं।' उस स्त्री ने पीछे की ओर देख कर कुछ संकेत किया और दो सवारों ने आगे बढ़ कर मुझे पकड़ लिया और मेरी बाँहों में रस्सियाँ डाल दीं। मेरी समझ में न आता था कि मुझे किस अपराध का दंड दिया जा रहा है। बहुत पूछने पर भी किसी ने मेरे प्रश्नों का उत्तर न दिया। हाँ, अनुमान से यह प्रकट हुआ कि यह स्त्री यहाँ की रानी है। मुझे अपने विषय में तो कोई चिंता न थी पर चिंता थी शेरसिंह की, वह अकेले घबरा रहे होंगे। भोजन का समय आ पहुँचा, कौन खिलावेगा। किस विपत्ति में फँसी। नहीं मालूम विधाता अब मेरी क्या दुर्गति करेंगे। मुझ अभागिन को इस दशा में भी शांति नहीं। इन्हीं मलिन विचारों में मग्न मैं सवारों के साथ आध घंटे तक चलती रही कि सामने एक ऊँची पहाड़ी पर एक विशाल भवन दिखायी दिया। ऊपर चढ़ने के लिए पत्थर काट कर चौड़े जीने बनाये गये थे। हम लोग ऊपर चढ़े। वहाँ सैकड़ों ही आदमी दिखायी दिये, किंतु सब-के-सब काले वस्त्र धारण किए हुए थे। मैं जिस कमरे में ला कर रखी गयी, वहाँ एक कुशासन के अतिरिक्त सजावट का और सामान न था। मैं जमीन पर बैठ कर अपने नसीब को रोने लगी। जो कोई यहाँ आता था, मुझ पर करुण दृष्टिपात करके चुपचाप चला जाता था। थोड़ी देर में रानी साहब आ कर उसी कुशासन पर बैठ गयीं। यद्यपि उनकी अवस्था पचास वर्ष से अधिक थी, परन्तु मुख पर अद्भुत कांति थी। मैंने अपने स्थान से उठ कर उनका सम्मान किया और हाथ बाँध कर अपनी किस्मत का फैसला सुनने के लिए खड़ी हो गयी।

ऐ मुसाफिर, रानी महोदया के तेवर देख कर पहले तो मेरे प्राण सूख गये, किंतु जिस प्रकार चंदन जैसी कठोर वस्तु में मनोहर सुगंधि छिपी होती

है, उसी प्रकार उनकी कर्कशता और कठोरता के नीचे मोम के सदृश हृदय छिपा हुआ था। उनका प्यारा पुत्र थोड़े ही दिन पहले युवावस्था ही में दगा दे गया था। उसी के शोक में सारा शहर मातम मना रहा था। मेरे पकड़े जाने का कारण यह था कि मैंने काले वस्त्र क्यों न धारण किये थे। यह वृत्तांत सुन कर मैं समझ गयी कि जिस राजकुमार का शोक मनाया जा रहा है वह वही युवक है जो मेरी गुफा में पड़ा हुआ है। मैंने उनसे पूछा, 'राजकुमार मुश्की घोड़े पर तो सवार नहीं थे ?'

रानी—हाँ-हाँ, मुश्की घोड़ा था। उसे मैंने उनके लिए अरब देश से मँगवा दिया था। क्या तूने उन्हें देखा है ?

मैं—हाँ, देखा है।

रानी ने पूछा—कब ?

मैं—जिस दिन वह शेर का शिकार खेलने गये थे।

रानी—क्या तेरे सामने ही शेर ने उन पर चोट की थी ?

मैं—हाँ, मेरी आँखों के सामने।

रानी उत्सुक हो कर खड़ी हो गयी और बड़े दीन भाव से बोली—तू उनकी लाश का पता लगा सकती है ?

मैं—ऐसा न कहिए, वह अमर हों। वह दो सप्ताहों से मेरे यहाँ मेहमान हैं।

रानी हर्षमय आश्चर्य से बोली—मेरा रणधीर जीवित है ?

मैं—हाँ, अब उनमें चलने-फिरने की शक्ति आ गयी है।

रानी मेरे पैरों पर गिर पड़ी।

तीसरे दिन अर्जुन नगर की कुछ और ही शोभा थी। वायु आनंद के मधुर स्वर में गूँजती थी, दूकानों ने फूलों का हार पहना था, बाजारों में आनंद के उत्सव मनाये जा रहे थे। शोक के काले वस्त्रों की जगह केसर का सुहावना रंग बधाई दे रहा था। इधर सूर्य ने उषा-सागर से सिर निकाला। उधर सलामियाँ दगना आरम्भ हुईं। आगे-आगे मैं एक सब्जा घोड़े पर सवार आ रही थी और पीछे राजकुमार का हाथी सुनहरे झूलों से सजा चला आता था। स्त्रियाँ अटारियों पर मंगल के गीत गाती थीं और पुष्पों की वृष्टि करती थीं। राजभवन के द्वार पर रानी मोतियों से आँचल-भरे खड़ी थी, ज्यों ही राजकुमार हाथी से उतरे; वह उन्हें गोद में लेने के लिए दौड़ी और छाती से लगा लिया।

6

ऐ मुसाफिर, आनंदोत्सव समाप्त होने पर जब मैं विदा होने लगी, तो रानी महोदय ने सजल नयन हो कर कहा :

'बेटी, तूने मेरे साथ जो उपकार किया है उसका फल तुझे भगवान् देंगे। तूने मेरे राजवंश का उद्धार कर दिया, नहीं तो कोई पितरों को जल देनेवाला भी न रहता। मैं तुझे कुछ बिदाई देना चाहती हूँ, वह तुझे स्वीकार करनी पड़ेगी। अगर रणधीर मेरा पुत्र है, तो तू मेरी पुत्री है। तूने ही रणधीर को प्राणदान दिया है, तूने ही इस राज्य का पुनरुद्धार किया है। इसलिए इस माया-बंधन से तेरा गला नहीं छूटेगा। मैं अर्जुन नगर का प्रांत उपहारस्वरूप तेरी भेंट करती हूँ।'

रानी की यह असीम उदारता देख कर मैं दंग रह गयी। कलियुग में भी कोई ऐसा दानी हो सकता है, इसकी मुझे आशा न थी। यद्यपि मुझे धन-भोग की लालसा न थी, पर केवल इस विचार से कि कदाचित् यह सम्पत्ति मुझे अपने भाइयों की सेवा करने की सामर्थ्य दे, मैंने एक जागीरदार की जिम्मेदारियाँ अपने सिर लीं। तब से दो वर्ष व्यतीत हो चुके हैं, पर भोग-विलास ने मेरे मन को एक क्षण के लिए भी चंचल नहीं किया। मैं कभी पलंग पर नहीं सोयी। रूखी-सूखी वस्तुओं के अतिरिक्त और कुछ नहीं खाया। पति-वियोग की दशा में स्त्री तपस्विनी हो जाती है, उसकी वासनाओं का अंत हो जाता है, मेरे पास कई विशाल भवन हैं, कई रमणीक वाटिकाएँ हैं, विषय-वासना की ऐसी कोई सामग्री नहीं है जो प्रचुर मात्रा में उपस्थित न हो, पर मेरे लिए वह सब त्याज्य हैं। भवन सूने पड़े हैं और वाटिकाओं में खोजने से भी हरियाली न मिलेगी। मैंने उनकी ओर कभी आँख उठा कर भी नहीं देखा। अपने प्राणाधार के चरणों से लगे हुए मुझे अन्य किसी वस्तु की इच्छा नहीं है। मैं नित्यप्रति अर्जुन नगर जाती हूँ और रियासत के आवश्यक काम-काज करके लौट आती हूँ। नौकर-चाकरों को कड़ी आज्ञा दे दी गयी है कि मेरी शांति में बाधक न हों। रियासत की सम्पूर्ण आय परोपकार में व्यय होती है। मैं उसकी कौड़ी भी अपने खर्च में नहीं लाती। आपको अवकाश हो तो आप मेरी रियासत का प्रबंध देख कर बहुत प्रसन्न होंगे। मैंने इन दो वर्षों में बीस बड़े-बड़े तालाब बनवा दिये हैं और चालीस गोशालाएँ बनवा दी हैं। मेरा विचार है कि अपनी

रियासत में नहरों का ऐसा जाल बिछा दूँ जैसे शरीर में नाड़ियों का। मैंने एक सौ कुशल वैद्य नियुक्त कर दिये हैं, जो ग्रामों में विचरण करें और रोग की निवृत्ति करें। मेरा कोई ऐसा ग्राम नहीं है जहाँ मेरी ओर से सफाई का प्रबंध न हो। छोटे-छोटे गाँवों में आपको लालटेनें जलती हुई मिलेंगी। दिन का प्रकाश ईश्वर देता है, रात के प्रकाश की व्यवस्था करना राजा का कर्त्तव्य है। मैंने सारा प्रबंध पंडित श्रीधर के हाथों में दे दिया है। सबसे प्रथम कार्य जो मैंने किया वह यह था कि उन्हें ढूँढ़ निकालूँ और यह भार उनके सिर रख दूँ। इस विचार से नहीं कि उनका सम्मान करना मेरा अभीष्ट था, बल्कि मेरी दृष्टि में कोई अन्य पुरुष ऐसा कर्त्तव्यपरायण, ऐसा निःस्पृह, ऐसा सच्चरित्र न था। मुझे पूर्ण विश्वास है कि वह यावज्जीवन रियासत की बागडोर अपने हाथ में रखेंगे। विद्याधरी भी उनके साथ है। वही शांति और संतोष की मूर्ति, वही धर्म और व्रत की देवी। उसका पातिव्रत अब भी ज्ञानसरोवर की भाँति अपार और अथाह है। यद्यपि उसका सौंदर्य-सूर्य अब मध्याह्न पर नहीं है, पर अब भी वह रनिवास की रानी जान पड़ती है। चिंताओं ने उसके मुख पर शिकन डाल दिये हैं। हम दोनों कभी-कभी मिल जाती हैं। किंतु बातचीत की नौबत नहीं आती। उसकी आँखें झुक जाती हैं। मुझे देखते ही उसके ऊपर घड़ों पानी पड़ जाता है और उसके माथे के जलबिंदु दिखाई देने लगते हैं। मैं आपसे सत्य कहती हूँ कि मुझे विद्याधरी से कोई शिकायत नहीं है। उसके प्रति मेरे मन में दिनोंदिन श्रद्धा और भक्ति बढ़ती जाती है। मैं उसे देखती हूँ, तो मुझे प्रबल उत्कंठा होती है कि उसके पैरों पर पड़ूँ। पतिव्रता स्त्री के दर्शन बड़े सौभाग्य से मिलते हैं। पर केवल इस भय से कि कदाचित् वह इसे मेरी खुशामद समझे, रुक जाती हूँ। अब मेरी ईश्वर से यही प्रार्थना है कि अपने स्वामी के चरणों में पड़ी रहूँ और जब इस संसार से प्रस्थान करने का समय आये तो मेरा मस्तक उनके चरणों पर हो। और अन्तिम जो शब्द मेरे मुँह से निकलें वह यही कि, 'ईश्वर, दूसरे जन्म में भी इनकी चेरी बनाना।'

पाठक, उस सुन्दरी का जीवन-वृत्तांत सुन कर मुझे जितना कुतूहल हुआ वह अकथनीय है। खेद है कि जिस जाति में ऐसी प्रतिभाशालिनी देवियाँ उत्पन्न हों उस पर पाश्चात्य के कल्पनाहीन, विश्वासहीन पुरुष उँगलियाँ उठायें ? समस्त यूरोप में एक ऐसी सुन्दरी न होगी, जिससे इसकी तुलना की जा सके। हमने स्त्री-पुरुष के सम्बन्ध को सांसारिक सम्बन्ध समझ रखा है। उसका आध्यात्मिक

रूप हमारे विचार से कोसों दूर है। यही कारण है कि हमारे देश में शताब्दियों की उन्नति के पश्चात् भी पातिव्रत का ऐसा उज्ज्वल और अलौकिक उदाहरण नहीं मिल सकता। और दुर्भाग्य से हमारी सभ्यता ने ऐसा मार्ग ग्रहण किया है कि कदाचित् दूर भविष्य में ऐसी देवियों के जन्म लेने की सम्भावना नहीं है। जर्मनी को यदि अपनी सेना पर, फ्रांस को अपनी विलासिता पर और इंगलैंड को अपने वाणिज्य पर गर्व है, तो भारतवर्ष को अपने पातिव्रत का घमंड है। क्या यूरोपनिवासियों के लिए यह लज्जा की बात नहीं है कि होमर और वर्जिल, डैंटे और गेटे, शेक्सपियर और ह्यूगो जैसे उच्चकोटि के कवि एक भी सीता या सावित्री की रचना न कर सके। वास्तव में यूरोपीय समाज ऐसे आदर्शों से वंचित है !

मैंने दूसरे दिन ज्ञानसरोवर से बड़ी अनिच्छा के साथ विदा माँगी और यूरोप को चला। मेरे लौटने का समाचार पूर्व ही प्रकाशित हो चुका था। जब मेरा जहाज हैम्पबर्ग के बंदरगाह में पहुँचा तो सहस्रों नर-नारी, सैकड़ों विद्वान् और राजकर्मचारी मेरा अभिवादन करने के लिए खड़े थे। मुझे देखते ही तालियाँ बजने लगीं, रूमाल और टोप हवा में उछलने लगे और वहाँ से मेरे घर तक जिस समारोह से जुलूस निकला उस पर किसी राष्ट्रपति को भी गर्व हो सकता है। संध्या समय मुझे कैसर की मेज पर भोजन करने का सौभाग्य प्राप्त हुआ। कई दिनों तक अभिनंदन-पत्रों का ताँता लगा रहा और महीनों क्लब और यूनिवर्सिटी की फरमाइशों से दम मारने का अवकाश न मिला। यात्रावृत्तांत देश के प्रायः सभी पत्रों में छपा। अन्य देशों से भी बधाई के तार और पत्र मिले। फ्रांस और रूस आदि देशों की कितनी ही सभाओं ने मुझे व्याख्यान देने के लिए निमंत्रित किया। एक-एक वक्तृता के लिए मुझे कई-कई हजार पौंड दिये जाते थे। कई विद्यालयों ने मुझे उपाधियाँ दीं। जार ने अपना आटोग्राफ भेज कर सम्मानित किया, किन्तु इन आदर-सम्मान की आँधियों से मेरे चित्त को शांति न मिलती थी और ज्ञानसरोवर का सुरम्य तट और वह गहरी गुफा और वह मृदुभाषिणी रमणी सदैव आँखों के सामने फिरती रहती। उसके मधुर शब्द कानों में गूँजा करते। मैं थियेटरों में जाता और स्पेन और जार्जिया की सुन्दरियों को देखता, किंतु हिमालय की अप्सरा मेरे ध्यान से न उतरती। कभी-कभी कल्पना में मुझे वह देवी आकाश से उतरती हुई मालूम होती, तब चित्त चंचल हो जाता और विकल उत्कंठा होती कि किसी तरह पर लगा कर

ज्ञानसरोवर के तट पहुँच जाऊँ। आखिर एक रोज मैंने सफर का सामान दुरुस्त किया और उसी मिती के ठीक एक हजार दिनों के बाद जब कि मैंने पहली बार ज्ञानसरोवर के तट पर कदम रखा था, मैं फिर वहाँ जा पहुँचा।

प्रभात का समय था। गिरिराज सुनहरा मुकुट पहने खड़े थे। मंद समीर के आनन्दमय झोंकों से ज्ञानसरोवर का निर्मल प्रकाश से प्रतिबिम्बित जल इस प्रकार लहरा रहा था, मानो अगणित अप्सराएँ आभूषणों से जगमगाती हुई नृत्य कर रही हों। लहरों के साथ शतदल यों झकोरे लेते थे जैसे कोई बालक हिंडोले में झूल रहा हो। फूलों के बीच में श्वेत हंस तैरते हुए ऐसे मालूम होते थे, मानो लालिमा से छाये हुए आकाश पर तारागण चमक रहे हों। मैंने उत्सुक नेत्रों से इस गुफा की ओर देखा तो वहाँ एक विशाल राजप्रासाद आसमान से कंधा मिलाये खड़ा था। एक ओर रमणीक उपवन था, दूसरी ओर एक गगनचुम्बी मंदिर। मुझे यह कायापलट देख कर आश्चर्य हुआ। मुख्य द्वार पर जा कर देखा, तो दो चोबदार ऊदे मखमल की वर्दियाँ पहने, जरी के पट्टे बाँधे खड़े थे। मैंने उनसे पूछा, ''क्यों भाई, यह किसका महल है ?''

चोबदार–अर्जुन नगर की महारानी का।

मैं–क्या अभी हाल ही में बना है ?

चोबदार–हाँ ! तुम कौन हो ?

मैं–एक परदेसी यात्री हूँ। क्या तुम महारानी को मेरी सूचना दे दोगे ?

चोबदार–तुम्हारा क्या नाम है और कहाँ से आते हो ?

मैं–उनसे केवल इतना कह देना कि यूरोप से एक यात्री आया है और आपके दर्शन करना चाहता है।

चोबदार भीतर चला गया और एक क्षण के बाद आकर बोला, ''मेरे साथ आओ ?''

मैं उसके साथ हो लिया। पहले एक लम्बी दालान मिली जिसमें भाँति-भाँति के पक्षी पिंजरों में बैठे चहक रहे थे। इसके बाद एक विस्तृत बारहदरी में पहुँचा जो सम्पूर्णतः पाषाण की बनी हुई थी। मैंने ऐसी सुन्दर गुलकारी ताजमहल के अतिरिक्त और कहीं नहीं देखी। फर्श की पच्चीकारी को देख कर उस पर पाँव धरते संकोच होता था। दीवारों पर निपुण चित्रकारों की रचनाएँ शोभायमान थीं। बारहदरी के दूसरे सिरे पर एक चबूतरा था जिस पर मोटी कालीनें बिछी हुई थीं। मैं फर्श पर बैठ गया। इतने में एक लम्बे कद का रूपवान् पुरुष अंदर

आता हुआ दिखायी दिया। उसके मुख पर प्रतिभा की ज्योति झलक रही थी और आँखों से गर्व टपका पड़ता था। उसकी काली और भाले की नोक के सदृश तनी हुई मूँछें, उसके भौंरे की तरह काले घुँघराले बाल उसकी आकृति की कठोरता को नम्र कर देते थे। विनयपूर्ण वीरता का इससे सुन्दर चित्र नहीं खींच सकता था। उसने मेरी ओर देख कर मुस्कराते हुए कहा, "आप मुझे पहचानते हैं ?" मैं अदब से खड़ा हो कर बोला, "मुझे आपसे परिचय का सौभाग्य नहीं प्राप्त हुआ।" वह कालीन पर बैठ गया और बोला, "मैं शेरसिंह हूँ।" मैं अवाक् रह गया। शेरसिंह ने फिर कहा, "क्या आप प्रसन्न नहीं हैं कि आपने मुझे पिस्तौल का लक्ष्य नहीं बनाया ? मैं तब पशु था, अब मनुष्य हूँ।" मैंने कहा, "आपको हृदय से धन्यवाद देता हूँ। यदि आज्ञा हो, तो मैं आपसे एक प्रश्न करना चाहता हूँ।"

शेरसिंह ने मुस्करा कर कहा—मैं समझ गया, पूछिए।

मैं—जब आप समझ ही गये तो मैं पूछूँ क्यों ?

शेरसिंह—सम्भव है, मेरा अनुमान ठीक न हो।

मैं—मुझे भय है कि उस प्रश्न से आपको दुःख न हो।

शेरसिंह—कम से कम आपको मुझसे ऐसी शंका न करनी चाहिए।

मैं—विद्याधरी के भ्रम में कुछ सार था ?

शेरसिंह ने सिर झुका कर देर में उत्तर दिया—जी हाँ, था। जिस वक्त मैंने उसकी कलाई पकड़ी थी उस समय आवेश से मेरा एक-एक अंग काँप रहा था। मैं विद्याधरी के उस अनुग्रह को मरणपर्यंत न भूलूँगा। मगर इतना प्रायश्चित्त करने पर भी मुझे अपनी ग्लानि से निवृत्ति न हुई। संसार की कोई वस्तु स्थिर नहीं, किंतु पाप की कालिमा अमर और अमिट है। यश और कीर्ति कालांतर में मिट जाती है किंतु पाप का धब्बा नहीं मिटता। मेरा विचार है कि ईश्वर भी दाग को नहीं मिटा सकता। कोई तपस्या, कोई दंड, कोई प्रायश्चित्त इस कालिमा को नहीं धो सकता। पतितोद्धार की कथाएँ और तौबा या कन्फेशन करके पाप से मुक्त हो जाने की बातें, यह सब संसार-लिप्सी पाखंडी धर्मावलम्बियों की कल्पनाएँ हैं।

हम दोनों यही बातें कर रहे थे कि रानी प्रियंवदा सामने आ कर खड़ी हो गयीं। मुझे आज अनुभव हुआ, जो बहुत दिनों से पुस्तकों में पढ़ा करता था कि सौंदर्य में प्रकाश होता है। आज इसकी सत्यता मैंने अपनी आँखों से देखी।

मैंने जब उन्हें पहले देखा था तो निश्चय किया था कि यह ईश्वरीय कलानैपुण्य की पराकाष्ठा है; परंतु अब जब मैंने उन्हें दोबारा देखा तो ज्ञात हुआ कि वह इस असल की नकल थी। प्रियंवदा ने मुस्करा कर कहा– "मुसाफिर, तुझे स्वदेश में भी कभी हम लोगों की याद आयी थी ?" अगर मैं चित्रकार होता तो उसके मधु हास्य को चित्रित करके प्राचीन गुणियों को चकित कर देता। उसके मुँह से यह प्रश्न सुनने के लिए तैयार न था। यदि इसी भाँति मैं उसका उत्तर देता तो शायद वह मेरी धृष्टता होती और शेरसिंह के तेवर बदल जाते। मैं यह भी न सह सका कि मेरे जीवन का सबसे सुखद भाग वही था, जो ज्ञानसरोवर के तट पर व्यतीत हुआ था; किंतु मुझे इतना साहस भी न हुआ। मैंने दबी जबान से कहा, "क्या मैं मनुष्य नहीं हूँ।"

7

तीन दिन बीत गये। इन तीन दिनों में खूब मालूम हो गया कि पूर्व को आतिथ्यसेवी क्यों कहते हैं। यूरोप का कोई दूसरा मनुष्य जो यहाँ की सभ्यता से परिचित न हो, इन सत्कारों से ऊब जाता। किंतु मुझे इन देशों के रहन-सहन का बहुत अनुभव हो चुका है और मैं इसका आदर करता हूँ।

चौथे दिन मेरी विनय पर रानी प्रियंवदा ने अपनी शेष कथा सुनानी शुरू की–

"ऐ मुसाफिर, मैंने तुझसे कहा था कि अपनी रियासत का शासन-भार मैंने श्रीधर पर रख दिया था और जितनी योग्यता और दूरदर्शिता से उन्होंने इस काम को सम्हाला है, उसकी प्रशंसा नहीं हो सकती। ऐसा बहुत कम हुआ है कि एक विद्वान् पंडित जिसका सारा जीवन पठन-पाठन में व्यतीत हुआ हो, एक रियासत का बोझ सम्हाले; किंतु राजा बीरबल की भाँति पं. श्रीधर भी सब कुछ कर सकते हैं। मैंने परीक्षार्थ उन्हें यह काम सौंपा था। अनुभव ने सिद्ध कर दिया कि वह इस कार्य के सर्वथा योग्य हैं। ऐसा जान पड़ता है कि कुल-परम्परा ने उन्हें इस काम के लिए अभ्यस्त कर दिया। जिस समय उन्होंने इसका काम अपने हाथ में लिया, यह रियासत एक ऊजड़ ग्राम के सदृश थी। अब वह धनधान्यपूर्ण एक नगर है। शासन का कोई ऐसा विभाग नहीं, जिस पर उनकी सूक्ष्म दृष्टि न पहुँची हो।

थोड़े ही दिनों में लोग उनके शील-स्वभाव पर मुग्ध हो गये और राजा रणधीरसिंह भी उन पर कृपा-दृष्टि रखने लगे। पंडित जी पहले शहर से बाहर एक ठाकुरद्वारे में रहते थे। किंतु जब राजा साहब से मेल-जोल बढ़ा तो उनके आग्रह से विवश हो कर राजमहल में चले आये। यहाँ तक परस्पर मैत्री और घनिष्ठता बढ़ी कि मान-प्रतिष्ठा का विचार जाता रहा। राजा साहब पंडित जी से संस्कृत भी पढ़ते थे और उनके समय का अधिकांश भाग पंडित जी के मकान पर ही कटता था; किन्तु शोक ! यह विद्याप्रेम या शुद्ध मित्रभाव का आकर्षण न था। यह सौंदर्य का आकर्षण था। यदि उस समय मुझे लेशमात्र भी संदेह होता कि रणधीरसिंह की यह घनिष्ठता कुछ और ही पहलू लिये हुए है तो उसका अंत इतना खेदजनक न होता जितना कि हुआ। उनकी दृष्टि विद्याधरी पर उस समय पड़ी जब वह ठाकुरद्वारे में रहती थी और यह सारी कुयोजनाएँ उसी की करामात थीं। राजा साहब स्वभावतः बड़े ही सच्चरित्र और संयमी पुरुष हैं; किंतु जिस रूप ने मेरे पति जैसे देवपुरुष का ईमान डिगा दिया, वह सब कुछ कर सकता है।

भोली-भाली विद्याधरी मनोविकारों की इस कुटिल नीति से बेखबर थी। जिस प्रकार छलाँगें मारता हुआ हिरन व्याध की फैलायी हुई हरी-हरी घास से प्रसन्न हो कर उस ओर बढ़ता है और यह नहीं समझता कि प्रत्येक पग मुझे सर्वनाश की ओर लिये जाता है, उसी भाँति विद्याधरी को उसका चंचल मन अंधकार की ओर खींचे लिए जाता था। वह राजा साहब के लिए अपने हाथों से बीड़े लगा कर भेजती, पूजा के लिए चंदन रगड़ती। रानी जी से भी उसका बहनापा हो गया। वह एक क्षण के लिए भी उसे अपने पास से न जाने देतीं। दोनों साथ-साथ बाग की सैर करतीं, साथ-साथ झूला झूलतीं, साथ-साथ चौपड़ खेलतीं। यह उनका शृंगार करती और वह उनकी माँग-चोटी सँवारती, मानो विद्याधरी ने रानी के हृदय में वह स्थान प्राप्त कर लिया, जो किसी समय मुझे प्राप्त था। लेकिन वह गरीब क्या जानती थी कि जब मैं बाग की रविशों में विचरती हूँ, तो कुवासना मेरे तलवे के नीचे आँखें बिछाती है, जब मैं झूला झूलती हूँ, तो वह आड़ में बैठी हुई आनंद से झूमती है। इस सरल हृदय अबला स्त्री के लिए चारों ओर से चक्रव्यूह रचा जा रहा था।

इस प्रकार एक वर्ष व्यतीत हो गया, राजा साहब का रब्त-जब्त दिनोंदिन बढ़ता जाता था। पंडित जी को उनसे वह स्नेह हो गया जो गुरु जी को अपने

एक होनहार शिष्य से होता है। मैंने जब देखा कि आठों पहर का यह सहवास पंडित जी के काम में विघ्न डालता है, तो एक दिन मैंने उनसे कहा—यदि आपको कोई आपत्ति न हो, तो दूरस्थ देहातों का दौरा आरम्भ कर दें और इस बात का अनुसंधान करें कि देहातों में कृषकों के लिए बैंक खोलने में हमें प्रजा से कितनी सहानुभूति और कितनी सहायता की आशा करनी चाहिए। पंडित जी के मन की बात नहीं जानती; पर प्रत्यक्ष में उन्होंने कोई आपत्ति नहीं की। दूसरे ही दिन प्रातःकाल चले गये। किंतु आश्चर्य है कि विद्याधरी उनके साथ न गयी। अब तक पंडित जी जहाँ कहीं जाते थे; विद्याधरी परछाईं की भाँति उनके साथ रहती थी। असुविधा या कष्ट का विचार भी उसके मन में न आता था। पंडित जी कितना ही समझायें, कितना ही डरायें, पर वह उनका साथ न छोड़ती थी; पर अबकी बार कष्ट के विचार ने उसे कर्तव्य के मार्ग से विमुख कर दिया। पहले उसका पातिव्रत एक वृक्ष था, जो उसके प्रेम की क्यारी में अकेला खड़ा था; किन्तु अब उसी क्यारी में मैत्री का घास-पात निकल आया था, जिनका पोषण भी उसी भोजन पर अवलम्बित था।

8

ऐ मुसाफिर, छह महीने गुजर गये और पंडित श्रीधर वापस न आये। पहाड़ों की चोटियों पर छाया हुआ हिम घुल-घुल कर नदियों में बहने लगा, उनकी गोद में फिर रंग-बिरंग के फूल लहलहाने लगे। चंद्रमा की किरणें फिर फूलों की महक सूँघने लगीं। सभी पर्वतों के पक्षी अपनी वार्षिक यात्रा समाप्त कर फिर स्वदेश आ पहुँचे; किंतु पंडित जी रियासत के कामों में ऐसे उलझे कि मेरे निरंतर आग्रह करने पर भी अर्जुन नगर न आये। विद्याधरी की ओर से वह इतने उदासीन क्यों हुए, समझ में नहीं आता था। उन्हें तो उसका वियोग एक क्षण के लिए भी असह्य था। किंतु इससे अधिक आश्चर्य की बात यह थी कि विद्याधरी ने भी आग्रहपूर्ण पत्रों के लिखने के अतिरिक्त उनके पास जाने का कष्ट न उठाया। वह अपने पत्रों में लिखती—'स्वामी जी, मैं बहुत व्याकुल हूँ, यहाँ मेरा जी जरा भी नहीं लगता। एक दिन एक-एक वर्ष के समान व्यतीत होता है। न दिन को चैन, न रात को नींद। क्या आप मुझे भूल गये ? मुझसे कौन-सा अपराध हुआ ? क्या आपको मुझ पर दया भी नहीं आती ?

मैं आपके वियोग में रो-रो कर मरी जाती हूँ। नित्य स्वप्न देखती हूँ कि आप आ रहे हैं; पर यह स्वप्न सच्चा नहीं होता।' उसके पत्र ऐसे ही प्रेममय शब्दों से भरे होते थे और इसमें भी कोई संदेह नहीं कि जो कुछ वह लिखती थी, वह भी अक्षरशः सत्य था; मगर इतनी व्याकुलता, इतनी चिंता और इतनी उद्विग्नता पर भी उसके मन में कभी यह प्रश्न न उठा कि क्यों न मैं ही उनके पास चली चलूँ।

बहुत ही सुहावनी ऋतु थी। ज्ञानसरोवर में यौवन-काल की अभिलाषाओं की भाँति कमल के फूल खिले हुए थे। राजा रणजीतसिंह की पचीसवीं जयंती का शुभ-मुहूर्त आया। सारे नगर में आनंदोत्सव की तैयारियाँ होने लगीं। गृहणियाँ कोरे-कोरे दीपक पानी में भिगोने लगीं कि वह अधिक तेल न सोख जायँ। चैत्र की पूर्णिमा थी, किन्तु दीपक की जगमगाहट ने ज्योत्सना को मात कर दिया था। मैंने राजा साहब के लिए इस्फहान से एक रत्न-जटित तलवार मँगा रखी थी। दरबार के अन्य जागीरदारों और अधिकारियों ने भी भाँति-भाँति के उपहार मँगा रखे थे। मैंने विद्याधरी के घर जा कर देखा, तो वह एक पुष्पहार गूँथ रही थी। मैं आध घंटे तक उसके सम्मुख खड़ी रही; किंतु वह अपने काम में इतनी व्यस्त थी कि उसे मेरी आहट भी न मिली। तब मैंने धीरे से पुकारा, 'बहन ?' विद्याधरी ने चौंक कर सिर उठाया और बड़ी शीघ्रता से वह हार फूल की डाली में छिपा दिया और लज्जित हो कर बोली–क्या तुम देर से खड़ी हो ? मैंने उत्तर दिया–आध घंटे से अधिक हुआ।

विद्याधरी के चेहरे का रंग उड़ गया, आँखें झुक गयीं, कुछ हिचकिचायी, कुछ घबरायी, अपने अपराधी हृदय को इन शब्दों से शांत किया–'यह हार मैंने ठाकुर जी के लिए गूँथा है।' इस समय विद्याधरी की घबराहट का भेद मैं कुछ न समझी। ठाकुर जी के लिए हार गूँथना क्या कोई लज्जा की बात है ? फिर जब वह हार मेरी नजरों से छिपा दिया गया तो उसका जिक्र ही क्या ? हम दोनों ने कितनी ही बार साथ बैठ कर हार गूँथे थे। कोई निपुण मालिन भी हमसे अच्छे हार न गूँथ सकती थी; मगर इसमें शर्म क्या ? दूसरे दिन यह रहस्य मेरी समझ में आ गया। वह हार राजा रणधीरसिंह को उपहार में देने के लिए बनाया गया था।

यह बहुत सुंदर वस्तु थी। विद्याधरी ने अपना सारा चातुर्य उसके बनाने में खर्च किया था। कदाचित् यह सबसे उत्तम वस्तु थी, जो राजा साहब को

भेंट कर सकती थी। वह ब्राह्मणी थी। राजा साहब की गुरुमाता थी। उसके हाथों से यह उपहार बहुत ही शोभा देता था; किंतु यह बात उसने मुझसे छिपायी क्यों ?

मुझे उस दिन रात भर नींद न आयी। उसके इस रहस्य-भाव ने उसे मेरी नजरों से गिरा दिया। एक बार आँख झपकी तो मैंने उसे स्वप्न में देखा, मानो वह एक सुंदर पुष्प है; किन्तु उसकी बास मिट गयी हो। वह मुझसे गले मिलने के लिए बढ़ी; किंतु मैं हट गयी और बोली कि तूने मुझसे यह बात छिपायी क्यों ?

9

ऐ मुसाफिर, राजा रणधीरसिंह की उदारता ने प्रजा को मालामाल कर दिया। रईसों और अमीरों ने खिलअतें पायीं। किसी को घोड़ा मिला, किसी को जागीर मिली। मुझे उन्होंने श्रीभगवद्‌गीता की एक प्रति, एक मखमली बस्ते में रख, दी। विद्याधरी को एक बहुमूल्य जड़ाऊ कंगन मिला। उस कंगन में अनमोल हीरे जड़े हुए थे। देहली के निपुण स्वर्णकारों ने इसके बनाने में अपनी कला का चमत्कार दिखाया था। विद्याधरी को अब तक आभूषणों से इतना प्रेम न था, अब तक सादगी ही उसका आभूषण और पवित्रता ही उसका शृंगार थी, पर इस कंगन पर वह लोट-पोट हो गयी।

आषाढ़ का महीना आया। घटाएँ गगनमंडल में मँडराने लगीं। पंडित श्रीधर को घर की सुध आयी। पत्र लिखा कि मैं आ रहा हूँ। विद्याधरी ने मकान खूब साफ कराया और स्वयं अपना बनाव-शृंगार किया। उसके वस्त्रों से चंदन की महक उड़ रही थी। उसने कंगन को संदूकचे से निकाला और सोचने लगी कि इसे पहनूँ या न पहनूँ ? उसके मन ने निश्चय किया कि न पहनूँगी। संदूक बंद करके रख दिया।

सहसा लौंडी ने आकर सूचना दी कि पंडित जी आ गये। यह सुनते ही विद्याधरी लपक कर उठी; किंतु पति के दर्शनों की उत्सुकता उसे द्वार की ओर नहीं ले गयी। उसने बड़ी फुर्ती से संदूकचा खोला, कंगन निकाल कर पहना और अपनी सूरत आईने में देखने लगी।

इधर पंडित जी प्रेम की उत्कंठा से कदम बढ़ाते दालान से आँगन और

आँगन से विद्याधरी के कमरे में आ पहुँचे। विद्याधरी ने आ कर उनके चरणों को अपने सिर से स्पर्श किया। पंडित जी उसका यह श्रृंगार देख कर दंग रह गये। एकाएक उनकी दृष्टि उस कंगन पर पड़ी। राजा रणधीरसिंह की संगत ने उन्हें रत्नों का पारखी बना दिया था। ध्यान से देखा तो एक-एक नगीना एक-एक हजार का था। चकित हो कर बोले, 'यह कंगन कहाँ मिला ?'

विद्याधरी ने जवाब पहले ही सोच रखा था। रानी प्रियंवदा ने दिया है। यह जीवन में पहला अवसर था कि विद्याधरी ने अपने पतिदेव से कपट किया। जब हृदय शुद्ध न हो तो मुख से सत्य क्योंकर निकले ! यह कंगन नहीं, वरन् एक विषैला नाग था।

10

एक सप्ताह गुजर गया। विद्याधरी के चित्त की शांति और प्रसन्नता लुप्त हो गयी थी। यह शब्द कि रानी प्रियंवदा ने दिया है, प्रतिक्षण उसके कानों में गूँजा करते। वह अपने को धिक्कारती कि मैंने अपने प्राणाधार से क्यों कपट किया। बहुधा रोया करती।

एक दिन उसने सोचा कि क्यों न चल कर पति से सारा वृत्तांत सुना दूँ। क्या वह मुझे क्षमा न करेंगे ? यह सोच कर उठी; किंतु पति के सम्मुख जाते ही उसकी जबान बंद हो गयी। वह अपने कमरे में आयी और फूट-फूट कर रोने लगी। कंगन पहन कर उसे बहुत आनंद हुआ था। इसी कंगन ने उसे हँसाया था, अब वही रुला रहा है।

विद्याधरी ने रानी के साथ बागों में सैर करना छोड़ दिया, चौपड़ और शतरंज उसके नाम को रोया करते। यह सारे दिन अपने कमरे में पड़ी रोया करती और सोचती कि क्या करूँ? काले वस्त्र पर काला दाग छिप जाता है, किंतु उज्ज्वल वस्त्र पर कालिमा की एक बूँद भी झलकने लगती है। वह सोचती, इसी कंगन ने मेरा सुख हर लिया है, यही कंगन मुझे रक्त के आँसू रुला रहा है। सर्प जितना सुंदर होता है उतना ही विषाक्त भी होता है। यह सुंदर कंगन विषधर नाग है, मैं उसका सिर कुचल डालूँगी। यह निश्चय करके उसने एक दिन अपने कमरे में कोयले का अलाव जलाया, चारों तरफ के किवाड़ बंद कर दिये और उस कंगन को, जिसने उसके जीवन को संकटमय बना रखा था, संदूकचे

से निकाल कर आग में डाल दिया। एक दिन वह था कि कंगन उसे प्राणों से भी प्यारा था, उसे मखमली संदूकचे में रखती थी, आज उसे इतनी निर्दयता से आग में जला रही है।

विद्याधरी अलाव के सामने बैठी हुई थी इतने में पंडित श्रीधर ने द्वार खटखटाया। विद्याधरी को काटो तो लोहू नहीं। उसने उठ कर द्वार खोल दिया और सिर झुका कर खड़ी हो गयी। पंडित जी ने बड़े आश्चर्य से कमरे में निगाह दौड़ायी, पर रहस्य कुछ समझ में न आया। बोले कि किवाड़ बन्द करके क्या हो रहा है ? विद्याधरी ने उत्तर न दिया। तब पंडित जी ने छड़ी उठा ली और अलाव कुरेदा तो कंगन निकल आया। उसका संपूर्णतः रूपांतर हो गया था। न वह चमक थी, न वह रंग, न वह आकार। घबरा कर बोले, 'विद्याधरी, तुम्हारी बुद्धि कहाँ है ?'

विद्या.—भ्रष्ट हो गयी है।

पंडित—इस कंगन ने तुम्हारा क्या बिगाड़ा था ?

विद्या.—इसने मेरे हृदय में आग लगा रखी है।

पंडित—ऐसी अमूल्य वस्तु मिट्टी में मिल गयी।

विद्या.—इसने उससे भी अमूल्य वस्तु का अपहरण किया है।

पंडित—तुम्हारा सिर तो नहीं फिर गया है ?

विद्या.—शायद आपका अनुमान सत्य है।

पंडित जी ने विद्याधरी की ओर चुभनेवाली निगाहों से देखा। विद्याधरी की आँखें नीचे को झुक गयीं। वह उनसे आँखें न मिला सकी। भय हुआ कि कहीं यह तीव्र दृष्टि मेरे हृदय में न चुभ जाय। पंडित जी कठोर स्वर में बोले—विद्याधरी, तुम्हें स्पष्ट कहना होगा। विद्याधरी से अब न रुका गया, वह रोने लगी और पंडित जी के सम्मुख धरती पर गिर पड़ी।

11

विद्याधरी को जब सुध आयी तो पंडित जी का वहाँ पता न था। घबरायी हुई बाहर के दीवानखाने में आयी, मगर यहाँ भी उन्हें न पाया। नौकरों से पूछा तो मालूम हुआ कि घोड़े पर सवार हो कर ज्ञानसरोवर की ओर गये हैं। यह सुन कर विद्याधरी को कुछ ढाढ़स हुआ। वह द्वार पर खड़ी होकर उनकी

राह देखती रही। दोपहर हुआ, सूर्य सिर पर आया, संध्या हुई, चिड़ियाँ बसेरा लेने लगीं, फिर रात आयी, गगन में तारागण जगमगाने लगे; किंतु विद्याधरी दीवार की भाँति खड़ी पति का इंतजार करती रही। रात भीग गयी, वनजंतुओं के भयानक शब्द कानों में आने लगे, सन्नाटा छा गया। सहसा उसे घोड़े के टापों की ध्वनि सुनायी दी। उसका हृदय फड़कने लगा। आनंदोन्मत्त हो कर द्वार के बाहर निकल आयी; किंतु घोड़े पर सवार न था। विद्याधरी को अब विश्वास हो गया कि अब पतिदेव के दर्शन न होंगे। या तो उन्होंने संन्यास ले लिया या आत्मघात कर लिया। उसके कंठ से वैराग्य और विषाद में डूबी हुई ठंडी साँस निकली। वहीं भूमि पर बैठ गयी और सारी रात खून के आँसू बहाती रही। जब उषा की निद्रा भंग हुई और पक्षी आनंदगान करने लगे तब वह दुखिया उठी और अंदर जाकर लेट रही।

जिस प्रकार सूर्य का ताव जल को सोख लेता है, उसी भाँति शोक के ताव ने विद्याधरी का रक्त जला दिया। मुख से ठंडी साँस निकलती थी, आँखों से गर्म आँसू बहते थे। भोजन से अरुचि हो गयी और जीवन से घृणा। इसी अवस्था में एक दिन राजा रणधीरसिंह समवेदना-भाव से उसके पास आये। उन्हें देखते ही विद्याधरी की आँखें रक्तवर्ण हो गयीं, क्रोध से ओंठ काँपने लगे, झल्लायी हुई नागिन की भाँति फुफकार कर उठी और राजा के सम्मुख आ कर कर्कश स्वर में बोली, 'पापी, यह आग तेरी ही लगायी हुई है। यदि मुझमें अब भी कुछ सत्य है, तो तुझे इस दुष्टता के कडुवे फल मिलेंगे।' ये तीर के-से शब्द राजा के हृदय में चुभ गये। मुँह से एक शब्द भी न निकला। काल से न डरनेवाला राजपूत एक स्त्री की आग्नेय दृष्टि से काँप उठा।

12

एक वर्ष बीत गया, हिमालय पर मनोहर हरियाली छायी, फूलों ने पर्वत की गोद में क्रीड़ा करनी शुरू की। यह ऋतु बीती, जल-थल ने बर्फ की सुफेद चादर ओढ़ी, जलपक्षियों की मालाएँ मैदानों की ओर उड़ती हुई दिखाई देने लगीं। यह मौसम भी गुजरा। नदी-नालों में दूध की धारें बहने लगीं; चंद्रमा की स्वच्छ निर्मल ज्योति ज्ञानसरोवर में थिरकने लगी; परंतु पंडित श्रीधर की कुछ टोह न लगी। विद्याधरी ने राजभवन त्याग दिया और एक पुराने निर्जन

मंदिर में तपस्विनियों की भाँति कालक्षेप करने लगी। उस दुखिया की दशा कितनी करुणाजनक थी। उसे देख कर मेरी आँखें भर आती थीं। वह मेरी प्यारी सखी थी। उसकी संगत में मेरे जीवन के कई वर्ष आनन्द से व्यतीत हुए थे। उसका यह अपार दुःख देख कर मैं अपना दुःख भूल गयी। एक दिन वह था कि उसने अपने पातिव्रत के बल पर मनुष्य को पशु के रूप में परिणत कर दिया था, और आज यह दिन है कि उसका पति भी उसे त्याग रहा है। किसी स्त्री के हृदय पर इससे अधिक लज्जाजनक, इससे अधिक प्राणघातक आघात नहीं लग सकता। उसकी तपस्या ने मेरे हृदय में उसे फिर उसी सम्मान के पद पर बिठा दिया। उसके सतीत्व पर फिर मेरी श्रद्धा हो गयी; किन्तु उससे कुछ पूछते, सांत्वना देते मुझे संकोच होता था। मैं डरती थी कि कहीं विद्याधरी यह न समझे कि मैं उससे बदला ले रही हूँ। कई महीनों के बाद जब विद्याधरी ने अपने हृदय का बोझा हलका करने के लिए स्वयं मुझसे यह वृत्तांत कहा तो मुझे ज्ञान हुआ कि यह सब काँटे राजा रणधीरसिंह के बोये हुए थे। उन्हीं की प्रेरणा से रानी जी ने पंडित जी के साथ जाने से रोका। उसके स्वभाव ने जो कुछ रंग बदला वह रानी जी ही की कुसंगति का फल था। उन्हीं की देखा-देखी उसे बनाव-शृंगार की चाट पड़ी, उन्हीं के मना करने से उसने कंगन का भेद पंडित जी से छिपाया। ऐसी घटनाएँ स्त्रियों के जीवन में नित्य होती रहती हैं और उन्हें जरा भी शंका नहीं होती। विद्याधरी का पातिव्रत आदर्श था। इसलिए यह विचलता उसके हृदय में चुभने लगी। मैं यह नहीं कहती कि विद्याधरी कर्त्तव्यपथ से विचलित नहीं हुई, चाहे किसी के बहकाने से, चाहे अपने भोलेपन से, उसने कर्त्तव्य का सीधा रास्ता छोड़ दिया, परन्तु पाप-कल्पना उसके दिल से कोसों दूर थी।

13

ऐ मुसाफिर, मैंने पंडित श्रीधर का पता लगाना शुरू किया। मैं उनकी मनोवृत्ति से परिचित थी। वह श्रीरामचंद्र के भक्त थे। कौशलपुरी की पवित्र भूमि और सरयू नदी के रमणीक तट उनके जीवन के सुखस्वप्न थे। मुझे खयाल आया कि सम्भव है, उन्होंने अयोध्या की राह ली हो। कहीं मेरे प्रयत्न से उनकी खोज मिल जाती और मैं उन्हें लाकर विद्याधरी के गले से मिला देती, तो मेरा जीवन सफल हो जाता। इस विरहिणी ने बहुत दुःख झेले हैं। क्या अब भी देवताओं

को उस पर दया न आयेगी ? एक दिन मैंने शेरसिंह से कहा और पाँच विश्वस्त मनुष्य के साथ अयोध्या को चली। पहाड़ों से नीचे उतरते ही रेल मिल गयी। उसने हमारी यात्रा सुलभ कर दी। बीसवें दिन मैं अयोध्या पहुँच गयी और धर्मशाले में ठहरी। फिर सरयू में स्नान करके श्रीरामचंद्र के दर्शन को चली। मन्दिर के आँगन में पहुँची ही थी कि पंडित श्रीधर की सौम्य मूर्ति दिखायी दी। वह एक कुशासन पर बैठे हुए रामायण का पाठ कर रहे थे और सहस्र नर-नारी बैठे हुए उनकी अमृतवाणी का आनन्द उठा रहे थे।

पंडित जी की दृष्टि मुझ पर ज्यों ही पड़ी, वह आसन से उठकर मेरे पास आये और बड़े प्रेम से मेरा स्वागत किया। दो-ढाई घंटे तक उन्होंने मुझे उस मंदिर की सैर करायी। मंदिर की छत पर से सारा नगर शतरंज की बिसात की भाँति मेरे पैरों के नीचे फैला हुआ दिखायी देता था। मंदगामिनी वायु सरयू की तरंगों को धीरे-धीरे थपकियाँ दे रही थी। ऐसा जान पड़ता था मानो स्नेहमयी माता ने इस नगर को अपनी गोद में लिया हो। यहाँ से जब अपने डेरे को चली तब पंडित जी भी मेरे साथ आये। जब वह इतमीनान से बैठे तो मैंने कहा—आपने तो हम लोगों से नाता ही तोड़ लिया।

पंडित जी ने दुखित होकर कहा—विधाता की यही इच्छा थी। मेरा क्या वश था। अब तो श्रीरामचंद्र की शरण आ गया हूँ और शेष जीवन उन्हीं की सेवा में भेंट होगा।

मैं—आप तो श्रीरामचंद्र की शरण में आ गये हैं, उस अबला विद्याधरी को किसकी शरण में छोड़ दिया है ?

पंडित—आपके मुख से ये शब्द शोभा नहीं देते।

मैंने उत्तर दिया—विद्याधरी को मेरी सिफारिश की आवश्यकता नहीं है। अगर आपने उसके पातिव्रत पर संदेह किया है तो आपसे ऐसा भीषण पाप हुआ है, जिसका प्रायश्चित्त आप बार-बार जन्म ले कर भी नहीं कर सकते। आपकी यह भक्ति इस अधर्म का निवारण नहीं कर सकती। आप क्या जानते हैं कि आपके वियोग में उस दुखिया का जीवन कैसे कट रहा है।

किन्तु पंडित जी ने ऐसा मुँह बना लिया, मानो इस विषय में वह अंतिम शब्द कह चुके। किंतु मैं इतनी आसानी से उनका पीछा क्यों छोड़ने लगी। मैंने सारी कथा आद्योपांत सुनायी। और रणधीरसिंह की कपटनीति का रहस्य खोल दिया तब पंडित जी की आँखें खुलीं। मैं वाणी में कुशल नहीं हूँ, किंतु उस

समय सत्य और न्याय के पक्ष ने मेरे शब्दों को बहुत ही प्रभावशाली बना दिया था। ऐसा जान पड़ता था, मानो मेरी जिह्वा पर सरस्वती विराजमान हों। अब वह बातें याद आती हैं तो मुझे स्वयं आश्चर्य होता है। आखिर विजय मेरे ही साथ रही। पंडित जी मेरे साथ चलने पर उद्यत हो गये।

14

यहाँ आकर मैंने शेरसिंह को यहीं छोड़ा और पंडित जी के साथ अर्जुननगर को चली। हम दोनों अपने विचारों में मग्न थे। पंडित जी की गर्दन शर्म से झुकी हुई थी क्योंकि अब उनकी हैसियत रूठनेवालों की भाँति नहीं, बल्कि मनानेवालों की तरह थी।

आज प्रणय के सूखे हुए धान में फिर पानी पड़ेगा, प्रेम की सूखी हुई नदी फिर उमड़ेगी !

जब हम विद्याधरी के द्वार पर पहुँचे तो दिन चढ़ आया था। पंडित जी बाहर ही रुक गये थे। मैंने भीतर जाकर देखा तो विद्याधरी पूजा पर थी। किंतु यह किसी देवता की पूजा न थी। देवता के स्थान पर पंडित जी की खड़ाऊँ रखी हुई थी। पातिव्रत का यह अलौकिक दृश्य देख कर मेरा हृदय पुलकित हो गया। मैंने दौड़ कर विद्याधरी के चरणों पर सिर झुका दिया। उसका शरीर सूख कर काँटा हो गया था और शोक ने कमर झुका दी थी।

विद्याधरी ने मुझे उठा कर छाती से लगा लिया और बोली—बहन, मुझे लज्जित न करो। खूब आयीं, बहुत दिनों से जी तुम्हें देखने को तरस रहा था।

मैंने उत्तर दिया—जरा अयोध्या चली गयी थी। जब हम दोनों अपने देश में थीं तो तब मैं कहीं जाती तो विद्याधरी के लिए कोई न कोई उपहार अवश्य लाती। उसे वह बात याद आ गयी। सजल-नयन हो कर बोली—मेरे लिए भी कुछ लायीं ?

मैं—एक बहुत अच्छी वस्तु लायी हूँ।

विद्या.—क्या है, देखूँ ?

मैं—पहले बूझ जाओ।

विद्या.—सुहाग की पिटारी होगी ?

मैं—नहीं, उससे अच्छी।

विद्या.—ठाकुर जी की मूर्ति ?

मैं—नहीं, उससे भी अच्छी।

विद्या.—मेरे प्राणाधार का कोई समाचार ?

मैं—उससे भी अच्छी।

विद्याधरी प्रबल आवेश से व्याकुल हो कर उठी कि द्वार पर जाकर पति का स्वागत करे, किंतु निर्बलता ने मन की अभिलाषा न निकलने दी। तीन बार सँभली और तीन बार गिरी, तब मैंने उसका सिर अपनी गोद में रख लिया और आँचल से हवा करने लगी। उसका हृदय बड़े वेग से धड़क रहा था और पतिदर्शन का आनन्द आँखों से आँसू बन कर निकलता था।

जब जरा चित सावधान हुआ तो उसने कहा—उन्हें बुला लो, उनका दर्शन मुझे रामबाण हो जायेगा। ऐसा ही हुआ। ज्यों ही पंडित जी अंदर आये, विद्याधरी उठ कर उनके पैरों से लिपट गयी। देवी ने बहुत दिनों के बाद पति के दर्शन पाये हैं। अश्रुधारा से उनके पैर पखार रही है।

मैंने वहाँ ठहरना उचित न समझा। इन दोनों प्राणियों के हृदय में कितनी ही बातें आ रही होंगी, दोनों क्या-क्या कहना और क्या-क्या सुनना चाहते होंगे, इस विचार से, मैं उठ खड़ी हुई और बोली—बहन, अब मैं जाती हूँ, शाम को फिर आऊँगी। विद्याधरी ने मेरी ओर आँखें उठायीं। पुतलियों के स्थान पर हृदय रखा हुआ था। दोनों आँखें आकाश की ओर उठा कर बोली—ईश्वर तुम्हें इस यश का फल दें।

15

ऐ मुसाफिर, मैंने दो बार पंडित श्रीधर को मौत के मुँह से बचाया था, किन्तु आज का-सा आनंद कभी न प्राप्त हुआ था।

जब मैं ज्ञानसरोवर पर पहुँची तो दोपहर हो आयी थी। विद्याधरी की शुभकामना मुझसे पहले ही पहुँच चुकी थी। मैंने देखा कि कोई पुरुष गुफा से निकल कर ज्ञानसरोवर की ओर चला जाता है। मुझे आश्चर्य हुआ कि इस समय यहाँ कौन आया। लेकिन जब समीप आ गया तो मेरे हृदय में ऐसी तरंगें उठने लगीं मानो छाती से बाहर निकल पड़ेगा। यह मेरे प्राणेश्वर, मेरे पतिदेव

थे। मैं चरणों पर गिरना ही चाहती थी कि उनका कर-पाश मेरे गले में पड़ गया।

पूरे दस वर्षों के बाद आज मुझे यह शुभ दिन देखना नसीब हुआ। मुझे उस समय ऐसा जान पड़ता था कि ज्ञानसरोवर के कमल मेरे ही लिए खिले हैं, गिरिराज ने मेरे ही लिए फूल की शय्या दी है, हवा मेरे ही लिए झूमती हुई आ रही है।

दस वर्षों के बाद मेरा उजड़ा हुआ घर बसा; गये हुए दिन लौटे। मेरे आनंद का अनुमान कौन कर सकता है।

मेरे पति ने प्रेमकरुणा भरी आँखों से देख कर कहा, "प्रियंवदा !"

मर्यादा की वेदी

यह वह समय था जब चित्तौड़ में मृदुभाषिणी प्रेम दीवानी मीरा प्यारी आत्माओं को ईश्वर-प्रेम के प्याले पिलाती थी। रणछोड़ जी के मंदिर में जब भक्ति से विह्वल होकर वह अपने मधुर स्वरों में अपने पीयूषपूरित पदों को गाती, तो श्रोतागण प्रेमानुराग से उन्मत्त हो जाते। प्रतिदिन यह स्वर्गीय आनंद उठाने के लिए सारे चित्तौड़ के लोग ऐसे उत्सुक हो कर दौड़ते, जैसे दिन भर की प्यासी गायें दूर से किसी सरोवर को देख कर उसकी ओर दौड़ती हैं। इस प्रेम-सुधा-सागर से केवल चित्तौड़वासियों ही की तृप्ति न होती थी, बल्कि समस्त राजपूताना की मरुभूमि प्लावित हो जाती थी।

एक बार ऐसा संयोग हुआ कि झालावाड़ के रावसाहब और मंदार राज्य के कुमार, दोनों ही लाव-लश्कर के साथ चित्तौड़ आये। रावसाहब के साथ राजकुमारी प्रभा भी थी, जिसके रूप और गुण की दूर-दूर तक चर्चा थी। यहीं रणछोड़ जी के मंदिर में दोनों की आँखें मिलीं। प्रेम ने बाण चलाया।

राजकुमार सारे दिन उदासीन भाव से शहर की गलियों में घूमा करता और राजकुमारी विरह से व्यथित अपने महल के झरोखों से झाँका करती। दोनों व्याकुल हो कर संध्या समय मंदिर में आते और यहाँ चंद्र को देख कर कुमुदिनी खिल जाती।

प्रेम-प्रवीण मीरा ने कई बार इन दोनों प्रेमियों को सतृष्ण नेत्रों से परस्पर देखते हुए पा कर उनके मन के भावों को ताड़ लिया। एक दिन कीर्त्तन के पश्चात् जब झालावाड़ के रावसाहब चलने लगे तो उसने मंदार के राजकुमार को बुला कर उनके सामने खड़ा कर दिया और कहा—रावसाहब, मैं प्रभा के लिए वर लायी हूँ, आप इसे स्वीकार कीजिए।

प्रभा लज्जा से गड़-सी गयी। राजकुमार के गुण-शील पर रावसाहब पहले ही से मोहित हो रहे थे, उन्होंने तुरंत उसे छाती से लगा लिया।

उसी अवसर पर चित्तौड़ के राणा भोजराज जी मंदिर में आये। उन्होंने प्रभा का मुख-चंद्र देखा। उनकी छाती पर साँप लोटने लगा।

2

झालावाड़ में बड़ी धूम थी। राजकुमारी प्रभा का आज विवाह होगा। मंदार से बारात आयेगी। मेहमानों की सेवा-सम्मान की तैयारियाँ हो रही थीं। दूकानें सजी हुई थीं। नौबतखाने आमोदालाप से गूँजते थे। सड़कों पर सुगंधि छिड़की जाती थी, अट्टालिकाएँ पुष्प-लताओं से शोभायमान थीं। पर जिसके लिए ये सब तैयारियाँ हो रही थीं, वह अपनी वाटिका के एक वृक्ष के नीचे उदास बैठी हुई रो रही थी।

रनिवास में डोमिनियाँ आनंदोत्सव के गीत गा रही थीं। कहीं सुंदरियों के हाव-भाव थे, कहीं आभूषणों की चमक-दमक, कहीं हास-परिहास की बहार। नाइन बात-बात पर तेज होती थी। मालिन गर्व से फूली न समाती थी। धोबिन आँखें दिखाती थी। कुम्हारिन मटके के सदृश फूली हुई थी। मंडप के नीचे पुरोहित जी बात-बात पर सुवर्ण-मुद्राओं के लिए ठुनकते थे। रानी सिर के बाल खोले भूखी-प्यासी चारों ओर दौड़ती थी। सबकी बौछारें सहती थी और अपने भाग्य को सराहती थी। दिल खोल कर हीरे-जवाहिर लुटा रही थी। आज प्रभा का विवाह है। बड़े भाग्य से ऐसी बातें सुनने में आती हैं। सबके सब अपनी-अपनी धुन में मस्त हैं। किसी को प्रभा की फिक्र नहीं है, जो वृक्ष के नीचे अकेली बैठी रो रही है।

एक रमणी ने आकर नाइन से कहा—बहुत बढ़-बढ़ कर बातें न कर, कुछ राजकुमारी का भी ध्यान है ? चल, उनके बाल गूँथ।

नाइन ने दाँतों तले जीभ दबायी। दोनों प्रभा को ढूँढ़ती हुई बाग में पहुँचीं। प्रभा ने उन्हें देखते ही आँसू पोंछ डाले। नाइन मोतियों से माँग भरने लगी और प्रभा सिर नीचा किये आँखों से मोती बरसाने लगी।

रमणी ने सजल नेत्र हो कर कहा—बहिन, दिल इतना छोटा मत करो। मुँहमाँगी मुराद पा कर इतनी उदास क्यों होती हो ?

प्रभा ने सहेली की ओर देख कर कहा—बहिन, जाने क्यों दिल बैठा जाता है। सहेली ने छेड़ कर कहा—पिया-मिलन की बेकली है !

प्रभा उदासीन भाव से बोली—कोई मेरे मन में बैठा कह रहा है कि अब उनसे मुलाकात न होगी।

सहेली उसके केश सँवार कर बोली—जैसे उषाकाल से पहले कुछ अँधेरा हो जाता है, उसी प्रकार मिलाप के पहले प्रेमियों का मन अधीर हो जाता है।

प्रभा बोली—नहीं बहिन, यह बात नहीं। मुझे शकुन अच्छे नहीं दिखायी देते। आज दिन भर मेरी आँख फड़कती रही। रात को मैंने बुरे स्वप्न देखे हैं। मुझे शंका होती है कि आज अवश्य कोई-न-कोई विघ्न पड़नेवाला है। तुम राजा भोजराज को जानती हो न ?

संध्या हो गयी। आकाश पर तारों के दीपक जले। झालावाड़ में बूढ़े-जवान सभी लोग बारात की अगवानी के लिए तैयार हुए। मरदों ने पागें सँवारीं, शस्त्र साजे। युवतियाँ शृंगार कर गाती-बजाती रनिवास की ओर चलीं। हजारों स्त्रियाँ छत पर बैठी बारात की राह देख रही थीं।

अचानक शोर मचा कि बारात आ गयी। लोग सँभल बैठे, नगाड़ों पर चोटें पड़ने लगीं, सलामियाँ दगने लगीं। जवानों ने घोड़ों को एड़ लगायी। एक क्षण में सवारों की एक सेना राजभवन के सामने आ कर खड़ी हो गयी। लोगों को देख कर बड़ा आश्चर्य हुआ, क्योंकि यह मंदार की बारात नहीं थी, बल्कि राणा भोजराज की सेना थी।

झालावाड़वाले अभी विस्मित खड़े ही थे, कुछ निश्चय न कर सके थे कि क्या करना चाहिए। इतने में चित्तौड़वालों ने राजभवन को घेर लिया। तब झालावाड़ी भी सचेत हुए। सँभल कर तलवारें खींच लीं और आक्रमणकारियों पर टूट पड़े। राजा महल में घुस गया। रनिवास में भगदड़ मच गयी।

प्रभा सोलहो शृंगार किये, सहेलियों के साथ बैठी थी। यह हलचल देखकर घबड़ायी। इतने में रावसाहब हाँफते हुए आये और बोले—बेटी प्रभा, राणा भोजराज ने हमारे महल को घेर लिया है। तुम चटपट ऊपर चली जाओ और द्वार को बंद कर लो। अगर हम क्षत्रिय हैं, तो एक चित्तौड़ी भी यहाँ से जीता न जायेगा।

रावसाहब बात भी पूरी न करने पाये थे कि राणा कई वीरों के साथ आ पहुँचे और बोले—चित्तौड़वाले तो सिर कटाने के लिए आये ही हैं। पर यदि वे राजपूत हैं तो राजकुमारी को ले कर ही जायेंगे। वृद्ध रावसाहब की

आँखों से ज्वाला निकलने लगी। वे तलवार खींच कर राणा पर झपटे। उन्होंने वार बचा लिया और प्रभा से कहा—राजकुमारी, हमारे साथ चलोगी ?

प्रभा सिर झुकाये राणा के सामने आ कर बोली—हाँ, चलूँगी।

रावसाहब को कई आदमियों ने पकड़ लिया था। वे तड़प कर बोले—प्रभा, तू राजपूत की कन्या है ?

प्रभा की आँखें सजल हो गयीं। बोली—राणा भी तो राजपूतों के कुलतिलक हैं। रावसाहब ने क्रोध में आ कर कहा—निर्लज्जा !

कटार के नीचे पड़ा हुआ बलिदान का पशु जैसी दीन दृष्टि से देखता है, उसी भाँति प्रभा ने रावसाहब की ओर देख कर कहा—जिस झालावाड़ की गोद में पली हूँ, क्या उसे रक्त से रँगवा दूँ ?

रावसाहब ने क्रोध से काँप कर कहा—क्षत्रियों को रक्त इतना प्यारा नहीं होता। मर्यादा पर प्राण देना उनका धर्म है !

तब प्रभा की आँखें लाल हो गयीं। चेहरा तमतमाने लगा।

बोली—राजपूत-कन्या अपने सतीत्व की रक्षा आप कर सकती है। इसके लिए रुधिर प्रवाह की आवश्यकता नहीं।

पल भर में राणा ने प्रभा को गोद में उठा लिया। बिजली की भाँति झपट कर बाहर निकले। उन्होंने उसे घोड़े पर बिठा लिया, आप सवार हो गये और घोड़े को उड़ा दिया। अन्य चित्तौड़ियों ने भी घोड़ों की बागें मोड़ दीं, उसके सौ जवान भूमि पर पड़े तड़प रहे थे; पर किसी ने तलवार न उठायी थी।

रात को दस बजे मंदारवाले भी पहुँचे। मगर यह शोक-समाचार पाते ही लौट गये। मंदार-कुमार निराशा से अचेत हो गया। जैसे रात को नदी का किनारा सुनसान हो जाता है, उसी तरह सारी रात झालावाड़ में सन्नाटा छाया रहा।

3

चित्तौड़ के रंग-महल में प्रभा उदास बैठी सामने के सुन्दर पौधों की पत्तियाँ गिन रही थी। संध्या का समय था। रंग-बिरंग के पक्षी वृक्षों पर बैठे कलरव कर रहे थे। इतने में राणा ने कमरे में प्रवेश किया।

प्रभा उठ कर खड़ी हो गयी।

राणा बोले—प्रभा, मैं तुम्हारा अपराधी हूँ। मैं बलपूर्वक तुम्हें माता-पिता की गोद से छीन लाया, पर यदि मैं तुमसे कहूँ कि यह सब तुम्हारे प्रेम से विवश हो कर मैंने किया, तो तुम मन में हँसोगी और कहोगी कि यह निराले, अनूठे ढंग की प्रीति है; पर वास्तव में यही बात है। जबसे मैंने रणछोड़ जी के मंदिर में तुमको देखा, तब से एक क्षण भी ऐसा नहीं बीता कि मैं तुम्हारी सुधि में विकल न रहा होऊँ। तुम्हें अपनाने का अन्य कोई उपाय होता, तो मैं कदापि इस पाशविक ढंग से काम न लेता। मैंने रावसाहब की सेवा में बारंबार संदेशे भेजे; पर उन्होंने हमेशा मेरी उपेक्षा की। अंत में जब तुम्हारे विवाह की अवधि आ गयी और मैंने देखा कि एक ही दिन में तुम दूसरे की प्रेम-पात्री हो जाओगी और तुम्हारा ध्यान करना भी मेरी आत्मा को दूषित करेगा, तो लाचार होकर मुझे यह अनीति करनी पड़ी। मैं मानता हूँ कि यह सर्वथा मेरी स्वार्थान्धता है। मैंने अपने प्रेम के सामने तुम्हारे मनोगत भावों को कुछ न समझा; पर प्रेम स्वयं एक बढ़ी हुई स्वार्थपरता है, जब मनुष्य को अपने प्रियतम के सिवाय और कुछ नहीं सूझता। मुझे पूरा विश्वास था कि मैं अपने विनीत भाव और प्रेम से तुमको अपना लूँगा। प्रभा, प्यास से मरता हुआ मनुष्य यदि किसी गढ़े में मुँह डाल दे, तो वह दंड का भागी नहीं है। मैं प्रेम का प्यासा हूँ। मीरा मेरी सहधर्मिणी है। उसका हृदय प्रेम का अगाध सागर है। उसका एक चुल्लू भी मुझे उन्मत्त करने के लिए काफी था; पर जिस हृदय में ईश्वर का वास हो वहाँ मेरे लिए स्थान कहाँ ? तुम शायद कहोगी कि यदि तुम्हारे सिर पर प्रेम का भूत सवार था तो क्या सारे राजपूताने में स्त्रियाँ न थीं। निस्संदेह राजपूताने में सुन्दरता का अभाव नहीं है और न चित्तौड़ाधिपति की ओर से विवाह की बातचीत किसी के अनादर का कारण हो सकती है; पर इसका जवाब तुम आप ही हो। इसका दोष तुम्हारे ही ऊपर है। राजस्थान में एक ही चित्तौड़ है, एक ही राणा और एक ही प्रभा। सम्भव है, मेरे भाग्य में प्रेमानंद भोगना न लिखा हो। यह मैं अपने कर्म-लेख को मिटाने का थोड़ा-सा प्रयत्न कर रहा हूँ; परंतु भाग्य के अधीन बैठे रहना पुरुषों का काम नहीं है। मुझे इसमें सफलता होगी या नहीं, इसका फैसला तुम्हारे हाथ है।

प्रभा की आँखें जमीन की तरफ थीं और मन फुदकनेवाली चिड़िया की

भाँति इधर-उधर उड़ता फिरता था। वह झालावाड़ को मारकाट से बचाने के लिए राणा के साथ आयी थी, मगर राणा के प्रति उसके हृदय में क्रोध की तरंगें उठ रही थीं। उसने सोचा था कि वे यहाँ आयेंगे तो उन्हें राजपूत कुल-कलंक, अन्यायी, दुराचारी, दुरात्मा, कायर कह कर उनका गर्व चूर-चूर कर दूँगी। उसको विश्वास था कि यह अपमान उनसे न सहा जायेगा और वे मुझे बलात् अपने काबू में लाना चाहेंगे। इस अंतिम समय के लिए उसने अपने हृदय को खूब मजबूत और अपनी कटार को खूब तेज कर रखा था। उसने निश्चय कर लिया था कि इसका एक वार उन पर होगा, दूसरा अपने कलेजे पर और इस प्रकार यह पाप-कांड समाप्त हो जायेगा। लेकिन राणा की नम्रता, उनकी करुणात्मक विवेचना और उनके विनीत भाव ने प्रभा को शांत कर दिया। आग पानी से बुझ जाती है। राणा कुछ देर वहाँ बैठे रहे, फिर उठ कर चले गये।

4

प्रभा को चित्तौड़ में रहते दो महीने गुजर चुके हैं। राणा उसके पास फिर न आये। इस बीच में उनके विचारों में कुछ अंतर हो गया है। झालावाड़ पर आक्रमण होने के पहले मीराबाई को इसकी बिलकुल खबर न थी। राणा ने इस प्रस्ताव को गुप्त रखा था। किंतु अब मीराबाई प्रायः उन्हें इस दुराग्रह पर लज्जित किया करती है और धीरे-धीरे राणा को भी विश्वास होने लगा है कि प्रभा इस तरह काबू में नहीं आ सकती। उन्होंने उसके सुख-विलास की सामग्री एकत्र करने में कोई कसर नहीं रख छोड़ी थी। लेकिन प्रभा उनकी तरफ आँख उठा कर भी नहीं देखती। राणा प्रभा की लौंडियों से नित्य का समाचार पूछा करते हैं और उन्हें रोज वही निराशापूर्ण वृत्तांत सुनायी देता है। मुरझायी हुई कली किसी भाँति नहीं खिलती। अतएव उनको कभी-कभी अपने इस दुस्साहस पर पश्चात्ताप होता है। वे पछताते हैं कि मैंने व्यर्थ ही यह अन्याय किया। लेकिन फिर प्रभा का अनुपम सौंदर्य नेत्रों के सामने आ जाता है और वह अपने मन को इस विचार से समझा लेते हैं कि एक सगर्वा सुंदरी का प्रेम इतनी जल्दी परिवर्तित नहीं हो सकता। निस्संदेह मेरा मृदु व्यवहार भी कभी न कभी अपना प्रभाव दिखलायेगा।

प्रभा सारे दिन अकेली बैठी-बैठी उकताती और झुँझलाती थी। उसके विनोद

के निमित्त कई गानेवाली स्त्रियाँ नियुक्त थीं; किंतु राग-रंग से उसे अरुचि हो गयी। वह प्रतिक्षण चिंताओं में डूबी रहती थी।

राणा के नम्र भाषण का प्रभाव अब मिट चुका था और उसकी अमानुषिक वृत्ति अब फिर अपने यथार्थ रूप में दिखायी देने लगी थी। वाक्‌चतुरता शांतिकारक नहीं होती। वह केवल निरुत्तर कर देती है। प्रभा को अब अपने अवाक् हो जाने पर आश्चर्य होता है। उसे राणा की बातों के उत्तर भी सूझने लगे हैं। वह कभी-कभी उनसे लड़ कर अपनी किस्मत का फैसला करने के लिए विकल हो जाती है।

मगर अब वाद-विवाद किस काम का ? वह सोचती है कि मैं रावसाहब की कन्या हूँ; पर संसार की दृष्टि में राणा की रानी हो चुकी। अब यदि मैं इस कैद से छूट भी जाऊँ तो मेरे लिए कहाँ ठिकाना है ? मैं कैसे मुँह दिखाऊँगी ? इससे केवल मेरे वंश का ही नहीं, वरन् समस्त राजपूत-जाति का नाम डूब जायेगा। मंदार-कुमार मेरे सच्चे प्रेमी हैं। मगर क्या वे मुझे अंगीकार करेंगे? और यदि वे निंदा की परवाह न करके मुझे ग्रहण भी कर लें तो उनका मस्तक सदा के लिए नीचा हो जायेगा और कभी न कभी उनका मन मेरी तरफ से फिर जायेगा। वे मुझे अपने कुल का कलंक समझने लगेंगे। या यहाँ से किसी तरह भाग जाऊँ ? लेकिन भाग कर जाऊँ कहाँ ? बाप के घर ? वहाँ अब मेरी पैठ नहीं। मंदार-कुमार के पास ? इसमें उनका अपमान है और मेरा भी। तो क्या भिखारिणी बन जाऊँ ? इसमें भी जग-हँसाई होगी और न जाने प्रबल भावी किस मार्ग पर ले जाय। एक अबला स्त्री के लिए सुंदरता प्राणघातक यंत्र से कम नहीं। ईश्वर, वह दिन न आये कि मैं क्षत्रिय-जाति का कलंक बनूँ। क्षत्रिय-जाति ने मर्यादा के लिए पानी की तरह रक्त बहाया है। उनकी हजारों देवियाँ पर-पुरुष का मुँह देखने के भय से सूखी लकड़ी के समान जल मरी हैं। ईश्वर, वह घड़ी न आये कि मेरे कारण किसी राजपूत का सिर लज्जा से नीचा हो। नहीं, मैं इसी कैद में मर जाऊँगी। राणा के अन्याय सहूँगी, जलूँगी, मरूँगी, पर इसी घर में। विवाह जिससे होना था, हो चुका। हृदय में उसकी उपासना करूँगी, पर कंठ के बाहर उसका नाम न निकालूँगी।

एक दिन झुँझला कर उसने राणा को बुला भेजा। वे आये। उनका चेहरा उतरा था। वे कुछ चिंतित-से थे। प्रभा कुछ कहना चाहती थी पर उनकी सूरत देख कर उसे उन पर दया आ गयी। उन्होंने उसे बात करने का अवसर न

दे कर स्वयं कहना शुरू किया।

''प्रभा, तुमने आज मुझे बुलाया है। यह मेरा सौभाग्य है। तुमने मेरी सुधि तो ली मगर यह मत समझो कि मैं मृदु-वाणी सुनने की आशा ले कर आया हूँ। नहीं, मैं जानता हूँ, जिसके लिए तुमने मुझे बुलाया है। यह लो, तुम्हारा अपराधी तुम्हारे सामने खड़ा है। उसे जो दंड चाहो दो। मुझे अब तक आने का साहस न हुआ। इसका कारण यही दंड-भय था। तुम क्षत्राणी हो और क्षत्राणियाँ क्षमा करना नहीं जानतीं। झालावाड़ में जब तुम मेरे साथ आने पर स्वयं उद्यत हो गयीं, तो मैंने उसी क्षण तुम्हारे जौहर परख लिये। मुझे मालूम हो गया कि तुम्हारा हृदय बल और विश्वास से भरा हुआ है। उसे काबू में लाना सहज नहीं। तुम नहीं जानतीं कि यह एक मास मैंने किस तरह काटा है। तड़प-तड़प कर मर रहा हूँ, पर जिस तरह शिकारी बिफरी हुई सिंहनी के सम्मुख जाने से डरता है, वही दशा मेरी थी। मैं कई बार आया। यहाँ तुमको उदास त्यौरियाँ चढ़ाये बैठे देखा। मुझे अंदर पैर रखने का साहस न हुआ; मगर आज मैं बिना बुलाया मेहमान नहीं हूँ। तुमने मुझे बुलाया है और तुम्हें अपने मेहमान का स्वागत करना चाहिए। हृदय से न सही–जहाँ अग्नि प्रज्ज्वलित हो, वहाँ ठंडक कहाँ–बातों ही से सही, अपने भावों को दबा कर ही सही, मेहमान का स्वागत करो। संसार में शत्रु का आदर मित्रों से भी अधिक किया जाता है।

''प्रभा, एक क्षण के लिए क्रोध को शांत करो और मेरे अपराधों पर विचार करो। तुम मेरे ऊपर यही दोषारोपण कर सकती हो कि मैं तुम्हें माता-पिता की गोद से छीन लाया। तुम जानती हो, कृष्ण भगवान् रुक्मिणी को हर लाये थे। राजपूतों में यह कोई नयी बात नहीं है। तुम कहोगी, इससे झालावाड़वालों का अपमान हुआ; पर ऐसा कहना कदापि ठीक नहीं। झालावाड़वालों ने वही किया, जो मर्दों का धर्म था। उनका पुरुषार्थ देख कर हम चकित हो गये। यदि वे कृतकार्य नहीं हुए तो यह उनका दोष नहीं है। वीरों की सदैव जीत नहीं होती। हम इसलिए सफल हुए कि हमारी संख्या अधिक थी और इस काम के लिए तैयार हो कर गये थे। वे निश्शंक थे, इस कारण उनकी हार हुई। यदि हम वहाँ से शीघ्र ही प्राण बचा कर भाग न आते तो हमारी गति वही होती जो रावसाहब ने कही थी। एक भी चित्तौड़ी न बचता। लेकिन ईश्वर के लिए यह मत सोचो कि मैं अपने अपराध के दूषण को मिटाना चाहता हूँ।

नहीं, मुझसे अपराध हुआ है और मैं हृदय से उस पर लज्जित हूँ। पर अब तो जो कुछ होना था, हो चुका। अब इस बिगड़े हुए खेल को मैं तुम्हारे ऊपर छोड़ता हूँ। यदि मुझे तुम्हारे हृदय में कोई स्थान मिले तो मैं उसे स्वर्ग समझूँगा। डूबते हुए को तिनके का सहारा भी बहुत है। क्या यह संभव है ?"

प्रभा बोली—नहीं।

राणा—झालावाड़ जाना चाहती हो ?

प्रभा—नहीं।

राणा—मंदार के राजकुमार के पास भेज दूँ ?

प्रभा—कदापि नहीं।

राणा—लेकिन मुझसे यह तुम्हारा कुढ़ना देखा नहीं जाता।

प्रभा—आप इस कष्ट से शीघ्र ही मुक्त हो जायेंगे।

राणा ने भयभीत दृष्टि से देख कर कहा, "जैसी तुम्हारी इच्छा," और वे वहाँ से उठ कर चले गये।

5

दस बजे रात का समय था। रणछोड़ जी के मन्दिर में कीर्तन समाप्त हो चुका था और वैष्णव साधु बैठे हुए प्रसाद पा रहे थे। मीरा स्वयं अपने हाथ से थाल ला-ला कर उनके आगे रखती थी। साधुओं और अभ्यागतों के आदर-सत्कार में उस देवी को आत्मिक आनन्द प्राप्त होता था। साधुगण जिस प्रेम से भोजन करते थे, उससे यह शंका होती थी कि स्वादपूर्ण वस्तुओं में कहीं भक्ति-भजन से भी अधिक सुख तो नहीं है। यह सिद्ध हो चुका है कि ईश्वर की दी हुई वस्तुओं का सदुपयोग ही ईश्वरोपासना की मुख्य रीति है। इसीलिए ये महात्मा लोग उपासना के ऐसे अच्छे अवसरों को क्यों खोते ? वे कभी पेट पर हाथ फेरते और कभी आसन बदलते थे। मुँह से 'नहीं' कहना तो वे घोर पाप के समान समझते थे। यह भी मानी हुई बात है कि जैसी वस्तुओं का हम सेवन करते हैं, वैसी ही आत्मा भी बनती है। इसलिए वे महात्मागण घी और खोये से उदर को खूब भर रहे थे।

पर उन्हीं में एक महात्मा ऐसे भी थे जो आँखें बंद किये ध्यान में मग्न थे। थाल की ओर ताकते भी न थे। इनका नाम प्रेमानन्द था। ये आज ही आये

थे। इनके चेहरे पर कांति झलकती थी। अन्य साधु खा कर उठ गये, परंतु उन्होंने थाल छुआ भी नहीं।

मीरा ने हाथ जोड़ कर कहा—महाराज, आपने प्रसाद को छुआ भी नहीं। दासी से कोई अपराध तो नहीं हुआ ?

साधु—नहीं, इच्छा नहीं थी।

मीरा—पर मेरी विनय आपको माननी पड़ेगी।

साधु—मैं तुम्हारी आज्ञा का पालन करूँगा, तो तुमको भी मेरी एक बात माननी होगी।

मीरा—कहिए क्या आज्ञा है।

साधु—माननी पड़ेगी।

मीरा—मानूँगी।

साधु—वचन देती हो ?

मीरा—वचन देती हूँ, आप प्रसाद पायें।

मीराबाई ने समझा था कि साधु कोई मन्दिर बनवाने या कोई यज्ञ पूर्ण करा देने की याचना करेगा। ऐसी बातें नित्यप्रति हुआ ही करती थीं और मीरा का सर्वस्व साधु-सेवा के लिए अर्पित था; परन्तु उसके लिए साधु ने ऐसी कोई याचना न की। वह मीरा के कानों के पास मुँह ले जा कर बोला—आज दो घंटे के बाद राजभवन का चोर दरवाजा खोल देना।

मीरा विस्मित हो कर बोली—आप कौन हैं ?

साधु—मंदार का राजकुमार।

मीरा ने राजकुमार को सिर से पाँव तक देखा। नेत्रों में आदर की जगह घृणा थी। कहा—राजपूत यों छल नहीं करते।

राजकुमार—यह नियम उस अवस्था के लिए है, जब दोनों पक्ष समान शक्ति रखते हों।

मीरा—ऐसा नहीं हो सकता।

राजकुमार—आपने वचन दिया है, उसका पालन करना होगा।

मीरा—महाराज की आज्ञा के सामने मेरे वचन का कोई महत्त्व नहीं।

राजकुमार—मैं यह कुछ नहीं जानता। यदि आपको अपने वचन की कुछ भी मर्यादा रखनी है तो उसे पूरा कीजिए।

मीरा—(सोच कर) महल में जा कर क्या करोगे ?

राजकुमार—नयी रानी से दो-दो बातें।

मीरा चिंता में विलीन हो गयी। एक तरफ राणा की कड़ी आज्ञा थी और दूसरी तरफ अपना वचन और उसका पालन करने का परिणाम। कितनी ही पौराणिक घटनाएँ उसके सामने आ रही थीं। दशरथ ने वचन पालने के लिए अपने प्रिय पुत्र को वनवास दे दिया। मैं वचन दे चुकी हूँ। उसे पूरा करना मेरा परम धर्म है; लेकिन पति की आज्ञा को कैसे तोड़ूँ ? यदि उनकी आज्ञा के विरुद्ध करती हूँ तो लोक और परलोक दोनों बिगड़ते हैं। क्यों न उनसे स्पष्ट कह दूँ। क्या वे मेरी यह प्रार्थना स्वीकार न करेंगे ? मैंने आज तक उनसे कुछ नहीं माँगा। आज उनसे यह दान मागूँगी। क्या वे मेरे वचन की मर्यादा की रक्षा न करेंगे ? उनका हृदय कितना विशाल है ! निस्संदेह वे मुझ पर वचन तोड़ने का दोष न लगने देंगे।

इस तरह मन में निश्चय करके वह बोली—कब खोल दूँ ?

राजकुमार ने उछल कर कहा—आधी रात को।

मीरा—मैं स्वयं तुम्हारे साथ चलूँगी।

राजकुमार—क्यों ?

मीरा—तुमने मेरे साथ छल किया है। मुझे तुम्हारा विश्वास नहीं है।

राजकुमार ने लज्जित हो कर कहा—अच्छा, तो आप द्वार पर खड़ी रहियेगा।

मीरा—यदि फिर कोई दगा किया तो जान से हाथ धोनी पड़ेगी।

राजकुमार—मैं सब कुछ सहने के लिए तैयार हूँ।

मीरा—अच्छा।

राजकुमार—विश्वास करें।

6

मीरा यहाँ से राणा की सेवा में पहुँची। वे उसका बहुत आदर करते थे। वे खड़े हो गये। इस समय मीरा का आना एक असाधारण बात थी। उन्होंने पूछा—बाई जी, क्या आज्ञा है ?

मीरा—आपसे भिक्षा माँगने आयी हूँ। निराश न कीजिएगा। मैंने आज तक आपसे कोई विनती नहीं की; पर आज एक ब्रह्म-फाँस में फँस गयी हूँ।

इसमें से मुझे आप ही निकाल सकते हैं ? मंदार के राजकुमार को तो आप जानते हैं ?

राणा—हाँ, अच्छी तरह।

मीरा—आज उसने मुझे बड़ा धोखा दिया। एक वैष्णव महात्मा का रूप धारण कर रणछोड़ जी के मंदिर में आया और उसने छल करके मुझे वचन देने पर बाध्य किया। मेरा साहस नहीं होता कि उसकी कपट विनय आपसे कहूँ।

राणा—प्रभा से मिला देने को तो कहा ?

मीरा—जी हाँ, उसका अभिप्राय वही है। लेकिन सवाल यह है कि मैं आधी रात को राजमहल का गुप्त द्वार खोल दूँ। मैंने उसे बहुत समझाया; बहुत धमकाया; पर वह किसी भाँति न माना। निदान विवश हो कर जब मैंने कह दिया तब उसने प्रसाद पाया, अब मेरे वचन की लाज आपके हाथ है। आप चाहे उसे पूरा करके मेरा मान रखें, चाहे उसे तोड़ कर मेरा मान तोड़ दें। आप मेरे ऊपर जो कृपादृष्टि रखते हैं, उसी के भरोसे मैंने वचन दिया। अब मुझे इस फंदे से उबारना आपका काम है।

राणा कुछ देर सोच कर बोले—तुमने वचन दिया है, उसका पालन करना मेरा कर्त्तव्य है। तुम देवी हो, तुम्हारे वचन नहीं टल सकते। द्वार खोल दो। लेकिन यह उचित नहीं है कि वह अकेले प्रभा से मुलाकात करे। तुम स्वयं उसके साथ जाना। मेरी खातिर से इतना कष्ट उठाना। मुझे भय है कि वह उसकी जान लेने का इरादा करके न आया हो। ईर्ष्या में मनुष्य अंधा हो जाता है। बाई जी, मैं अपने हृदय की बात तुमसे कहता हूँ। मुझे प्रभा को हर लाने का अत्यंत शोक है। मैंने समझा था कि यहाँ रहते-रहते वह हिल-मिल जायेगी; किंतु वह अनुमान गलत निकला। तुझे भय है कि यदि उसे कुछ दिन यहाँ और रहना पड़ा तो वह जीती न बचेगी। मुझ पर एक अबला की हत्या का अपराध लग जायगा। मैंने उससे झालावाड़ जाने के लिए कहा, पर वह राजी न हुई। आज तुम उन दोनों की बातें सुनो। अगर वह मंदार-कुमार के साथ जाने पर राजी हो, तो मैं प्रसन्नतापूर्वक अनुमति दे दूँगा। मुझसे कुढ़ना नहीं देखा जाता। ईश्वर इस सुंदरी का हृदय मेरी ओर फेर देता तो मेरा जीवन सफल हो जाता। किंतु जब यह सुख भाग्य में लिखा ही नहीं है तो क्या वश है। मैंने तुमसे ये बातें कहीं, इसके लिए मुझे क्षमा करना। तुम्हारे पवित्र हृदय

में ऐसे विषयों के लिए स्थान कहाँ ?

मीरा ने आकाश की ओर संकोच से देख कर कहा—तो मुझे आज्ञा है ? मैं चोर-द्वार खोल दूँ ?

राणा—तुम इस घर की स्वामिनी हो, मुझसे पूछने की जरूरत नहीं।

मीरा राणा को प्रणाम कर चली गयी।

7

आधी रात बीत चुकी थी। प्रभा चुपचाप बैठी दीपक की ओर देख रही थी और सोचती थी, इसके घुलने से प्रकाश होता है; यह बत्ती अगर जलती है तो दूसरों को लाभ पहुँचाती है। मेरे जलने से किसी को क्या लाभ ? मैं क्यों घुलूँ ? मेरे जीने की जरूरत है ?

उसने फिर खिड़की से सिर निकाल कर आकाश की तरफ देखा। काले पट पर उज्ज्वल तारे जगमगा रहे थे। प्रभा ने सोचा, मेरे अंधकारमय भाग्य में ये दीप्तिमान तारे कहाँ हैं, मेरे लिए जीवन के सुख कहाँ हैं ? क्या रोने के लिए जीऊँ ? ऐसे जीने से क्या लाभ ? और जीने में उपहास भी तो है। मेरे मन का हाल कौन जानता है ? संसार मेरी निंदा करता होगा। झालावाड़ की स्त्रियाँ मेरे मृत्यु के शुभ समाचार सुनने की प्रतीक्षा कर रही होंगी। मेरी प्रिय माता लज्जा से आँखें न उठा सकती होंगी। लेकिन जिस समय मेरे मरने की खबर मिलेगी, गर्व से उनका मस्तक ऊँचा हो जायेगा। यह बेहयाई का जीना है। ऐसे जीने से मरना कहीं उत्तम है।

प्रभा ने तकिये के नीचे से एक चमकती हुई कटार निकाली। उसके हाथ काँप रहे थे। उसने कटार की तरफ आँखें जमायीं। हृदय को उसके अभिवादन के लिए मजबूत किया। हाथ उठाया, किन्तु हाथ न उठा; आत्मा दृढ़ न थी। आँखें झपक गयीं। सिर में चक्कर आ गया। कटार हाथ से छूट कर जमीन पर गिर पड़ी।

प्रभा क्रुद्ध हो कर सोचने लगी—क्या मैं वास्तव में निर्लज्ज हूँ ? मैं राजपूतनी हो कर मरने से डरती हूँ ? मान-मर्यादा खो कर बेहया लोग ही जिया करते हैं। वह कौन-सी आकांक्षा है जिसने मेरी आत्मा को इतना निर्बल बना रखा है। क्या राणा की मीठी-मीठी बातें ? राणा मेरे शत्रु हैं। उन्होंने मुझे

पशु समझ रखा है, जिसे फँसाने के पश्चात् हम पिंजरे में बंद करके हिलाते हैं। उन्होंने मेरे मन को अपनी वाक्-मधुरता का क्रीड़ा-स्थल समझ लिया है। वे इस तरह घुमा-घुमा कर बातें करते हैं और मेरी तरफ से युक्तियाँ निकाल कर उनका ऐसा उत्तर देते हैं कि जबान ही बंद हो जाती है। हाय ! निर्दयी ने मेरा जीवन नष्ट कर दिया और मुझे यों खेलाता है ! क्या इसीलिए जीऊँ कि उसके कपट भावों का खिलौना बनूँ ?

फिर वह कौन-सी अभिलाषा है ? क्या राजकुमार का प्रेम ? उनकी तो अब कल्पना ही मेरे लिए घोर पाप है। मैं अब उस देवता के योग्य नहीं हूँ, प्रियतम ! बहुत दिन हुए मैंने तुमको हृदय से निकाल दिया। तुम भी मुझे दिल से निकाल डालो। मृत्यु के सिवाय अब कहीं मेरा ठिकाना नहीं है। शंकर ! मेरी निर्बल आत्मा को शक्ति प्रदान करो। मुझे कर्त्तव्य-पालन का बल दो।

प्रभा ने फिर कटार निकाली। इच्छा दृढ़ थी। हाथ उठा और निकट था कि कटार उसके शोकातुर हृदय में चुभ जाय कि इतने में किसी के पाँव की आहट सुनायी दी। उसने चौंक कर सहमी दृष्टि से देखा। मंदार-कुमार धीरे-धीरे पैर दबाता हुआ कमरे में दाखिल हुआ।

8

प्रभा उसे देखते ही चौंक पड़ी। उसने कटार को छिपा लिया। राजकुमार को देख कर उसे आनन्द की जगह रोमांचकारी भय उत्पन्न हुआ। यदि किसी को जरा भी संदेह हो गया तो इनका प्राण बचना कठिन है। इनको तुरंत यहाँ से निकल जाना चाहिए। यदि इन्हें बातें करने का अवसर दूँ तो विलम्ब होगा और फिर ये अवश्य ही फँस जायेंगे। राणा इन्हें कदापि न छोड़ेंगे। ये विचार वायु और बिजली की तीव्रता के साथ उसके मस्तिष्क में दौड़े। वह तीव्र स्वर में बोली—भीतर मत आओ।

राजकुमार ने पूछा—मुझे पहचाना नहीं ?

प्रभा—खूब पहचान लिया; किन्तु यह बातें करने का समय नहीं है। राणा तुम्हारी घात में हैं। अभी यहाँ से चले जाओ।

राजकुमार ने एक पग और आगे बढ़ाया और निर्भीकता से कहा—प्रभा, तुम मुझसे निष्ठुरता करती हो।

प्रभा ने धमका कर कहा—तुम यहाँ ठहरोगे तो मैं शोर मचा दूँगी।

राजकुमार ने उद्दंडता से उत्तर दिया—इसका मुझे भय नहीं। मैं अपनी जान हथेली पर रख कर आया हूँ। आज दोनों में से एक का अंत हो जायेगा। या तो राणा रहेंगे या मैं रहूँगा। तुम मेरे साथ चलोगी ?

प्रभा ने दृढ़ता से कहा—नहीं।

राजकुमार व्यंग्य भाव से बोला—क्यों, क्या चित्तौड़ की जलवायु पसंद आ गयी ?

प्रभा ने राजकुमार की ओर तिरस्कृत नेत्रों से देख कर कहा—संसार में अपनी सब आशाएँ पूरी नहीं होतीं। जिस तरह यहाँ मैं अपना जीवन काट रही हूँ, वह मैं ही जानती हूँ; किन्तु लोक-निंदा भी तो कोई चीज है ! संसार की दृष्टि में मैं चित्तौड़ की रानी हो चुकी। अब राणा जिस भाँति रखें उसी भाँति रहूँगी। मैं अंत समय तक उनसे घृणा करूँगी, जलूँगी, कुढ़ूँगी। जब जलन न सही जायेगी, तो विष खा लूँगी या छाती में कटार मार कर मर जाऊँगी; लेकिन इसी भवन में। इस घर के बाहर कदापि पैर न रखूँगी।

राजकुमार के मन में संदेह हुआ कि प्रभा पर राणा का वशीकरण मंत्र चल गया। यह मुझसे छल कर रही है। प्रेम की जगह ईर्ष्या पैदा हुई। वह उसी भाव से बोला—और यदि मैं यहाँ से उठा ले जाऊँ ? प्रभा के तीवर बदल गये। बोली—तो मैं वही करूँगी जो ऐसी अवस्था में क्षत्राणियाँ किया करती हैं। अपने गले में छुरी मार लूँगी या तुम्हारे गले में।

राजकुमार एक पग और आगे बढ़ा कर यह कटुवाक्य बोला—राणा के साथ तो तुम खुशी से चली आयी। उस समय छुरी कहाँ गयी थी ?

प्रभा को यह शब्द शर-सा लगा। वह तिलमिला कर बोली—उस समय इसी छुरी के एक वार से खून की नदी बहने लगती। मैं नहीं चाहती थी कि मेरे कारण मेरे भाई-बंधुओं की जान जाय। इसके सिवाय मैं कुँवारी थी। मुझे अपनी मर्यादा के भंग होने का कोई भय न था। मैंने पातिव्रत नहीं लिया। कम-से-कम संसार मुझे ऐसा समझता था। मैं अपनी दृष्टि में अब भी वही हूँ, किंतु संसार की दृष्टि में कुछ और हो गयी हूँ। लोक-लाज ने मुझे राणा की आज्ञाकारिणी बना दिया है। पातिव्रत की बेड़ी जबरदस्ती मेरे पैरों में डाल दी गयी है। अब इसकी रक्षा करना मेरा धर्म है। इसके विपरीत और कुछ करना क्षत्राणियों के नाम को कलंकित करना है। तुम मेरे घाव पर व्यर्थ नमक

क्यों छिड़कते हो ? यह कौन-सी भलमनसी है ? मेरे भाग्य में जो कुछ बदा है, वह भोग रही हूँ। मुझे भोगने दो और तुमसे विनती करती हूँ कि शीघ्र ही यहाँ से चले जाओ।

राजकुमार एक पग और बढ़ा कर दुष्ट-भाव से बोला—प्रभा, यहाँ आ कर तुम त्रियाचरित्र में निपुण हो गयी। तुम मेरे साथ विश्वासघात करके अब धर्म की आड़ ले रही हो। तुमने मेरे प्रणय को पैरों तले कुचल दिया और अब मर्यादा का बहाना ढूँढ़ रही हो। मैं इन नेत्रों से राणा को तुम्हारे सौन्दर्य-पुष्प का भ्रमर बनते नहीं देख सकता। मेरी कामनाएँ मिट्टी में मिलती हैं तो तुम्हें ले कर जायेंगी। मेरा जीवन नष्ट होता है तो उसके पहले तुम्हारे जीवन का भी अन्त होगा। तुम्हारी बेवफाई का यही दंड है। बोलो, क्या निश्चय करती हो ? इस समय मेरे साथ चलती हो या नहीं ? किले के बाहर मेरे आदमी खड़े हैं।

प्रभा ने निर्भयता से कहा—नहीं।

राजकुमार—सोच लो, नहीं तो पछताओगी।

प्रभा—खूब सोच लिया।

राजकुमार ने तलवार खींच ली और वह प्रभा की तरफ लपके। प्रभा भय से आँखें बन्द किये एक कदम पीछे हट गयी। मालूम होता था, उसे मूर्च्छा आ जायेगी।

अकस्मात् राणा तलवार लिये वेग के साथ कमरे में दाखिल हुए। राजकुमार सँभल कर खड़ा हो गया।

राणा ने सिंह के समान गरज कर कहा—दूर हट। क्षत्रिय स्त्रियों पर हाथ नहीं उठाते।

राजकुमार ने तन कर उत्तर दिया—लज्जाहीन स्त्रियों की यही सजा है।

राणा ने कहा—तुम्हारा वैरी तो मैं था। मेरे सामने आते क्यों लजाते थे। जरा मैं भी तुम्हारी तलवार की काट देखता।

राजकुमार ने ऐंठ कर राणा पर तलवार चलायी। शस्त्र-विद्या में राणा अति कुशल थे। वार खाली दे कर राजकुमार पर झपटे। इतने में प्रभा, जो मूर्च्छित अवस्था में दीवार से चिमटी खड़ी थी, बिजली की तरह कौंध कर राजकुमार के सामने खड़ी हो गयी। राणा वार कर चुके थे। तलवार का पूरा हाथ उसके कंधे पर पड़ा। रक्त की फुहार छूटने लगी। राणा ने एक ठंडी साँस

ली और उन्होंने तलवार हाथ से फेंक कर गिरती हुई प्रभा को सँभाल लिया।

क्षणमात्र में प्रभा का मुखमंडल वर्णहीन हो गया। आँखें बुझ गयीं। दीपक ठंडा हो गया। मन्दार-कुमार ने भी तलवार फेंक दी और वह आँखों में आँसू भर प्रभा के सामने घुटने टेक कर बैठ गया। दोनों प्रेमियों की आँखें सजल थीं। पतिंगे बुझे हुए दीपक पर जान दे रहे थे।

प्रेम के रहस्य निराले हैं। अभी एक क्षण हुआ राजकुमार प्रभा पर तलवार ले कर झपटा था। प्रभा किसी प्रकार उसके साथ चलने पर उद्यत न होती थी। लज्जा का भय, धर्म की बेड़ी, कर्त्तव्य की दीवार रास्ता रोके खड़ी थी। परन्तु उसे तलवार के सामने देख कर उसने उस पर अपना प्राण अर्पण कर दिया। प्रीति की प्रथा निबाह दी, लेकिन अपने वचन के अनुसार उसी घर में।

हाँ, प्रेम के रहस्य निराले हैं। अभी एक क्षण पहले राजकुमार प्रभा पर तलवार ले कर झपटा था। उसके खून का प्यासा था। ईर्ष्या की अग्नि उसके हृदय में दहक रही थी। वह रुधिर की धारा से शांत हो गयी। कुछ देर तक वह अचेत बैठा रोता रहा। फिर उठा और उसने तलवार उठा कर जोर से अपनी छाती में चुभा ली। फिर रक्त की फुहार निकली। दोनों धाराएँ मिल गयीं और उनमें कोई भेद न रहा।

प्रभा उसके साथ चलने पर राजी न थी। किंतु वह प्रेम के बन्धन को तोड़ न सकी। दोनों उस घर ही से नहीं, संसार से एक साथ सिधारे।

पाप का अग्निकुंड

कुँवर पृथ्वीसिंह महाराज यशवंतसिंह के पुत्र थे। रूप, गुण और विद्या में प्रसिद्ध थे। ईरान, मिस्र, श्याम आदि देशों में परिभ्रमण कर चुके थे और कई भाषाओं के पंडित समझे जाते थे। इनकी एक बहिन थी जिसका नाम राजनंदिनी था। यह भी जैसी सुरूपवती और सर्वगुणसंपन्ना थी वैसी ही प्रसन्नवदना और मृदुभाषिणी भी थी। कड़वी बात कह कर किसी का जी दुखाना उसे पसंद नहीं था। पाप को तो वह अपने पास भी नहीं फटकने देती थी। यहाँ तक कि कई बार महाराज यशवंत से भी वाद-विवाद कर चुकी थी और जब कभी उन्हें किसी बहाने कोई अनुचित काम करते देखती, तो उसे यथाशक्ति रोकने की चेष्टा करती। इसका ब्याह कुँवर धर्मसिंह से हुआ था। यह एक छोटी रियासत का अधिकारी और महाराज यशवंतसिंह की सेना का उच्च पदाधिकारी था। धर्मसिंह बड़ा उदार और कर्मवीर था। इसे होनहार देखकर महाराज ने राजनंदिनी को इसके साथ ब्याह दिया था और दोनों बड़े प्रेम से अपना वैवाहिक जीवन बिताते थे। धर्मसिंह अधिकतर जोधपुर में ही रहता था। पृथ्वीसिंह उसके गाढ़े मित्र थे। इनमें जैसी मित्रता थी, वैसी भाइयों में भी नहीं होती। जिस प्रकार इन दोनों राजकुमारों में मित्रता थी, उसी प्रकार दोनों राजकुमारियाँ भी एक दूसरी पर जान देती थीं। पृथ्वीसिंह की स्त्री दुर्गाकुँवरि बहुत सुशीला और चतुर थी। ननद-भावज में अनबन होना लोक-रीति है, पर इन दोनों में इतना स्नेह था कि एक के बिना दूसरी को कभी कल नहीं पड़ता था। दोनों स्त्रियाँ संस्कृत से प्रेम रखती थीं।

एक दिन दोनों राजकुमारियाँ बाग की सैर में मग्न थीं कि एक दासी ने राजनंदिनी के हाथ में एक कागज लाकर रख दिया। राजनंदिनी ने उसे खोला तो वह संस्कृत का एक पत्र था। उसे पढ़ कर उसने दासी से कहा कि उन्हें भेज दे। थोड़ी देर में एक स्त्री सिर से पैर तक चादर ओढ़े आती

दिखायी दी। इसकी उम्र 25 साल से अधिक न थी, पर रंग पीला था। आँखें बड़ी और ओंठ सूखे। चाल-ढाल में कोमलता थी और उसके डील-डौल की गठन बहुत मनोहर थी। अनुमान से जान पड़ता था कि समय ने इसकी वह दशा कर रखी है। पर एक समय वह भी होगा जब यह बड़ी सुंदर होगी। इस स्त्री ने आ कर चौखट चूमी और आशीर्वाद देकर फर्श पर बैठ गयी। राजनंदिनी ने इसे सिर से पैर तक बड़े ध्यान से देखा और पूछा, "तुम्हारा नाम क्या है ?"

उसने उत्तर दिया, "मुझे ब्रजविलासिनी कहते हैं।"

"कहाँ रहती हो ?"

"यहाँ से तीन दिन की राह पर एक गाँव विक्रमनगर है, वहाँ मेरा घर है।"

"संस्कृत कहाँ पढ़ी है ?"

"मेरे पिता जी संस्कृत के बड़े पंडित थे, उन्होंने थोड़ी-बहुत पढ़ा दी है।"

"तुम्हारा ब्याह तो हो गया है न ?"

ब्याह का नाम सुनते ही ब्रजविलासिनी की आँखों से आँसू बहने लगे। वह आवाज सम्हाल कर बोली—इसका जवाब मैं फिर कभी दूँगी, मेरी रामकहानी बड़ी दुःखमय है। उसे सुन कर आपको दुःख होगा इसलिए इस समय क्षमा कीजिए।

आज से ब्रजविलासिनी वहीं रहने लगी। संस्कृत-साहित्य में उसका बहुत प्रवेश था। वह राजकुमारियों को प्रतिदिन रोचक कविता पढ़ कर सुनाती थी। उसके रंग, रूप और विद्या ने धीरे-धीरे राजकुमारियों के मन में उसके प्रति प्रेम और प्रतिष्ठा उत्पन्न कर दी। यहाँ तक कि राजकुमारियों और ब्रजविलासिनी के बीच बड़ाई-छोटाई उठ गयी और वे सहेलियों की भाँति रहने लगीं।

2

कई महीने बीत गये। कुँवर पृथ्वीसिंह और धर्मसिंह दोनों महाराज के साथ अफगानिस्तान की मुहीम पर गये हुए थे। यह विरह की घड़ियाँ 'मेघदूत' और 'रघुवंश' के पढ़ने में कटीं। ब्रजविलासिनी को कालिदास के देवता से बहुत

प्रेम था और वह उसके काव्यों की व्याख्या उत्तमता से करती और उसमें ऐसी बारीकियाँ निकालती कि दोनों राजकुमारियाँ मुग्ध हो जातीं।

एक दिन संध्या का समय था, दोनों राजकुमारियाँ फुलवाड़ी में सैर करने गयीं तो देखा कि ब्रजविलासिनी हरी-हरी घास पर लेटी हुई है और उसकी आँखों से आँसू बह रहे हैं। राजकुमारियों के अच्छे बर्ताव और स्नेहपूर्ण बातचीत से उसकी सुंदरता कुछ चमक गयी थी। इनके साथ अब वह भी राजकुमारी जान पड़ती थी; पर इन सभी बातों के रहते भी वह बेचारी बहुधा एकांत में बैठ कर रोया करती। उसके दिल पर एक ऐसी चोट थी कि वह उसे दम भर भी चैन नहीं लेने देती थी। राजकुमारियाँ उस समय उसे रोती देख कर बड़ी सहानुभूति के साथ उसके पास बैठ गयीं। राजनंदिनी ने उसका सिर अपनी जाँघ पर रख लिया और उसके गुलाब-से गालों को थपथपाकर कहा—सखी, तुम अपने दिल का हाल हमें न बताओगी ? क्या अब भी हम गैर हैं ? तुम्हारा यों अकेले दुःख की आग में जलना हमसे नहीं देखा जाता।

ब्रजविलासिनी आवाज सम्हाल कर बोली—बहन, मैं अभागिनी हूँ। मेरा हाल मत सुनो।

राज.—अगर बुरा न मानो तो एक बात पूछूँ।

ब्रज.—क्या, कहो ?

राज.—वही जो मैंने पहले दिन पूछा था, तुम्हारा ब्याह हुआ है कि नहीं ?

ब्रज.—इसका जवाब मैं क्या दूँ ? अभी नहीं हुआ।

राज.—क्या किसी का प्रेम-बाण हृदय में चुभा हुआ है ?

ब्रज.—नहीं बहन, ईश्वर जानता है।

राज.—तो इतनी उदास क्यों रहती हो ? क्या प्रेम का आनंद उठाने को जी चाहता है ?

ब्रज.—नहीं, दुःख के सिवा मन में प्रेम को स्थान ही नहीं।

राज.—हम प्रेम का स्थान पैदा कर देंगी।

ब्रजविलासिनी इशारा समझ गयी और बोली—बहन, इन बातों की चर्चा न करो।

राज.—मैं अब तुम्हारा ब्याह रचाऊँगी। दीवान जयचंद को तुमने देखा है ?

ब्रजविलासिनी आँखों में आँसू भर कर बोली—राजकुमारी, मैं व्रतधारिणी

हूँ और अपने व्रत को पूरा करना ही मेरे जीवन का उद्देश्य है। प्रण को निभाने के लिए मैं जीती हूँ, नहीं तो मैंने ऐसी आफतें झेली हैं कि जीने की इच्छा अब नहीं रही। मेरे बाप विक्रमनगर के जागीरदार थे। मेरे सिवा उनके कोई संतान न थी। वे मुझे प्राणों से अधिक प्यार करते थे। मेरे ही लिए उन्होंने बरसों संस्कृत-साहित्य पढ़ा था। युद्ध-विद्या में वे बड़े निपुण थे और कई बार लड़ाइयों पर गये थे।

एक दिन गोधूलि-बेला में ज़ब गायें जंगल से लौट रही थीं मैं अपने द्वार पर खड़ी थी। इतने में एक जवान बाँकी पगड़ी बाँधे, हथियार सजाये, झूमता आता दिखायी दिया। मेरी प्यारी मोहिनी इस समय जंगल से लौटी थी, और उसका बच्चा इधर किलोलें कर रहा था। संयोगवश बच्चा उस नौजवान से टकरा गया। गाय उस आदमी पर झपटी। राजपूत बड़ा साहसी था। उसने शायद सोचा कि भागता हूँ तो कलंक का टीका लगता है, तुरंत तलवार म्यान से खींच ली और वह गाय पर झपटा। गाय झल्लायी हुई तो थी ही, कुछ भी न डरी। मेरी आँखों के सामने उस राजपूत ने उस प्यारी गाय को जान से मार डाला। देखते-देखते सैकड़ों आदमी जमा हो गये और उसको टेढ़ी-सीधी सुनाने लगे। इतने में पिता जी भी आ गये। वे संध्या करने गये थे। उन्होंने आकर देखा कि द्वार पर सैकड़ों आदमियों की भीड़ लगी है, गाय तड़प रही है और उसका बच्चा खड़ा रो रहा है। पिता जी की आहट सुनते ही गाय कराहने लगी और उनकी ओर उसने कुछ ऐसी दृष्टि से देखा कि उन्हें क्रोध आ गया। मेरे बाद उन्हें वह गाय ही प्यारी थी। वे ललकार कर बोले—मेरी गाय किसने मारी है ? नौजवान लज्जा से सिर झुकाये सामने आया और बोला—मैंने।

पिताजी—तुम क्षत्रिय हो ?'

राजपूत—हाँ !

पिताजी—तो किसी क्षत्रिय से हाथ मिलाते ?

राजपूत का चेहरा तमतमा गया। बोला—कोई क्षत्रिय सामने आ जाय। हजारों आदमी खड़े थे; पर किसी का साहस न हुआ कि उस राजपूत का सामना करे। यह देख कर पिताजी ने तलवार खींच ली और वे उस पर टूट पड़े। उसने भी तलवार निकाल ली और दोनों आदमियों में तलवारें चलने लगीं। पिता जी बूढ़े थे; सीने पर जखम गहरा लगा। गिर पड़े। उठा कर लोग घर

पर लाये। उनका चेहरा पीला था; पर उनकी आँखों से चिनगारियाँ निकल रही थीं। मैं रोती हुई उनके सामने आयी। मुझे देखते ही उन्होंने सब आदमियों को वहाँ से हट जाने का संकेत किया। जब मैं और पिता जी अकेले रह गये, तो वे बोले–बेटी, तुम राजपूतानी हो ?

मैं–जी हाँ।

पिता जी–राजपूत बात के धनी होते हैं ?

मैं–जी हाँ।

पिता जी–इस राजपूत ने मेरी गाय की जान ली है, इसका बदला तुम्हें लेना होगा।

मैं–आपकी आज्ञा का पालन करूँगी।

पिता जी–अगर मेरा बेटा जीता होता तो मैं यह बोझ तुम्हारी गर्दन पर न रखता।

मैं–आपकी जो कुछ आज्ञा होगी, मैं सिर-आँखों से पूरी करूँगी।

पिता जी–तुम प्रतिज्ञा करती हो ?

मैं–जी हाँ।

पिता जी–इस प्रतिज्ञा को पूरा कर दिखाओगी।

मैं–जहाँ तक मेरा वश चलेगा, मैं निश्चय यह प्रतिज्ञा पूरी करूँगी।

पिता जी–यह मेरी तलवार लो। जब तक तुम यह तलवार उस राजपूत के कलेजे में न भोंक दो, तब तक भोग-विलास न करना।

यह कहते-कहते पिता जी के प्राण निकल गये। मैं उसी दिन से तलवार को कपड़ों में छिपाये उस नौजवान राजपूत की तलाश में घूमने लगी। वर्षों बीत गये। मैं कभी बस्तियों में जाती, कभी पहाड़ों-जंगलों की खाक छानती; पर उस नौजवान का कहीं पता न मिलता। एक दिन मैं बैठी हुई अपने फूटे भाग पर रो रही थी कि वही नौजवान आदमी आता हुआ दिखाई दिया। मुझे देखकर उसने पूछा, तू कौन है ? मैंने कहा, मैं दुखिया ब्राह्मणी हूँ, आप मुझ पर दया कीजिए और मुझे कुछ खाने को दीजिए। राजपूत ने कहा, अच्छा, मेरे साथ आ !

मैं उठ खड़ी हुई। वह आदमी बेसुध था। मैंने बिजली की तरह लपक कर कपड़ों में से तलवार निकाली और उसके सीने में भोंक दी। इतने में कई आदमी आते दिखायी पड़े। मैं तलवार छोड़कर भागी। तीन वर्ष तक पहाड़ों

और जंगलों में छिपी रही। बार-बार जी में आया कि कहीं डूब मरूँ, पर जान बड़ी प्यारी होती है। न जाने क्या-क्या मुसीबतें और कठिनाइयाँ भोगनी हैं, जिनको भोगने को अभी तक जीती हूँ। अंत में जब जंगल में रहते-रहते जी उकता गया, तो जोधपुर चली आयी। यहाँ आपकी दयालुता की चर्चा सुनी। आपकी सेवा में आ पहुँची और तब से आपकी कृपा से मैं आराम से जीवन बिता रही हूँ। यही मेरी रामकहानी है।

राजनंदिनी ने लम्बी साँस ले कर कहा—दुनिया में कैसे-कैसे लोग भरे हुए हैं। खैर, तुम्हारी तलवार ने उसका काम तो तमाम कर दिया ?

ब्रजविलासिनी—कहाँ बहन ! वह बच गया, जखम ओछा पड़ा था। उसी शकल के एक नौजवान राजपूत को मैंने जंगल में शिकार खेलते देखा था। नहीं मालूम, वह था या और कोई, शकल बिलकुल मिलती थी।

3

कई महीने बीत गये। राजकुमारियों ने जब से ब्रजविलासिनी की रामकहानी सुनी है, उसके साथ वे और भी प्रेम और सहानुभूति का बर्ताव करने लगी हैं। पहले बिना संकोच कभी-कभी छेड़छाड़ हो जाती थी; पर अब दोनों हरदम उसका दिल बहलाया करती हैं। एक दिन बादल घिरे हुए थे, राजनंदिनी ने कहा—आज बिहारीलाल की 'सतसई' सुनने को जी चाहता है। वर्षाऋतु पर उसमें बहुत अच्छे दोहे हैं।

दुर्गाकुँवरि—बड़ी अनमोल पुस्तक है। सखी, तुम्हारी बगल में जो आलमारी रखी है, उसी में वह पुस्तक है, जरा निकालना। ब्रजविलासिनी ने पुस्तक उतारी और उसका पहला पृष्ठ खोला था कि उसके हाथ से पुस्तक छूट कर गिर पड़ी। उसके पहले पृष्ठ पर एक तसवीर लगी हुई थी। वह उसी निर्दय युवक की तसवीर थी जो उसके बाप का हत्यारा था। ब्रजविलासिनी की आँखें लाल हो गयीं। त्योरी पर बल पड़ गये। अपनी प्रतिज्ञा याद आ गयी; पर उसके साथ ही यह विचार उत्पन्न हुआ कि इस आदमी का चित्र यहाँ कैसे आया और इसका इन राजकुमारियों से क्या सम्बन्ध है ? कहीं ऐसा न हो कि मुझे इतना कृतज्ञ हो कर अपनी प्रतिज्ञा तोड़नी पड़े। राजनंदिनी ने उसकी सूरत देख कर कहा—सखी क्या बात है ? यह क्रोध क्यों ? ब्रजविलासिनी ने सावधानी

से कहा—कुछ नहीं, न जाने क्यों चक्कर आ गया था।

आज से ब्रजविलासिनी के मन में एक और चिन्ता उत्पन्न हुई—क्या मुझे राजकुमारियों का कृतज्ञ होकर अपना प्रण तोड़ना पड़ेगा ?

पूरे सोलह महीने के बाद अफगानिस्तान से पृथ्वीसिंह और धर्मसिंह लौटे। बादशाह की सेना को बड़ी-बड़ी कठिनाइयों का सामना करना पड़ा। बर्फ अधिकता से पड़ने लगी। पहाड़ों के दर बर्फ से ढक गये। आने-जाने के रास्ते बंद हो गये। रसद के सामान कम मिलने लगे। सिपाही भूखों मरने लगे। अब अफगानों ने समय पा कर रात को छापे मारने शुरू किये। आखिर शहजादे मुहीउद्दीन को हिम्मत हार कर लौटना पड़ा।

दोनों राजकुमार ज्यों-ज्यों जोधपुर के निकट पहुँचते थे, उत्कंठा से उनके मन उमड़ आते थे। इतने दिनों के वियोग के बाद फिर भेंट होगी। मिलने की तृष्णा बढ़ती जाती है। रात-दिन मंजिल काटते चले आते हैं, न थकावट मालूम होती है, न माँदगी। दोनों घायल हो रहे हैं; पर फिर भी मिलने की खुशी में जखमों की तकलीफ भूले हुए हैं। पृथ्वीसिंह दुर्गाकुँवरि के लिए एक अफगानी कटार लाये हैं। धर्मसिंह ने राजनन्दिनी के लिए काश्मीर का एक बहुमूल्य शाल जोड़ा मोल लिया है। दोनों के दिल उमंग से भरे हुए हैं।

राजकुमारियों ने जब सुना कि दोनों वीर वापस आते हैं, तो वे फूले अंगों न समायीं। शृंगार किया जाने लगा, माँगें मोतियों से भरी जाने लगीं, उनके चेहरे खुशी से दमकने लगे। इतने दिनों के बिछोह के बाद फिर मिलाप होगा, खुशी आँखों से उबली पड़ती है। एक-दूसरे को छेड़ती हैं और खुश हो कर गले मिलती हैं।

अगहन का महीना था, बरगद की डालियों में मूँगे के दाने लगे हुए थे। जोधपुर के किले से सलामियों की घनगरज आवाजें आने लगीं। सारे नगर में धूम मच गयी कि कुँवर पृथ्वीसिंह सकुशल अफगानिस्तान से लौट आये। दोनों राजकुमारियाँ थाली में आरती के सामान लिये दरवाजे पर खड़ी थीं। पृथ्वीसिंह दरबारियों के मुजरे लेते हुए महल में आये। दुर्गाकुँवरि ने आरती उतारी और दोनों एक-दूसरे को देख कर खुश हो गये। धर्मसिंह भी प्रसन्नता से ऐंठते हुए अपने महल में पहुँचे; पर भीतर पैर रखने न पाये थे कि छींक हुई और बायीं आँख फड़कने लगी। राजनन्दिनी आरती का थाल ले कर लपकी; पर उसका पैर फिसल गया और थाल हाथ से छूट कर गिर पड़ा। धर्मसिंह

का माथा ठनका और राजनन्दिनी का चेहरा पीला हो गया। यह असगुन क्यों ?

ब्रजविलासिनी ने दोनों राजकुमारों के आने का समाचार सुन कर उन दोनों को देने के लिए दो अभिनन्दन-पत्र बनवा रखे थे। सबेरे जब कुँवर पृथ्वीसिंह संध्या आदि नित्य-क्रिया से निपट कर बैठे, तो वह उनके सामने आयी और उसने एक सुन्दर कुश की चँगेली में अभिनन्दन-पत्र रख दिया। पृथ्वीसिंह ने उसे प्रसन्नता से ले लिया। कविता यद्यपि उतनी बढ़िया न थी, पर वह नयी और वीरता से भरी हुई थी। वे वीररस के प्रेमी थे, उसको पढ़ कर बहुत खुश हुए और उन्होंने मोतियों का हार उपहार दिया।

ब्रजविलासिनी यहाँ से छुट्टी पा कर कुँवर धर्मसिंह के पास पहुँची। वे बैठे हुए राजनन्दिनी को लड़ाई की घटनाएँ सुना रहे थे; पर ज्यों ही ब्रजविलासिनी की आँख उन पर पड़ी, वह सन्न होकर पीछे हट गयी। उसको देख कर धर्मसिंह के चेहरे का भी रंग उड़ गया, होंठ सूख गये और हाथ-पैर सनसनाने लगे। ब्रजविलासिनी तो उलटे पाँव लौटी; पर धर्मसिंह ने चारपाई पर लेट कर दोनों हाथों से मुँह ढँक लिया। राजनन्दिनी ने यह दृश्य देखा और उसका फूल-सा बदन पसीने से तर हो गया। धर्मसिंह सारे दिन पलंग पर चुपचाप पड़े करवटें बदलते रहे। उनका चेहरा ऐसा कुम्हला गया जैसे वे बरसों के रोगी हों। राजनन्दिनी उनकी सेवा में लगी हुई थी। दिन तो यों कटा, रात को कुँवर साहब संध्या ही से थकावट का बहाना करके लेट गये। राजनन्दिनी हैरान थी कि माजरा क्या है? ब्रजविलासिनी इन्हीं के खून की प्यासी है ? क्या यह सम्भव है कि मेरा प्यारा, मेरा मुकुट धर्मसिंह ऐसा कठोर हो ? नहीं, नहीं, ऐसा नहीं हो सकता। वह यद्यपि चाहती है कि अपने भावों से उनके मन का बोझ हलका करे, पर नहीं कर सकती। अन्त को नींद ने उसको अपनी गोद में ले लिया।

4

रात बहुत बीत गयी है। आकाश में अँधेरा छा गया है। सारस की दुःख से भरी बोली कभी-कभी सुनायी दे जाती है और रह-रह कर किले के संतरियों की आवाज कान में आ पड़ती है। राजनंदिनी की आँख एकाएक खुली, तो उसने धर्मसिंह को पलंग पर न पाया। चिंता हुई, वह झट उठ कर ब्रजविलासिनी

के कमरे की ओर चली और दरवाजे पर खड़ी होकर भीतर की ओर देखने लगी। संदेह पूरा हो गया। क्या देखती है कि ब्रजविलासिनी हाथ में तेगा लिये खड़ी है और धर्मसिंह दोनों हाथ जोड़े उसके सामने दीनों की तरह घुटने टेके बैठे हैं। वह दृश्य देखते ही राजनंदिनी का खून सूख गया और उसके सिर में चक्कर आने लगा, पैर लड़खड़ाने लगे। जांन पड़ता था कि गिरी जाती है। वह अपने कमरे में आयी और मुँह ढँक कर लेट रही, पर उसकी आँखों से आँसू की एक बूँद भी न निकली।

दूसरे दिन पृथ्वीसिंह बहुत सबेरे ही कुँवर धर्मसिंह के पास गये और मुस्करा कर बोले—भैया, मौसम बड़ा सुहावना है, शिकार खेलने चलते हो ?

धर्मसिंह—हाँ चलो।

दोनों राजकुमारों ने घोड़े कसवाये और जंगल की ओर चल दिये। पृथ्वीसिंह का चेहरा खिला हुआ था, जैसे कमल का फूल। एक-एक अंग से तेजी और चुस्ती टपकी पड़ती थी, पर कुँवर धर्मसिंह का चेहरा मैला हो गया था, मानो बदन में जान ही नहीं है। पृथ्वीसिंह ने उन्हें कई बार छेड़ा, पर जब देखा कि वे बहुत दुःखी हैं, तो चुप हो गये। चलते-चलते दोनों आदमी झील के किनारे पहुँचे। एकाएक धर्मसिंह ठिठके और बोले—मैंने आज रात को एक दृढ़ प्रतिज्ञा की है। यह कहते-कहते उनकी आँखों में पानी आ गया। पृथ्वीसिंह ने घबरा कर पूछा—कैसी प्रतिज्ञा ?

'तुमने ब्रजविलासिनी का हाल सुना है ? मैंने प्रतिज्ञा की है कि जिस आदमी ने उसके बाप को मारा है, उसे भी जहन्नुम में पहुँचा दूँ।'

'तुमने सचमुच वीर-प्रतिज्ञा की है।'

'हाँ, यदि मैं पूरी कर सकूँ। तुम्हारे विचार में ऐसा आदमी मारने योग्य है या नहीं ?'

'ऐसे निर्दयी की गर्दन गुट्ठल छुरी से काटनी चाहिए।'

'बेशक, यही मेरा भी विचार है। यदि मैं किसी कारण यह काम न कर सकूँ, तो तुम मेरी प्रतिज्ञा पूरी कर दोगे ?'

'बड़ी खुशी से। उसे पहचानते हो न ?'

'हाँ, अच्छी तरह।'

'तो अच्छा होगा, यह काम मुझको ही करने दो, तुम्हें शायद उस पर दया आ जाय।'

'बहुत अच्छा; पर यह याद रखो कि वह आदमी बड़ा भाग्यशाली है ! कई बार मौत के मुँह से बच कर निकला है। क्या आश्चर्य है कि तुमको भी उस पर दया आ जाय। इसलिए तुम प्रतिज्ञा करो कि उसे जरूर जहन्नुम पहुँचाओगे।'

'मैं दुर्गा की शपथ खाकर कहता हूँ कि उस आदमी को अवश्य मारूँगा।'

'बस, तो हम दोनों मिल कर कार्य सिद्ध कर लेंगे। तुम अपनी प्रतिज्ञा पर दृढ़ रहोगे न ?'

'क्यों ? क्या मैं सिपाही नहीं हूँ ? एक बार जो प्रतिज्ञा की, समझ लो कि वह पूरी करूँगा, चाहे इसमें अपनी जान ही क्यों न चली जाय।'

'सब अवस्थाओं में ?'

'हाँ, सब अवस्थाओं में।'

'यदि वह तुम्हारा कोई बंधु हो तो ?'

पृथ्वीसिंह ने धर्मसिंह को विचारपूर्वक देख कर कहा—कोई बंधु हो तो ?

धर्मसिंह—हाँ, सम्भव है कि तुम्हारा कोई नातेदार हो।

पृथ्वीसिंह—(जोश में) कोई हो, यदि मेरा भाई भी हो, तो भी जीता चुनवा दूँ।

धर्मसिंह घोड़े से उतर पड़े। उनका चेहरा उतरा हुआ था और ओंठ काँप रहे थे। उन्होंने कमर से तेगा खोल कर जमीन पर रख दिया और पृथ्वीसिंह को ललकार कर कहा—पृथ्वीसिंह, तैयार हो जाओ। वह दुष्ट मिल गया। पृथ्वीसिंह ने चौंक कर इधर-उधर देखा तो धर्मसिंह के सिवाय और कोई दिखायी न दिया।

धर्मसिंह—तेगा खींचो।

पृथ्वीसिंह—मैंने उसे नहीं देखा।

धर्मसिंह—वह तुम्हारे सामने खड़ा है। वह दुष्ट कुकर्मी धर्मसिंह ही है।

पृथ्वीसिंह—(घबरा कर) ऐं तुम ! —मैं—

धर्मसिंह—राजपूत, अपनी प्रतिज्ञा पूरी करो।

इतना सुनते ही पृथ्वीसिंह ने बिजली की तरह अपने कमर से तेगा खींच लिया और उसे धर्मसिंह के सीने में चुभा दिया। मूठ तक तेगा चुभ गया। खून का फव्वारा बह निकला। धर्मसिंह जमीन पर गिर कर धीरे से बोले—पृथ्वीसिंह, मैं तुम्हारा बहुत कृतज्ञ हूँ। तुम सच्चे वीर हो। तुमने पुरुष का कर्त्तव्य पुरुष की भाँति पालन किया।

पृथ्वीसिंह यह सुन कर जमीन पर बैठ गये और रोने लगे।

5

अब राजनंदिनी सती होने जा रही है। उसने सोलहों शृंगार किये हैं और माँग मोतियों से भरवायी है। कलाई में सोहाग का कंगन है, पैरों में महावर लगायी है और लाल चुनरी ओढ़ी है। उसके अंग से सुगंधि उड़ रही है, क्योंकि आज वह सती होने जाती है।

राजनंदिनी का चेहरा सूर्य की भाँति प्रकाशमान है। उसकी ओर देखने से आँखों में चकाचौंध लग जाती है। प्रेम-मद से उसका रोआँ-रोआँ मस्त हो गया है, उसकी आँखों से अलौकिक प्रकाश निकल रहा है। वह आज स्वर्ग की देवी जान पड़ती है। उसकी चाल बड़ी मदमाती है। वह अपने प्यारे पति का सिर अपनी गोद में लेती है और उस चिता में बैठ जाती है जो चंदन, खस आदि से बनायी गयी है।

सारे नगर के लोग यह दृश्य देखने के लिए उमड़े चले आते हैं। बाजे बज रहे हैं, फूलों की वृष्टि हो रही है। सती चिता पर बैठ चुकी थी कि इतने में कुँवर पृथ्वीसिंह आये और हाथ जोड़कर बोले—महारानी, मेरा अपराध क्षमा करो।

सती ने उत्तर दिया—क्षमा नहीं हो सकता। तुमने एक नौजवान राजपूत की जान ली है, तुम भी जवानी में मारे जाओगे।

सती के वचन कभी झूठे हुए हैं ? एकाएक चिता में आग लग गयी। जयजयकार के शब्द गूँजने लगे। सती का मुख आग में यों चमकता था, जैसे सबेरे की ललाई में सूर्य चमकता है। थोड़ी देर में वहाँ राख के ढेर के सिवा और कुछ न रहा।

इस सती के मन में कैसा सत था ! परसों जब उसने ब्रजविलासिनी को झिझक कर धर्मसिंह के सामने जाते देखा था, उसी समय से उसके दिल में संदेह हो गया था। पर जब रात को उसने देखा कि मेरा पति इसी स्त्री के सामने दुखिया की तरह बैठा हुआ है, तब वह संदेह निश्चय की सीमा तक पहुँच गया और यही निश्चय अपने साथ सत लेता आया था। सबेरे जब धर्मसिंह उठे तब राजनंदिनी ने कहा था कि मैं ब्रजविलासिनी के शत्रु का सिर

चाहती हूँ, तुम्हें लाना होगा। और ऐसा ही हुआ। अपने सती होने के सब कारण राजनंदिनी ने जान-बूझ कर पैदा किये थे, क्योंकि उसके मन में सत था। पाप की आग कैसे तेज होती है ? एक पाप ने कितनी जानें लीं ? राजवंश के दो राजकुमार और दो कुमारियाँ देखते-देखते इस अग्निकुंड में स्वाहा हो गयीं। सती का वचन सच हुआ। सात ही सप्ताह के भीतर पृथ्वीसिंह दिल्ली में कत्ल किये गये और दुर्गाकुमारी सती हो गयी।

जुगनू की चमक

पंजाब के सिंह राजा रणजीतसिंह संसार से चल चुके थे और राज्य के वे प्रतिष्ठित पुरुष जिनके द्वारा उनका उत्तम प्रबंध चल रहा था, परस्पर के द्वेष और अनबन के कारण मर मिटे थे।

राजा रणजीतसिंह का बनाया हुआ सुंदर किंतु खोखला भवन अब नष्ट हो चुका था। कुँवर दिलीपसिंह अब इंग्लैंड में थे और रानी चंद्रकुँवरि चुनार के दुर्ग में। रानी चंद्रकुँवरि ने विनष्ट होते हुए राज्य को बहुत सँभालना चाहा; किंतु शासन-प्रणाली न जानती थी और कूटनीति ईर्ष्या की आग भड़काने के सिवा और क्या करती ?

रात के बारह बज चुके थे। रानी चंद्रकुँवरि अपने निवास-भवन के ऊपर छत पर खड़ी गंगा की ओर देख रही थी और सोचती थी—लहरें क्यों इस प्रकार स्वतंत्र हैं ?

उन्होंने कितने गाँव और नगर डुबाये हैं, कितने जीव-जंतु तथा द्रव्य निगल गयी हैं, किंतु फिर भी वे स्वतंत्र हैं। कोई उन्हें बंद नहीं करता। इसीलिए न कि वे बंद नहीं रह सकतीं ? वे गरजेंगी, बल खायेंगी—और बाँध के ऊपर चढ़कर उसे नष्ट कर देंगी, अपने जोर से उसे बहा ले जायेंगी।

यह सोचते-विचारते रानी गादी पर लेट गयी। उसकी आँखों के सामने पूर्वावस्था की स्मृतियाँ मनोहर स्वप्न की भाँति आने लगीं। कभी उसकी भौंह की मरोड़ तलवार से भी अधिक तीव्र थी और उसकी मुस्कराहट वसंत की सुगंधित समीर से भी अधिक प्राण-पोषक; किंतु हाय, अब इनकी शक्ति हीनावस्था को पहुँच गयी। रोये तो अपने को सुनाने के लिए, हँसे तो अपने को बहलाने के लिए। यदि बिगड़े तो किसी का क्या बिगाड़ सकती है और प्रसन्न हो तो किसी का क्या बना सकती है ? रानी और बाँदी में कितना अंतर है ? रानी की आँखों से आँसू की बूँदें झरने लगीं, जो कभी विष से

अधिक प्राणनाशक और अमृत से अधिक अनमोल थीं, वह इसी भाँति अकेली, निराश, कितनी बार रोयी, जब कि आकाश के तारों के सिवा और कोई देखनेवाला न था।

2

इसी प्रकार रोते-रोते रानी की आँखें लग गयीं। उसका प्यारा, कलेजे का टुकड़ा, कुँवर दिलीपसिंह, जिसमें उसके प्राण बसते थे, उदास मुख आ कर खड़ा हो गया। जैसे गाय दिन भर जंगलों में रहने के पश्चात् संध्या को घर आती है और अपने बछड़े को देखते ही प्रेम और उमंग से मतवाली होकर स्तनों में दूध भरे, पूँछ उठाये, दौड़ती है, उसी भाँति चंद्रकुँवरि अपने दोनों हाथ फैलाये अपने प्यारे कुँवर को छाती से लपटाने के लिए दौड़ी। परंतु आँखें खुल गयीं और जीवन की आशाओं की भाँति वह स्वप्न विनष्ट हो गया। रानी ने गंगा की ओर देखा और कहा—मुझे भी अपने साथ लेती चलो। इसके बाद रानी तुरंत छत से उतरी। कमरे में एक लालटेन जल रही थी। उसके उजाले में उसने एक मैली साड़ी पहनी, गहने उतार दिये, रत्नों के एक छोटे-से बक्स को और एक तीव्र कटार को कमर में रखा। जिस समय वह बाहर निकली, नैराश्यपूर्ण साहस की मूर्ति थी। संतरी ने पुकारा—कौन ?

रानी ने उत्तर दिया—मैं हूँ झंगी।

'कहाँ जाती हैं ?'

'गंगाजल लाऊँगी। सुराही टूट गयी है, रानी जी पानी माँग रही हैं।'

संतरी कुछ समीप आकर बोला—चल, मैं भी तेरे साथ चलता हूँ, जरा रुक जा।

झंगी बोली—मेरे साथ मत आओ। रानी कोठे पर हैं। देख लेंगी।

संतरी को धोखा देकर चंद्रकुँवरि गुप्त द्वार से होती हुई अँधेरे में काँटों से उलझती, चट्टानों से टकराती, गंगा के किनारे पर जा पहुँची।

रात आधी से अधिक जा चुकी थी। गंगा जी में संतोषदायिनी शांति विराज रही थी। तरंगें तारों को गोद में लिये सो रही थीं। चारों ओर सन्नाटा था। रानी नदी के किनारे-किनारे चली जाती थी और मुड़-मुड़ कर पीछे देखती थी। एकाएक एक डोंगी खूँटे से बँधी हुई देख पड़ी। रानी ने उसे ध्यान से

देखा तो मल्लाह सोया हुआ था। उसे जगाना काल को जगाना था। वह तुरंत रस्सी खोल कर नाव पर सवार हो गयी। नाव धीरे-धीरे धार के सहारे चलने लगी, शोक और अंधकारमय स्वप्न की भाँति जो ध्यान की तरंगों के साथ बहा चला जाता हो। नाव के हिलने से मल्लाह चौंक कर उठ बैठा। आँखें मलते-मलते उसने सामने देखा तो पटरे पर एक स्त्री हाथ में डाँड़ लिये बैठी है। घबरा कर पूछा—तैं कौन है रे ? नाव कहाँ लिये जाती है ? रानी हँस पड़ी। भय के अन्त को साहस कहते हैं। बोली—सच बताऊँ या झूठ ?

मल्लाह कुछ भयभीत-सा होकर बोला—सच बताया जाय।

रानी बोली—अच्छा तो सुनो। मैं लाहौर की रानी चन्द्रकुँवरि हूँ। इसी किले में कैद थी। आज भागी जाती हूँ। मुझे जल्दी बनारस पहुँचा दे। तुझे निहाल कर दूँगी और शरारत करेगा तो देख, कटार से सिर काट दूँगी। सबेरा होने से पहले मुझे बनारस पहुँचना चाहिए।

यह धमकी काम कर गयी। मल्लाह ने विनीत भाव से अपना कम्बल बिछा दिया और तेजी से डाँड़ चलाने लगा। किनारे के वृक्ष और ऊपर जगमगाते हुए तारे साथ-साथ दौड़ने लगे।

3

प्रातःकाल चुनार के दुर्ग में प्रत्येक मनुष्य अचम्भित और व्याकुल था। संतरी, चौकीदार और लौंडियाँ सब सिर नीचे किये दुर्ग के स्वामी के सामने उपस्थित थे। अन्वेषण हो रहा था; परन्तु कुछ पता न चलता था।

उधर रानी बनारस पहुँची। परन्तु वहाँ पहले से ही पुलिस और सेना का जाल बिछा हुआ था। नगर के नाके बन्द थे। रानी का पता लगानेवाले के लिए एक बहुमूल्य पारितोषिक की सूचना दी गयी थी।

बन्दीगृह से निकल कर रानी को ज्ञात हो गया कि वह और दृढ़ कारागार में है। दुर्ग में प्रत्येक मनुष्य उसका आज्ञाकारी था। दुर्ग का स्वामी भी उसे सम्मान की दृष्टि से देखता था। किंतु आज स्वतंत्र होकर भी उसके ओंठ बन्द थे। उसे सभी स्थानों में शत्रु देख पड़ते थे। पंखरहित पक्षी को पिंजरे के कोने में ही सुख है।

पुलिस के अफसर प्रत्येक आने-जानेवालों को ध्यान से देखते थे; किंतु

उस भिखारिनी की ओर किसी का ध्यान नहीं जाता था, जो एक फटी हुई साड़ी पहने, यात्रियों के पीछे-पीछे, धीरे-धीरे सिर झुकाये गंगा की ओर चली आ रही है। न वह चौंकती है, न हिचकती है, न घबराती है। इस भिखारिनी की नसों में रानी का रक्त है।

यहाँ से भिखारिनी ने अयोध्या की राह ली। वह दिन भर विकट मार्गों में चलती और रात को किसी सुनसान स्थान पर लेट रहती थी। मुख पीला पड़ गया था। पैरों में छाले थे। फूल-सा बदन कुम्हला गया था।

वह प्रायः गाँवों में लाहौर की रानी के चरचे सुनती। कभी-कभी पुलिस के आदमी भी उसे रानी की टोह में दत्तचित्त देख पड़ते। उन्हें देखते ही भिखारिनी के हृदय में सोयी हुई रानी जाग उठती। वह आँखें उठा कर उन्हें घृणा-दृष्टि से देखती और शोक तथा क्रोध से उसकी आँखें जलने लगतीं। एक दिन अयोध्या के समीप पहुँच कर रानी एक वृक्ष के नीचे बैठी हुई थी। उसने कमर से कटार निकाल कर सामने रख दी थी। वह सोच रही थी कि कहाँ जाऊँ ? मेरी यात्रा का अंत कहाँ है ? क्या इस संसार में अब मेरे लिए कहीं ठिकाना नहीं है ? वहाँ से थोड़ी दूर पर आमों का एक बहुत बड़ा बाग था। उसमें बड़े-बड़े डेरे और तम्बू गड़े हुए थे। कई एक संतरी चमकीली वर्दियाँ पहने टहल रहे थे, कई घोड़े बँधे हुए थे। रानी ने इस राजसी ठाट-बाट को शोक की दृष्टि से देखा। एक बार वह भी काश्मीर गयी थी। उसका पड़ाव इससे कहीं बढ़ गया था।

बैठे-बैठे संध्या हो गयी। रानी ने वहीं रात काटने का निश्चय किया ! इतने में एक बूढ़ा मनुष्य टहलता हुआ आया और उसके समीप खड़ा हो गया। ऐंठी हुई दाढ़ी थी, शरीर में सटी हुई चपकन थी, कमर में तलवार लटक रही थी। इस मनुष्य को देखते ही रानी ने तुरन्त कटार उठा कर कमर में खोंस ली। सिपाही ने उसे तीव्र दृष्टि से देख कर पूछा—बेटी कहाँ से आती हो ?

रानी ने कहा—बहुत दूर से।

'कहाँ जाओगी ?'

'यह नहीं कह सकती, बहुत दूर।'

सिपाही ने रानी की ओर फिर ध्यान से देखा और कहा—जरा अपनी कटार दिखाओ। रानी कटार सँभाल कर खड़ी हो गयी और तीव्र स्वर से बोली—मित्र हो या शत्रु ? ठाकुर ने कहा—मित्र। सिपाही के बातचीत करने

के ढंग में और चेहरे में कुछ ऐसी विलक्षणता थी जिससे रानी को विवश होकर विश्वास करना पड़ा।

वह बोली—विश्वासघात न करना। यह देखो।

ठाकुर ने कटार हाथ में ली। उसको उलट-पुलट कर देखा और बड़े नम्र भाव से उसे आँखों से लगाया। तब रानी के आगे विनीत भाव से सिर झुका कर वह बोला—महारानी चन्द्रकुँवरि ?

रानी ने करुण स्वर से कहा—नहीं, अनाथ भिखारिनी। तुम कौन हो ?

सिपाही ने उत्तर दिया—आपका एक सेवक !

रानी ने उसकी ओर निराश दृष्टि से देखा और कहा—दुर्भाग्य के सिवा इस संसार में मेरा कोई नहीं।

सिपाही ने कहा—महारानी जी, ऐसा न कहिए। पंजाब के सिंह की महारानी के वचन पर अब भी सैकड़ों सिर झुक सकते हैं। देश में ऐसे लोग विद्यमान हैं, जिन्होंने आपका नमक खाया है और उसे भूले नहीं हैं।

रानी—अब इसकी इच्छा नहीं। केवल एक शांत-स्थान चाहती हूँ, जहाँ पर एक कुटी के सिवा कुछ न हो।

सिपाही—ऐसा स्थान पहाड़ों में ही मिल सकता है। हिमालय की गोद में चलिए, वहीं आप उपद्रव से बच सकती हैं।

रानी—(आश्चर्य से) शत्रुओं में जाऊँ ? नेपाल कब हमारा मित्र रहा है ?

सिपाही—राणा जंगबहादुर दृढ़प्रतिज्ञ राजपूत हैं।

रानी—किंतु वही जंगबहादुर तो है, जो अभी-अभी हमारे विरुद्ध लार्ड डलहौजी को सहायता देने पर उद्यत था ?

सिपाही (कुछ लज्जित-सा होकर)—तब आप महारानी चंद्रकुँवरि थीं, आज आप भिखारिनी हैं। ऐश्वर्य के द्वेषी और शत्रु चारों ओर होते हैं। लोग जलती हुई आग को पानी से बुझाते हैं, पर राख माथे पर चढ़ायी जाती है। आप जरा भी सोच-विचार न करें, नेपाल में अभी धर्म का लोप नहीं हुआ है। आप भय-त्याग करें और चलें। देखिए, वह आपको किस भाँति सिर और आँखों पर बिठाता है।

रानी ने रात इसी वृक्ष की छाया में काटी। सिपाही भी वहीं सोया। प्रातःकाल वहाँ दो तीव्रगामी घोड़े देख पड़े। एक पर सिपाही सवार था और दूसरे पर एक अत्यंत रूपवान युवक। यह रानी चंद्रकुँवरि थी, जो अपने रक्षास्थान

की खोज में नेपाल जाती थी। कुछ देर पीछे रानी ने पूछा—यह पड़ाव किसका है ? सिपाही ने कहा—राणा जंगबहादुर का। वे तीर्थयात्रा करने आये हैं, किन्तु हमसे पहले पहुँच जायेंगे।

रानी—तुमने उनसे मुझे यहीं क्यों न मिला दिया। उनका हार्दिक भाव प्रकट हो जाता।

सिपाही—यहाँ उनसे मिलना असम्भव था। आप जासूसों की दृष्टि से न बच सकतीं।

उस समय यात्रा करना प्राण को अर्पण कर देना था। दोनों यात्रियों को अनेक बार डाकुओं का सामना करना पड़ा। उस समय रानी की वीरता, उसका युद्ध-कौशल तथा फुर्ती देख कर बूढ़ा सिपाही दाँतों तले अँगुली दबाता था। कभी उनकी तरह तलवार काम कर जाती और कभी घोड़े की तेज चाल।

यात्रा बड़ी लम्बी थी। जेठ का महीना मार्ग में ही समाप्त हो गया। वर्षा ऋतु आयी। आकाश में मेघ-माला छाने लगी। सूखी नदियाँ उतरा चलीं। पहाड़ी नाले गरजने लगे। न नदियों में नाव, न नालों पर घाट; किंतु घोड़े सधे हुए थे। स्वयं पानी में उतर जाते और डूबते-उतराते, बहते, भँवर खाते पार पहुँच जाते। एक बार बिच्छू ने कछुए की पीठ पर नदी की यात्रा की थी। यह यात्रा उससे कम भयानक न थी।

कहीं ऊँचे-ऊँचे साखू और महुए के जंगल थे और कहीं हरे-भरे जामुन के वन। उनकी गोद में हाथियों और हिरनों के झुंड किलोलें कर रहे थे। धान की क्यारियाँ पानी से भरी हुई थीं। किसानों की स्त्रियाँ धान रोपती थीं और सुहावने गीत गाती थीं। कहीं उन मनोहारी ध्वनियों के बीच में, खेत की मेड़ों पर छाते की छाया में बैठे हुए जमींदारों के कठोर शब्द सुनायी देते थे।

इसी प्रकार यात्रा के कष्ट सहते, अनेकानेक विचित्र दृश्य देखते दोनों यात्री तराई पार करके नेपाल की भूमि में प्रविष्ट हुए।

4

प्रातःकाल का सुहावना समय था। नेपाल के महाराज सुरेंद्रविक्रमसिंह का दरबार सजा हुआ। राज्य के प्रतिष्ठित मंत्री अपने-अपने स्थान पर बैठे हुए थे। नेपाल ने एक बड़ी लड़ाई के पश्चात् तिब्बत पर विजय पायी थी। इस समय संधि

की शर्तों पर विवाद छिड़ा था। कोई युद्ध-व्यय का इच्छुक था, कोई राज्य-विस्तार का। कोई-कोई महाशय वार्षिक कर पर जोर दे रहे थे। केवल राणा जंगबहादुर के आने की देर थी। वे कई महीनों के देशाटन के पश्चात् आज ही रात को लौटे थे और यह प्रसंग, जो उन्हीं के आगमन की प्रतीक्षा कर रहा था, अब मंत्रि-सभा में उपस्थित किया गया था। तिब्बत के यात्री, आशा और भय की दशा में, प्रधानमंत्री के मुख से अंतिम निर्णय सुनने को उत्सुक हो रहे थे। नियत समय पर चोबदार ने राणा के आगमन की सूचना दी। दरबार के लोग उन्हें सम्मान देने के लिए खड़े हो गये। महाराज को प्रणाम करने के पश्चात् वे अपने सुसज्जित आसन पर बैठ गये। महाराज ने कहा—राणा जी, आप संधि के लिए कौन प्रस्ताव करना चाहते थे।

राणा ने नम्र भाव से कहा—मेरी अल्प बुद्धि में तो इस समय कठोरता का व्यवहार करना अनुचित है। शोकाकुल शत्रु के साथ दयालुता का आचरण करना सर्वदा हमारा उद्देश्य रहा है। क्या इस अवसर पर स्वार्थ के मोह में हम अपने बहुमूल्य उद्देश्य को भूल जायेंगे ? हम ऐसी संधि चाहते हैं जो हमारे हृदय को एक कर दे। यदि तिब्बत का दरबार हमें व्यापारिक सुविधाएं प्रदान करने को कटिबद्ध हो, तो हम संधि करने के लिए सर्वथा उद्यत हैं।

मंत्रिमंडल में विवाद आरम्भ हुआ। सबकी सम्मति इस दयालुता के अनुसार न थी; किंतु महाराज ने राणा का समर्थन किया। यद्यपि अधिकांश सदस्यों को शत्रु के साथ ऐसी नरमी पसंद न थी, तथापि महाराज के विपक्ष में बोलने का किसी को साहस न हुआ।

यात्रियों के चले जाने के पश्चात् राणा जंगबहादुर ने खड़े हो कर कहा—सभा में उपस्थित सज्जनो, आज नेपाल के इतिहास में एक नयी घटना होनेवाली है, जिसे मैं आपकी जातीय नीतिमत्ता की परीक्षा समझता हूँ, इसमें सफल होना आपके ही कर्त्तव्य पर निर्भर है। आज राज-सभा में आते समय मुझे यह आवेदनपत्र मिला है, जिसे मैं आप सज्जनों की सेवा में उपस्थित करता हूँ। निवेदक ने तुलसीदास की यह चौपाई लिख दी है—

"आपत-काल परखिये चारी।
धीरज धर्म मित्र अरु नारी।।"

महाराज ने पूछा—यह पत्र किसने भेजा है ?

'एक भिखारिनी ने।'

'भिखारिनी कौन है ?'

'महारानी चंद्रकुँवरि।'

कड़बड़ खत्री ने आश्चर्य से पूछा—जो हमारी मित्र अँग्रेजी सरकार के विरुद्ध होकर भाग आयी हैं ?

राणा जंगबहादुर ने लज्जित हो कर कहा—जी हाँ। यद्यपि हम इसी विचार को दूसरे शब्दों में प्रकट कर सकते हैं।

कड़बड़ खत्री—अँग्रेजों से हमारी मित्रता है और मित्र के शत्रु की सहायता करना मित्रता की नीति के विरुद्ध है।

जनरल शमशेर बहादुर—ऐसी दशा में इस बात का भय है कि अँग्रेजी सरकार से हमारे सम्बन्ध टूट न जायँ।

राजकुमार रणवीरसिंह—हम यह मानते हैं कि अतिथि-सत्कार हमारा धर्म है; किंतु उसी समय तक, जब तक कि हमारे मित्रों को हमारी ओर से शंका करने का अवसर न मिले।

इस प्रसंग पर यहाँ तक मतभेद तथा वाद-विवाद हुआ कि एक शोर-सा मच गया और कई प्रधान यह कहते हुए सुनायी दिये कि महारानी का इस समय आना देश के लिए कदापि मंगलकारी नहीं हो सकता।

तब राणा जंगबहादुर उठे। उनका मुख लाल हो गया था। उनका सद्विचार क्रोध पर अधिकार जमाने के लिए व्यर्थ प्रयत्न कर रहा था। वे बोले—भाइयो, यदि इस समय मेरी बातें आप लोगों को अत्यंत कड़ी जान पड़ें तो मुझे क्षमा कीजिएगा, क्योंकि अब मुझमें अधिक श्रवण करने की शक्ति नहीं है। अपनी जातीय साहसहीनता का यह लज्जाजनक दृश्य अब मुझसे नहीं देखा जाता। यदि नेपाल के दरबार में इतना भी साहस नहीं कि वह अतिथि-सत्कार और सहायता की नीति को निभा सके तो मैं इस घटना के सम्बन्ध में सब प्रकार का भार अपने ऊपर लेता हूँ। दरबार अपने को इस विषय में निर्दोष समझे और इसकी सर्वसाधारण में घोषणा कर दे।

कड़बड़ खत्री गर्म हो कर बोले—केवल यह घोषणा देश को भय से रहित नहीं कर सकती।

राणा जंगबहादुर ने क्रोध से ओंठ चबा लिया, किंतु सँभल कर कहा—देश का शासन-भार अपने ऊपर लेनेवालों की ऐसी अवस्थाएँ अनिवार्य हैं। हम उन नियमों से, जिन्हें पालन करना हमारा कर्त्तव्य है, मुँह नहीं मोड़ सकते।

अपनी शरण में आये हुओं का हाथ पकड़ना—उनकी रक्षा करना राजपूतों का धर्म है। हमारे पूर्व-पुरुष सदा इस नियम पर—धर्म पर प्राण देने को उद्यत रहते थे। अपने माने हुए धर्म को तोड़ना एक स्वतंत्र जाति के लिए लज्जास्पद है। अँग्रेज हमारे मित्र हैं और अत्यन्त हर्ष का विषय है कि बुद्धिशाली मित्र हैं। महारानी चंद्रकुँवरि को अपनी दृष्टि में रखने से उनका उद्देश्य केवल यह था कि उपद्रवी लोगों के गिरोह का कोई केन्द्र शेष न रहे। यदि उनका यह उद्देश्य भंग न हो, तो हमारी ओर से शंका होने का न उन्हें कोई अवसर है और न हमें उनसे लज्जित होने की कोई आवश्यकता।

कड़बड़ खत्री—महारानी चंद्रकुँवरि यहाँ किस प्रयोजन से आयी हैं ?

राणा जंगबहादुर—केवल एक शांति-प्रिय सुख-स्थान की खोज में, जहाँ उन्हें अपनी दुरवस्था की चिन्ता से मुक्त होने का अवसर मिले। वह ऐश्वर्यशाली रानी जो रंगमहलों में सुख-विलास करती थी, जिसे फूलों की सेज पर भी चैन न मिलता था, आज सैकड़ों कोस से अनेक प्रकार के कष्ट सहन करती, नदी-नाले, पहाड़-जंगल छानती यहाँ केवल एक रक्षित स्थान की खोज में आयी हैं। उमड़ी हुई नदियों और उबलते हुए नाले, बरसात के दिन। इन दुखों को आप लोग जानते हैं और यह सब उसी एक रक्षित स्थान के लिए, उसी एक भूमि के टुकड़े की आशा में। किन्तु हम ऐसे स्थानहीन हैं कि उनकी यह अभिलाषा भी पूरी नहीं कर सकते। उचित तो यह था कि उतनी-सी भूमि के बदले हम अपना हृदय फैला देते। सोचिए, कितने अभिमान की बात है कि एक आपदा में फँसी हुई रानी अपने दुःख के दिनों में जिस देश को याद करती हैं, यह वही पवित्र देश है। महारानी चंद्रकुँवरि को हमारे इस अभयप्रद स्थान पर—हमारी शरणागतों की रक्षा पर पूरा भरोसा था और वही विश्वास उन्हें यहाँ तक लाया है। इसी आशा पर कि पशुपतिनाथ की शरण में मुझे शांति मिलेगी, वह यहाँ तक आयी हैं। आपको अधिकार है, चाहे उनकी आशा पूर्ण करें या धूल में मिला दें। चाहे रक्षणता के—शरणागतों के साथ सदाचरण के—नियमों को निभा कर इतिहास के पृष्ठों पर अपना नाम छोड़ जायँ, या जातीयता तथा सदाचार-सम्बन्धी नियमों को मिटा कर स्वयं अपने को पतित समझें। मुझे विश्वास नहीं है कि यहाँ एक भी मनुष्य ऐसा निरभिमान है कि जो इस अवसर पर शरणागत-पालन-धर्म को विस्तृत करके अपना सिर ऊँचा कर सके। अब मैं आपके अंतिम निपटारे की प्रतीक्षा करता हूँ। कहिए, आप

अपनी जाति और देश का नाम उज्ज्वल करेंगे या सर्वदा के लिए अपने माथे पर अपयश का टीका लगायेंगे ?

राजकुमार ने उमंग से कहा–हम महारानी के चरणों तले आँखें बिछायेंगे।

कप्तान विक्रमसिंह बोले–हम राजपूत हैं और अपने धर्म का निर्वाह करेंगे।

जनरल वनवीरसिंह–हम उनको ऐसी धूम से लायेंगे कि संसार चकित हो जायेगा।

राणा जंगबहादुर ने कहा–मैं अपने मित्र कड़बड़ खत्री के मुख से उसका फैसला सुनना चाहता हूँ।

कड़बड़ खत्री एक प्रभावशाली पुरुष थे और मंत्रिमंडल में वे राणा जंगबहादुर के विरुद्ध मंडली के प्रधान थे। वे लज्जा भरे शब्दों में बोले–यद्यपि मैं महारानी के आगमन को भयरहित नहीं समझता, किन्तु इस अवसर पर हमारा धर्म यही है कि हम महारानी को आश्रय दें। धर्म से मुँह मोड़ना किसी जाति के लिए मान का कारण नहीं हो सकता।

कई ध्वनियों ने उमंग-भरे शब्दों में इस प्रसंग का समर्थन किया।

महाराजा सुरेंद्रविक्रमसिंह–इस निपटारे पर बधाई देता हूँ। तुमने जाति का नाम रख लिया। पशुपति इस उत्तम कार्य में तुम्हारी सहायता करें।

सभा विसर्जित हुई। दुर्ग से तोपें छूटने लगीं। नगर भर में खबर गूँज उठी कि पंजाब की रानी चन्द्रकुँवरि का शुभागमन हुआ है। जनरल रणवीरसिंह और जनरल रणधीरसिंह बहादुर 50,000 सेना के साथ महारानी की अगवानी के लिए चले।

अतिथि-भवन की सजावट होने लगी। बाजार अनेक भाँति की उत्तम सामग्रियों से सज गये।

ऐश्वर्य की प्रतिष्ठा व सम्मान सब कहीं होता है, किंतु किसी ने भिखारिनी का ऐसा सम्मान देखा है ? सेनाएँ बैंड बजाती और पताका फहराती हुई एक उमड़ी नदी की भाँति जाती थीं। सारे नगर में आनन्द ही आनन्द था। दोनों ओर सुंदर वस्त्राभूषणों से सजे दर्शकों का समूह खड़ा था। सेना के कमांडर आगे-आगे घोड़ों पर सवार थे। सबके आगे राणा जंगबहादुर जातीय अभिमान के मद में लीन, अपने सुवर्णखचित हौदे में बैठे हुए थे। यह उदारता का एक पवित्र दृश्य था। धर्मशाला के द्वार पर यह जुलूस रुका। राणा हाथी से उतरे।

महारानी चंद्रकुँवरि कोठरी से बाहर निकल आयीं। राणा ने झुक कर वन्दना की। रानी उनकी ओर आश्चर्य से देखने लगीं। यह वही उनका मित्र बूढ़ा सिपाही था।

आँखें भर आयीं। मुस्करायीं। खिले हुए फूल पर से ओस की बूँदें टपकीं। रानी बोलीं—मेरे बूढ़े ठाकुर, मेरी नाव पार लगानेवाले, किस भाँति तुम्हारा गुण गाऊँ ?

राणा ने सिर झुका कर कहा—आपके चरणारविंद से हमारे भाग्य उदय हो गये।

5

नेपाल की राजसभा ने पच्चीस हजार रुपये से महारानी के लिए एक उत्तम भवन बनवा दिया और उनके लिए दस हजार रुपया मासिक नियत कर दिया।

वह भवन आज तक वर्तमान है और नेपाल की शरणागतप्रियता तथा प्रणपालन-तत्परता का स्मारक है। पंजाब की रानी को लोग आज तक याद करते हैं।

यह वह सीढ़ी है जिससे जातियाँ, यश के सुनहले शिखर पर पहुँचती हैं।

ये ही घटनाएँ हैं, जिनसे जातीय इतिहास प्रकाश और महत्त्व को प्राप्त होता है।

पोलिटिकल रेजीडेंट ने गवर्नमेंट को रिपोर्ट की। इस बात की शंका थी कि गवर्नमेंट ऑफ इंडिया और नेपाल के बीच कुछ खिंचाव हो जाय; किंतु गवर्नमेंट को राणा जंगबहादुर पर पूर्ण विश्वास था। और जब नेपाल की राजसभा ने विश्वास और संतोष दिलाया कि महारानी चंद्रकुँवरि को किसी शत्रु भाव का अवसर न दिया जायेगा, तो भारत सरकार को संतोष हो गया। इस घटना को भारतीय इतिहास की अँधेरी रात में 'जुगुनू की चमक' कहना चाहिए।

राज्य-भक्त

संध्या का समय था। लखनऊ के बादशाह नासिरुद्दीन अपने मुसाहबों और दरबारियों के साथ बाग की सैर कर रहे थे। उनके सिर पर रत्नजटित मुकुट की जगह अँग्रेजी टोपी थी। वस्त्र भी अँग्रेजी ही थे। मुसाहबों में पाँच अँग्रेज थे। उनमें से एक के कन्धे पर सिर रख कर बादशाह चल रहे थे। तीन-चार हिंदुस्तानी भी थे। उनमें से एक राजा बख्तावरसिंह थे। वह बादशाही सेना के अध्यक्ष थे। उन्हें सब लोग 'जेनरल' कहा करते थे। वह अधेड़ आदमी थे। शरीर खूब गठा हुआ था। लखनवी पहनावा उन पर बहुत सजता था। मुख से विचारशीलता झलक रही थी। दूसरे महाशय का नाम रोशनुद्दौला था। यह राज्य के प्रधानमंत्री थे। बड़ी-बड़ी मूँछें और नाटा डील था, जिसे ऊँचा करने के लिए वह तन कर चलते थे। नेत्रों से गर्व टपक रहा था। शेष लोगों में एक कोतवाल था और दो बादशाह के रक्षक। यद्यपि अभी 19वीं शताब्दी का आरंभ ही था, पर बादशाह ने अँग्रेजी रहन-सहन अख्तियार कर ली थी। भोजन भी प्रायः अँग्रेजी ही करते थे। अँग्रेजों पर उनका असीम विश्वास था। वह सदैव उनका पक्ष लिया करते थे। मजाल न थी कि कोई बड़े-से-बड़ा राजा या राजकर्मचारी किसी अँग्रेज से बराबरी करने का साहस कर सके।

अगर किसी में यह हिम्मत थी, तो वह राजा बख्तावरसिंह थे। उनसे कंपनी का बढ़ता हुआ अधिकार न देखा जाता था; कंपनी की उस सेना की संख्या जो उसने अवध के राज्य की रक्षा के लिए लखनऊ में नियुक्त की थी, दिन-दिन बढ़ती जाती थी। उसी परिणाम से सेना का व्यय भी बढ़ रहा था। राजदरबार उसे चुका न सकने के कारण कंपनी का ऋणी होता जाता था। बादशाही सेना की दशा हीन से हीनतर होती जाती थी। उसमें न संगठन था, न बल। बरसों तक सिपाहियों का वेतन न मिलता था। शस्त्र सभी पुराने थे। वर्दी फटी हुई। कवायद का नाम नहीं। कोई उनका पूछनेवाला न था।

अगर राजा बख्तावरसिंह वेतन-वृद्धि या नये शस्त्रों के सम्बन्ध में कोई प्रयत्न करते तो कम्पनी का रेजीडेंट उसका घोर विरोध और राज्य पर विद्रोहात्मक शक्ति-संचार का दोषारोपण करता था। उधर से डाँट पड़ती तो बादशाह अपना गुस्सा राजा साहब पर उतारते। बादशाह के सभी अँग्रेज मुसाहब राजासाहब से शंकित रहते और उनकी जड़ खोदने का प्रयास किया करते थे। पर वह राज्य का सेवक एक ओर अवहेलना और दूसरी ओर से घोर विरोध सहते हुए भी अपने कर्त्तव्य का पालन करता जाता था। मजा यह कि सेना भी उनसे संतुष्ट न थी। सेना में अधिकांश लखनऊ के शोहदे और गुंडे भरे हुए थे। राजासाहब जब उन्हें हटा कर अच्छे-अच्छे जवानों की भरती करने की चेष्टा करते, तो सारी सेना में हाहाकार मच जाता। लोगों को शंका होती कि यह राजपूतों की सेना बना कर कहीं राज्य ही पर तो हाथ नहीं बढ़ाना चाहते ? इसलिए मुसलमान भी उनसे बदगुमान रहते थे। राजा साहब के मन में बार-बार प्रेरणा होती कि इस पद को त्याग कर चले जायँ; पर यह भय उन्हें रोकता था कि मेरे हटते ही अँग्रेजों की बन आयेगी और बादशाह उनके हाथों में कठपुतली बन जायेंगे, रही-सही सेना के साथ अवध-राज्य का अस्तित्व भी मिट जायेगा। अतएव इतनी कठिनाइयों के होते हुए भी, चारों ओर से वैर-विरोध से घिरे होने पर भी, वह अपने पद से हटने का निश्चय न कर सकते थे। सबसे कठिन समस्या यह थी कि रोशनुद्दौला भी राजा साहब से खार खाता था। उसे सदैव शंका रहती कि यह मराठों से मैत्री करके अवध-राज्य को मिटाना चाहते हैं। इसलिए वह राजा साहब के प्रत्येक कार्य में बाधा डालता रहता था। उसे अब भी आशा थी कि अवध का मुसलमानी राज्य अगर जीवित रह सकता है, तो अँग्रेजों के संरक्षण में, अन्यथा वह अवश्य हिंदुओं की बढ़ती हुई शक्ति का ग्रास बन जायगा।

वास्तव में बख्तावरसिंह की दशा अत्यंत करुण थी। वह अपनी चतुराई से जिह्वा की भाँति दाँतों के बीच में पड़े हुए अपना काम किये जाते थे। यों तो वह स्वभाव के अक्खड़ थे, अपना काम निकालने के लिए मधुरता और मृदुलता, शील और विनय का आवाहन करते रहते थे। इससे उनके व्यवहार में कृत्रिमता आ जाती थी और वह शत्रुओं को उनकी ओर से और भी सशंक बना देती थी।

बादशाह ने एक अँग्रेज मुसाहब से पूछा—तुमको मालूम है, मैं तुम्हारी

कितनी खातिर करता हूँ ? मेरी सल्तनत में किसी की मजाल नहीं कि वह किसी अँग्रेज को कड़ी निगाहों से देख सके।

अँग्रेज मुसाहब ने सिर झुका कर कहा—हम हुजूर की इस मिहरबानी को कभी नहीं भूल सकते।

बा.—इमामहुसैन की कसम, अगर यहाँ कोई आदमी तुम्हें तकलीफ दे, तो मैं उसे फौरन जिंदा दीवार में चुनवा दूँ।

बादशाह की आदत थी कि वह बहुधा अपनी अँग्रेजी टोपी हाथ में ले कर उसे उँगली पर नचाने लगते थे। रोज-रोज नचाते-नचाते टोपी में उँगली का घर हो गया था। इस समय जो उन्होंने टोपी उठा कर उँगली पर रखी तो टोपी में छेद हो गया। बादशाह का ध्यान अँग्रेजों की तरफ था। बख्तावरसिंह बादशाह के मुँह से ऐसी बात सुन कर कबाब हुए जाते थे। उक्त कथन में कितनी खुशामद, कितनी नीचता और अवध की प्रजा तथा राजों का कितना अपमान था ! और लोग तो टोपी का छिद्र देख कर हँसने लगे, पर राजा बख्तावरसिंह के मुँह से अनायास निकल गया—हुजूर, ताज में सुराख हो गया।

राजा साहब के शत्रुओं ने तुरंत कानों पर उँगलियाँ रख लीं। बादशाह को भी ऐसा मालूम हुआ कि राजा ने मुझ पर व्यंग्य किया। उनके तेवर बदल गये। अँग्रेजों और अन्य सभासदों ने इस प्रकार कानाफूसी शुरू की, जैसे कोई महान् अनर्थ हो गया। राजा साहब के मुँह से अनर्गल शब्द अवश्य निकले। इसमें कोई संदेह नहीं था। संभव है, उन्होंने जान-बूझ कर व्यंग्य न किया हो, उनके दुःखी हृदय ने साधारण चेतावनी को यह तीव्र रूप दे दिया; पर बात बिगड़ जरूर गयी थी। अब उनके शत्रु उन्हें कुचलने के ऐसे सुन्दर अवसर को हाथ से क्यों जाने देते ?

राजा साहब ने सभा का यह रंग देखा, तो खून सर्द हो गया। समझ गये, आज शत्रुओं के पंजे में फँस गया और ऐसा बुरा फँसा कि भगवान् ही निकालें, तो निकल सकता हूँ।

बादशाह ने कोतवाल से लाल आँखें करके कहा—इस नमकहराम को कैद कर लो और इसी वक्त इसका सिर उड़ा दो। इसे मालूम हो जाय कि बादशाहों से बेअदबी करने का क्या नतीजा होता है।

कोतवाल को सहसा 'जेनरल' पर हाथ बढ़ाने की हिम्मत न पड़ी। रोशनुद्दौला ने उससे इशारे से कहा—खड़े सोचते क्या हो, पकड़ लो, नहीं तो

तुम भी इसी आग में जल जाओगे।

तब कोतवाल ने आगे बढ़ कर बख्तावरसिंह को गिरफ्तार कर लिया। एक क्षण में उनकी मुश्कें कस दी गयीं। लोग उन्हें चारों ओर से घेर कर कत्ल करने ले चले।

बादशाह ने मुसाहबों से कहा—मैं भी वहीं चलता हूँ। जरा देखूँगा कि नमकहरामों की लाश क्योंकर तड़पती है।

कितनी घोर पशुता थी ! यही प्राण जरा देर पहले बादशाह का विश्वासपात्र था !

एकाएक बादशाह ने कहा—पहले इस नमकहराम की खिलअत उतार लो। मैं नहीं चाहता कि मेरी खिलअत की बेइज्जती हो।

किसकी मजाल थी, जो जरा भी जबान हिला सके। सिपाहियों ने राजा साहब के वस्त्र उतारने शुरू किये। दुर्भाग्यवश उनके एक जेब से पिस्तौल निकल आयी। उसकी दोनों नालियाँ भरी हुई थीं। पिस्तौल देखते ही बादशाह की आँखों से चिनगारियाँ निकलने लगीं। बोले—कसम है हजरत इमामहुसैन की, अब इसकी जाँबख्शी नहीं करूँगा। मेरे साथ भरी हुई पिस्तौल की क्या जरूरत ! जरूर इसकी नीयत में फितूर था। अब मैं इसे कुत्तों से नुचवाऊँगा। (मुसाहबों की तरफ देख कर) देखा तुम लोगों ने इसकी नीयत ! मैं अपनी आस्तीन में साँप पाले हुए था। आप लोगों के खयाल में इसके पास भरी हुई पिस्तौल का निकलना क्या माने रखता है ?

अँग्रेजों को केवल राजा साहब को नीचा दिखाना मंजूर था। वे उन्हें अपना मित्र बना कर जितना काम निकाल सकते थे उतना उनके मारे जाने से नहीं। इसी से एक अँग्रेज मुसाहब ने कहा—मुझे तो इसमें कोई गैरमुनासिब बात नहीं मालूम होती। जेनरल आपका बाडीगार्ड (रक्षक) है। उसे हमेशा हथियारबन्द रहना चाहिए। खासकर जब आपकी खिदमत में हो। नहीं मालूम, किस वक्त इसकी जरूरत आ पड़े।

दूसरे अंग्रेज मुसाहबों ने भी इस विचार की पुष्टि की। बादशाह के क्रोध की ज्वाला कुछ शांत हुई। अगर ये ही बातें किसी हिंदुस्तानी मुसाहब की जबान से निकली होतीं, तो उसकी जान की खैरियत न थी। कदाचित् अँग्रेजों को अपनी न्यायपरकता का नमूना दिखाने ही के लिए उन्होंने यह प्रश्न किया था। बोले—कसम हजरत इमाम की, तुम सबके सब शेर के मुँह से उसका

शिकार छीनना चाहते हो ! पर मैं एक न मानूँगा, बुलाओ कप्तान साहब को। मैं उनसे यही सवाल करता हूँ। अगर उन्होंने भी तुम लोगों के खयाल की ताईद की, तो इसकी जान न लूँगा। और अगर उनकी राय इसके खिलाफ हुई, तो इस मक्कार को इसी वक्त जहन्नुम भेज दूँगा। मगर खबरदार, कोई उनकी तरफ किसी तरह का इशारा न करे। वरना मैं जरा भी रू-रिआयत न करूँगा। सबके सब सिर झुकाये बैठे रहें।

कप्तान साहब थे तो राजा साहब के आउरदे, पर इन दिनों बादशाहों की उन पर विशेष कृपा थी। वह उन सच्चे राजभक्तों में थे, जो अपने को राजा का नहीं, राज्य का सेवक समझते हैं। वह दरबार से अलग रहते थे। बादशाह उनके कामों से बहुत संतुष्ट थे। एक आदमी तुरन्त कप्तान साहब को बुला लाया। राजा साहब की जान उनकी मुट्ठी में थी। रोशनुद्दौला को छोड़ कर ऐसा शायद एक व्यक्ति भी न था, जिसका हृदय आशा और निराशा से न धड़क रहा हो। सब मन में भगवान् से यही प्रार्थना कर रहे थे कि कप्तान साहब किसी तरह से इस समस्या को समझ जायँ। कप्तान साहब आये, और उड़ती हुई दृष्टि से सभा की ओर देखा। सभी की आँखें नीचे झुकी हुई थीं। वह कुछ अनिश्चित भाव से सिर झुका कर खड़े हो गये।

बादशाह ने पूछा—मेरे मुसाहबों को अपनी जेब में भरी हुई पिस्तौल रखना मुनासिब है या नहीं ?

दरबारियों की नीरवता, उनके आशंकित चेहरे और उनकी चिंतायुक्त अधीरता देख कर कप्तान साहब को वर्तमान समस्या की कुछ टोह मिल गयी। वह निर्भीक भाव से बोले—हुजूर, मेरे खयाल में तो यह उनका फर्ज है। बादशाह के दोस्त-दुश्मन सभी होते हैं। अगर मुसाहब लोग उनकी रक्षा का भार न लेंगे, तो कौन लेगा ? उन्हें सिर्फ पिस्तौल ही नहीं, और भी छिपे हुए हथियारों से लैस रहना चाहिए। न जाने कब हथियारों की जरूरत आ पड़े, तो वह ऐन वक्त पर कहाँ दौड़ते फिरेंगे ?

राजा साहब के जीवन के दिन बाकी थे। बादशाह ने निराश होकर कहा—रोशन, इसे कत्ल मत करना, काल कोठरी में कैद कर दो। मुझसे पूछे बगैर इसे दाना-पानी कुछ न दिया जाय। जा कर इसके घर का सारा माल-असबाब जब्त कर लो और सारे खानदान को जेल में बंद कर दो। इसके मकान की दीवारें जमींदोज करा देना। घर में एक फूटी हाँड़ी भी न रहने पाये।

इससे तो यही कहीं अच्छा था कि राजा साहब ही की जान जाती। खानदान की बेइज्जती तो न होती, महिलाओं का अपमान तो न होता, दरिद्रता की चोटें तो न सहनी पड़तीं ! विकार को निकलने का मार्ग नहीं मिलता, तो वह सारे शरीर में फैल जाता है। राजा के प्राण तो बचे, पर सारे खानदान को विपत्ति में डाल कर !

रोशनुद्दौला को मुँहमाँगी मुराद मिली। उसकी ईर्ष्या कभी इतनी संतुष्ट न हुई थी। वह मगन था कि आज वह काँटा निकल गया, जो बरसों से हृदय में चुभा हुआ था। आज हिन्दू-राज्य का अंत हुआ। अब मेरा सिक्का चलेगा। अब मैं समस्त राज्य का विधाता हूँगा। संध्या से पहले ही राजा साहब की सारी स्थावर और जंगम संपत्ति कुर्क हो गयी। वृद्ध माता-पिता, सुकोमल रमणियाँ, छोटे-छोटे बालक, सबके सब जेल में कैद कर दिये गये। कितनी करुण दशा थी। वे महिलाएँ, जिन पर कभी देवताओं की भी निगाह न पड़ी थी, खुले मुँह, नंगे पैर, पाँव घसीटती, शहर की भरी हुई सड़कों और गलियों से होती हुई, सिर झुकाये, शोक-चित्रों की भाँति, जेल की तरफ चली जाती थीं। सशस्त्र सिपाहियों का एक बड़ा दल साथ था। जिस पुरुष के एक इशारे पर कई घंटे पहले सारे शहर में हलचल मच जाती, उसी के खानदान की यह दुर्दशा !

2

राजा बख्तावरसिंह को बंदी-गृह में रहते हुए एक मास बीत गया। वहाँ उन्हें सभी प्रकार के कष्ट दिये जाते थे। यहाँ तक कि भोजन भी यथासमय न मिलता था। उनके परिवार को भी असह्य यातनाएँ दी जाती थीं। लेकिन राजा साहब को बंदी-गृह में एक प्रकार की शांति का अनुभव होता था। वहाँ प्रति-क्षण यह खटका तो न रहता था कि बादशाह मेरी किसी बात से नाराज न हो जायँ; मुसाहब लोग कहीं मेरी शिकायत तो नहीं कर रहे हैं। शारीरिक कष्टों का सहना उतना कठिन नहीं, जितना कि मानसिक कष्टों का। यहाँ सब तकलीफें थीं, पर सिर पर तलवार तो नहीं लटक रही थी। उन्होंने मन में निश्चय किया कि अब चाहे बादशाह मुझे मुक्त भी कर दें, मगर मैं राज-काज से अलग ही रहूँगा। इस राज्य का सूर्य अस्त होनेवाला है; कोई मानवी शक्ति उसे

विनाश-दिशा में लीन होने से नहीं रोक सकती। ये उसी पतन के लक्षण हैं। नहीं तो क्या मेरी राज-भक्ति का यही पुरस्कार मिलना चाहिए था ? मैंने अब तक कितनी कठिनाइयों से राज्य की रक्षा की है, यह भगवान् ही जानते हैं। एक ओर तो बादशाह की निरंकुशता, दूसरी ओर बलवान् और युक्ति- संपन्न शत्रुओं की कूटनीति—इस शिला और भँवर के बीच में राज्य की नौका को चलाते रहना कितना कष्टसाध्य था ! शायद ही ऐसा कोई दिन गुजरा होगा, जिस दिन मेरा चित्त प्राण-शंका से आंदोलित न हुआ हो। इस सेवा, भक्ति और तल्लीनता का यह पुरस्कार है ! मेरे मुख से व्यंग्य-शब्द अवश्य निकले, लेकिन उनके लिए इतना कठोर दंड ? इससे तो यह कहीं अच्छा था कि मैं कत्ल कर दिया गया होता, अपनी आँखों से अपने परिवार की यह दुर्गति तो न देखता ? सुनता हूँ पिता जी को सोने के लिए चटाई नहीं दी गयी है ! न जाने स्त्रियों पर कैसे-कैसे अत्याचार हो रहे होंगे। लेकिन इतना जानता हूँ कि प्यारी सुखदा अंत तक अपने सतीत्व की रक्षा करेगी; अन्यथा प्राण त्याग देगी। मुझे बेड़ियों की परवाह नहीं। पर सुनता हूँ लड़कों के पैरों में भी बेड़ियाँ डाली गयी हैं। यह सब इसी कुटिल रोशनुद्दौला की शरारत है। जिसका जी चाहे, इस समय सता ले, कुचल ले, मुझे किसी से कोई शिकायत नहीं। भगवान् से यही प्रार्थना है कि अब संसार से उठा ले। मुझे अपने जीवन में जो कुछ करना था, कर चुका, और उसका खूब फल पा चुका। मेरे-जैसे आदमी के लिए संसार में स्थान नहीं है।

राजा इन्हीं विचारों में डूबे थे। सहसा उन्हें अपनी काल कोठरी की ओर किसी के आने की आहट मिली। रात बहुत जा चुकी थी। चारों ओर सन्नाटा छाया था, और उस अंधकारमय सन्नाटे में किसी के पैरों की चाप स्पष्ट सुनायी देती थी। कोई बहुत पाँव दबा-दबा कर चला आ रहा था। राजा साहब का कलेजा धक्-धक् करने लगा। वह उठ कर खड़े हो गये। हम निःशस्त्र और प्रतिकार के लिए असमर्थ होने पर भी बैठे-बैठे वारों का निशाना नहीं बनना चाहते। खड़े हो जाना आत्मरक्षा का अंतिम प्रयत्न है। कोठरी में ऐसी कोई वस्तु न थी, जिससे वह अपनी रक्षा कर सकते। समझ गये अंतिम समय आ गया। शत्रुओं ने इस तरह मेरे प्राण लेने की ठानी है। अच्छा है, जीवन के साथ इस विपत्ति का भी अंत हो जायेगा।

एक क्षण में उनके सम्मुख एक आदमी आ कर खड़ा हो गया। राजा

साहब ने पूछा—कौन है ?

उत्तर मिला—मैं हूँ, आपका सेवक।

राजा—ओ हो, तुम हो कप्तान ! मैं शंका में पड़ा हुआ था कि कहीं शत्रुओं ने मेरा वध करने के लिए कोई दूत न भेजा हो !

कप्तान—शत्रुओं ने कुछ और ही ठानी है। आज बादशाह-सलामत की जान बचती नहीं नजर आती।

राजा—अरे ! यह क्योंकर !

कप्तान—जब से आपको यहाँ नजरबंद किया गया है, सारे राज्य में हाहाकार मचा हुआ है। स्वार्थी कर्मचारियों ने लूट मचा रखी है। अँग्रेजों की खुदाई फिर रही है। जो जी में आता है, करते हैं; किसी की मजाल नहीं कि चूँ कर सके। इस एक महीने में शहर के सैकड़ों बड़े-बड़े रईस मिट गये। रोशनुद्दौला की बादशाही है। बाजारों का भाव चढ़ता जाता है। बाहर से व्यापारी लोग डर के मारे कोई चीज ही नहीं लाते। दूकानदारों से मनमानी रकमें महसूल के नाम पर वसूल की जा रही हैं। गल्ले का भाव इतना चढ़ गया है कि कितने ही घरों में चूल्हा जलने की नौबत नहीं आती। सिपाहियों को अभी तक तनख्वाह नहीं मिली। वे जा कर दूकानदारों को लूटते हैं। सारे राज्य में बदअमनी हो रही है। मैंने कई बार यह कैफियत बादशाह-सलामत के कानों तक पहुँचाने की कोशिश की; मगर वह यह तो कह देते हैं कि मैं इसकी तहकीकात करूँगा, और फिर बेखबर हो जाते हैं। आज शहर के बहुत-से दूकानदार फरियाद ले कर आये थे कि हमारे हाल पर निगाह न की गयी, तो हम शहर छोड़ कर कहीं और चले जायेंगे। क्रिस्तानों ने उनको सख्त कहा, धमकाया, लेकिन उन्होंने जब तक अपनी सारी मुसीबत न बयान कर ली, वहाँ से न हटे। आखिर बादशाह-सलामत ने उनको दिलासा दिया, तो चले गये।

राजा—बादशाह पर इतना असर हुआ, मुझे तो यही ताज्जुब है !

कप्तान—असर-वसर कुछ नहीं हुआ। यह भी उनकी एक दिल्लगी है। शाम को खास मुसाहबों को बुला कर हुक्म दिया है कि आज मैं भेष बदल कर शहर का गश्त करूँगा; तुम लोग भी भेष बदले हुए मेरे साथ रहना। मैं देखना चाहता हूँ कि रिआया क्यों इतनी घबरायी हुई है। सब लोग मुझसे दूर रहें; किसी को न मालूम हो कि मैं कौन हूँ। रोशनुद्दौला और पाँचों अँग्रेज मुसाहिब साथ रहेंगे।

राजा–तुम्हें क्योंकर यह बात मालूम हो गयी ?

कप्तान–मैंने उसी अँग्रेज हज्जाम को मिला रखा है। दरबार में जो कुछ होता है, उसका पता मुझे मिल जाता है। उसी की सिफारिश से आपकी खिदमत में हाजिर होने का मौका मिला। (घड़ियाल में 10 बजते हैं) ग्यारह बजे चलने की तैयारी है। बारह बजते-बजते लखनऊ का तख्त खाली हो जायेगा।

राजा (घबरा कर)–क्या इन सबों ने उन्हें कत्ल करने की साजिश कर रखी है ?

कप्तान–जी नहीं; कत्ल करने से उनका मंशा पूरा न होगा। बादशाह को बाजार की सैर कराते हुए गोमती की तरफ ले जायेंगे। वहाँ अँग्रेज सिपाहियों का एक दस्ता तैयार रहेगा। वह बादशाह को फौरन एक गाड़ी में बिठा कर रेजिडेंसी में ले जायेगा। वहाँ रेजिडेंट साहब बादशाह-सलामत को सल्तनत से इस्तीफा देने पर मजबूर करेंगे। उसी वक्त उनसे इस्तीफा लिखा लिया जायेगा और इसके बाद रातों-रात उन्हें कलकत्ते भेज दिया जायेगा।

राजा–बड़ा गजब हो गया। अब तो वक्त बहुत कम है, बादशाह-सलामत निकल पड़े होंगे ?

कप्तान–गजब क्या हो गया ? इनकी जात से किसे आराम था। दूसरी हुकूमत चाहे कितनी ही खराब हो, इससे अच्छी ही होगी।

राजा–अँग्रेजों की हुकूमत होगी ?

कप्तान–अँग्रेज इनसे कहीं बेहतर इंतजाम करेंगे।

राजा–(करुण स्वर से)–कप्तान ! ईश्वर के लिए ऐसी बातें न करो। तुमने मुझसे जरा देर पहले क्यों न यह कैफियत बयान की ?

कप्तान (आश्चर्य से)–आपके साथ तो बादशाह ने कोई अच्छा सलूक नहीं किया !

राजा–मेरे साथ कितना ही बुरा सलूक किया हो, लेकिन एक राज्य की कीमत एक आदमी या एक खानदान की जान से कहीं ज्यादा होती है। तुम मेरे पैरों की बेड़ियाँ खुलवा सकते हो ?

कप्तान–सारे अवध-राज्य में एक भी ऐसा आदमी न निकलेगा, जो बादशाह को सच्चे दिल से दुआ देता हो। दुनिया उनके जुल्म से तंग आ गयी है।

राजा–मैं अपनों के जुल्म को गैरों की बंदगी से कहीं बेहतर खयाल

करता हूँ। बादशाह की यह हालत गैरों ही के भरोसे पर हुई है। वह इसीलिए किसी की परवाह नहीं करते कि अँग्रेजों की मदद का यकीन है। मैं इन फिरंगियों की चालों को गौर से देखता आया हूँ। बादशाह के मिजाज को उन्होंने बिगाड़ा है। उनका मंशा यही था, जो हुआ। रिआया के दिल से बादशाह की इज्जत और मुहब्बत उठ गयी। आज सारा मुल्क बगावत करने पर आमादा है। ये लोग इसी मौके का इंतजार कर रहे थे। वह जानते हैं कि बादशाह की माजूली (गद्दी से हटाये जाने) पर एक आदमी भी आँसू न बहावेगा। लेकिन मैं जताये देता हूँ कि अगर इस वक्त तुमने बादशाह को दुश्मनों के हाथों से न बचाया, तो तुम हमेशा के लिए अपने ही वतन में गुलामी की जंजीरों में बँध जाओगे। किसी गैर कौम के चाकर बन कर अगर तुम्हें आफियत (शांति) भी मिली, तो वह आफियत न होगी, मौत होगी। गैरों के बेरहम पैरों के नीचे पड़ कर तुम हाथ भी न हिला सकोगे, और यह उम्मीद कि कभी हमारे मुल्क में आईनी सल्तनत (वैध शासन) कायम होगी, हसरत का दाग बन कर रह जायेगी। नहीं, मुझमें अभी मुल्क की मुहब्बत बाकी है। मैं अभी इतना बेजान नहीं हुआ हूँ। मैं इतनी आसानी से सल्तनत को हाथ से न जाने दूँगा, अपने को इतने सस्ते दामों गैर के हाथों न बेचूँगा, मुल्क की इज्जत को न मिटने दूँगा, चाहे इस कोशिश में मेरी जान ही क्यों न जाय। कुछ और नहीं कर सकता, तो अपनी जान तो दे ही सकता हूँ। मेरी बेड़ियाँ खोल दो।

कप्तान–मैं आपका खादिम हूँ, मगर मुझे यह मजाज नहीं है।

राजा–(जोश में आ कर) जालिम, यह इन बातों का वक्त नहीं है। एक-एक पल हमें तबाही की तरफ लिये जा रहा है। खोल दे ये बेड़ियाँ। जिस घर में आग लगी है, उसके आदमी खुदा को नहीं याद करते, कुएँ की तरफ दौड़ते हैं।

कप्तान–आप मेरे मुहसिन हैं। आपके हुक्म से मुँह नहीं मोड़ सकता। लेकिन–

राजा–जल्दी करो, जल्दी करो। अपनी तलवार मुझे दे दो। अब इन तकल्लुफ की बातों का मौका नहीं है।

कप्तान साहब निरुत्तर हो गये। सजीव उत्साह में बड़ी संक्रामक शक्ति होती है। यद्यपि राजा साहब के नीतिपूर्ण वार्तालाप ने उन्हें माकूल नहीं किया, तथापि वह अनिवार्य रूप से उनकी बेड़ियाँ खोलने पर तत्पर हो गये। उसी

वक्त जेल के दारोगा को बुला कर कहा–साहब ने हुक्म दिया है कि राजा साहब को फौरन आजाद कर दिया जाय। इसमें एक पल की भी ताखीर (विलंब) हुई, तो तुम्हारे हक में अच्छा न होगा।

दारोगा को मालूम था कि कप्तान साहब और मि...में गाढ़ी मैत्री है। अगर साहब नाराज हो जायेंगे, तो रोशनुद्दौला की कोई सिफारिश मेरी रक्षा न कर सकेगी। उसने राजा साहब की बेड़ियाँ खोल दीं।

राजा साहब जब तलवार हाथ में ले कर जेल से निकले, तो उनका हृदय राज्य-भक्ति की तरंगों से आंदोलित हो रहा था। उसी वक्त घड़ियाल ने 11 बजाये।

3

आधी रात का समय था। मगर लखनऊ की तंग गलियों में खूब चहल-पहल थी। ऐसा मालूम होता था कि अभी 9 बजे होंगे। सराफे में सबसे ज्यादा रौनक थी। मगर आश्चर्य यह था कि किसी दूकान पर जवाहरात या गहने नहीं दिखायी देते थे। केवल आदमियों के आने-जाने की भीड़ थी। जिसे देखो, पाँचों शस्त्रों से सुसज्जित, मूँछें खड़ी किये, ऐंठता हुआ चला जाता था। बाजार के मामूली दूकानदार भी निःशस्त्र न थे।

सहसा एक आदमी भारी साफा बाँधे, पैर की घुटनियों तक नीची कबा पहने, कमर में पटका बाँधे, आ कर एक सराफ की दूकान पर खड़ा हो गया। जान पड़ता था कोई ईरानी सौदागर है। उन दिनों ईरान के व्यापारी लखनऊ में बहुत आते-जाते थे। इस समय ऐसे आदमी का आ जाना असाधारण बात न थी।

सराफ का नाम माधोदास था। बोला–कहिए मीर साहब, कुछ दिखाऊँ ?

सौदागर–सोने का क्या निर्ख है ?

माधो–(सौदागर के कान के पास मुँह ले जाकर) निर्ख की कुछ न पूछिए। आज करीब एक महीना से बाजार का निर्ख बिगड़ा हुआ है। माल बाजार में आता ही नहीं। लोग दबाये हुए हैं। बाजार में खौफ के मारे नहीं लाते। अगर आपको ज्यादा माल की दरकार हो तो मेरे साथ गरीबखाने तक तकलीफ कीजिए। जैसा माल चाहिए, लीजिए। निर्ख मुनासिब ही होगा। इसका इतमीनान

रखिए।

सौदागर—आजकल बाजार का निर्ख क्यों बिगड़ा हुआ है ?

माधो—क्या आप हाल ही में वारिद हुए हैं ?

सौदागर—हाँ, मैं आज ही आया हूँ। कहीं पहले की-सी रौनक नहीं नजर आती। कपड़े का बाजार भी सुस्त था। ढाके का एक कीमती थान बहुत तलाश करने पर भी न मिला।

माधो—इसके बड़े किस्से हैं; कुछ ऐसा ही मुआमला है।

सौदागर—डाकुओं का जोर तो नहीं है ? पहले तो यहाँ इस किस्म की वारदातें न होती थीं।

माधो—अब वह कैफियत नहीं है। दिनदहाड़े डाके पड़ते हैं। उन्हें कोतवाल क्या, बादशाह-सलामत भी गिरफ्तार नहीं कर सकते। अब और क्या कहूँ। दीवार के भी कान होते हैं। कहीं कोई सुन ले तो लेने के देने पड़ जायँ।

सौदागर—सेठ जी, आप तो पहेलियाँ बुझवाने लगे। मैं परदेसी आदमी हूँ, यहाँ किससे कहने जाऊँगा। आखिर बात क्या है ? बाजार क्यों इतना बिगड़ा हुआ है ? नाज की मंडी की तरफ गया था। सन्नाटा छाया हुआ है। मोटी जिंस भी दूने दामों पर बिक रही थी।

माधो (इधर-उधर चौकन्नी आँखों से देख कर)—एक महीना हुआ; रोशनुद्दौला के हाथ में सियाह-सफेद का अख्तियार आ गया है। यह सब उन्हीं की बदइंतजामी का फल है। उनके पहले राजा बख्तावरसिंह हमारे मालिक थे। उनके वक्त में किसी की मजाल न थी कि व्यापारियों को टेढ़ी आँख से देख सके। उनका रोब सभी पर छाया हुआ था। फिरंगियों पर उनकी कड़ी निगाह रहती थी। हुक्म था कि कोई फिरंगी बाजार में आवे, तो थाने का सिपाही उसकी देखभाल करता रहे। इसी वजह से फिरंगी उनसे जला करते थे। आखिर सबों ने रोशनुद्दौला को मिला कर बख्तावरसिंह को बेकसूर कैद करा दिया। बस तब से बाजार में लूट मची हुई है। सरकारी अमले अलग लूटते हैं। फिरंगी अलग नोचते-खसोटते हैं। जो चीज चाहते हैं उठा ले जाते हैं। दाम माँगो तो धमकियाँ देते हैं। शाही दरबार में फरियाद करो, तो उलटे सजा होती है। अभी हाल ही में हम-सब मिल कर बादशाह-सलामत की खिदमत में हाजिर हुए थे। पहले तो वह बहुत नाराज हुए, पर आखिर रहम आ गया। बादशाहों का मिजाज ही तो है। हमारी सब शिकायतें सुनीं और तसकीन दी

कि हम तहकीकात करेंगे। मगर अभी तक वही लूट-खसोट जारी है।

इतने में तीन आदमी राजपूती ढंग की मिर्जई पहने आ कर दूकान के सामने खड़े हो गये। माधोदास उनका रंग-ढंग देख कर चौंका। शाही फौज के सिपाही बहुधा इसी सज-धज से निकलते थे। तीनों आदमी सौदागर को देख कर ठिठके; पर उसने उन्हें कुछ ऐसी निगाहों से देखा कि तीनों आगे चले गये। तब सौदागर ने माधोदास से पूछा—इन्हें देख कर तुम क्यों चौंके ?

माधोदास ने कहा—ये फौज के सिपाही हैं। जब से राजा बख्तावरसिंह नजरबंद हुए हैं, इन पर किसी की दाब ही नहीं रही। खुले साँड़ की तरह बाजारों में चक्कर लगाया करते हैं। सरकार से तलब मिलने का कुछ ठीक तो नहीं है। बस, नोच-खसोट करके गुजर करते हैं। —हाँ तो फिर अगर मरजी हो, तो मेरे साथ घर तक चलिए, आपको माल दिखाऊँ।

सौदागर—नहीं भाई, इस वक्त नहीं। सुबह आऊँगा। देर हो गयी है, और मुझे भी यहाँ की हालत देख कर खौफ मालूम होने लगा है।

यह कह कर सौदागर उसी तरफ चला गया, जिधर वे तीनों राजपूत गये थे। थोड़ी देर में तीन आदमी और सराफे में आये। एक तो पंडितों की तरह नीची चपकन पहने हुए था, सिर पर गोल पगिया थी और कंधे पर जरी के काम का शाल। उसके दोनों साथी खिदमतगारों के-से कपड़े पहने हुए थे। तीनों इस तरह इधर-उधर ताक रहे थे, मानो किसी को खोज रहे हों। यों ताकते हुए तीनों आगे चले गये। ईरानी सौदागर तीव्र नेत्रों से इधर-उधर देखता हुआ एक मील चला गया। वहाँ एक छोटा-सा बाग था। एक पुरानी मसजिद भी थी। सौदागर वहाँ ठहर गया। एकाएक तीनों राजपूत मसजिद से बाहर निकल आये और बोले—हुजूर तो बहुत देर तक सराफ की दूकान पर बैठे रहे। क्या बातें हुईं।

सौदागर ने अभी कुछ जवाब न दिया था कि पीछे से पंडित और उनके दोनों खिदमतगार भी आ पहुँचे। सौदागर ने पंडित को देखते ही भर्त्सनापूर्ण शब्दों में कहा—मियाँ रोशनुद्दौला, मुझे इस वक्त तुम्हारे ऊपर इतना गुस्सा आ रहा है कि तुम्हें कुत्तों से नुचवा दूँ। नमकहराम कहीं का ! दगाबाज ! तूने मेरी सल्तनत को तबाह कर दिया ! सारा शहर तेरे जुल्म का रोना रो रहा है ! मुझे आज मालूम हुआ कि तूने क्यों राजा बख्तावरसिंह को कैद कराया। मेरी अकल पर न जाने क्यों पत्थर पड़ गये थे कि मैं तेरी चिकनी-चुपड़ी बातों

में आ गया। इस नमकहरामी की तुझे वह सजा दूँगा कि देखनेवालों को भी इबरत (शिक्षा) हो।

रोशनुद्दौला ने निर्भीकता से उत्तर दिया—आप मेरे बादशाह हैं; इसलिए आपका अदब करता हूँ, वरना इसी वक्त बदजबानी का मजा चखा देता। खुद आप तो महल में हसीनों के साथ ऐश किया करते हैं, दूसरों को क्या गरज पड़ी है कि सल्तनत की फिक्र से दुबले हों ? खूब, हम अपना खून जलायें और आप जशन मनायें ! ऐसे अहमक कहीं और रहते होंगे।

बादशाह (क्रोध से काँपते हुए)—मि...मैं तुम्हें हुक्म देता हूँ कि इस नमकहराम को अभी गोली मार दो। मैं इसकी सूरत नहीं देखना चाहता। और, इसी वक्त जा कर इसकी सारी जायदाद जब्त कर लो। इसके खानदान का एक बच्चा भी जिंदा न रहने पाये।

रोशन—मि...मैं तुमको हुक्म देता हूँ कि इस मुल्क और कौम के दुश्मन, रैयत के कातिल और बदकार आदमी को फौरन गिरफ्तार कर लो। यह इस काबिल नहीं कि ताज और तख्त का मालिक बने।

इतना सुनते ही पाँचों अँग्रेज मुसाहबों ने, जो भेष बदले हुए साथ थे, बादशाह के दोनों हाथ पकड़ लिये और खींचते हुए गोमती नदी की तरफ ले चले। तब बादशाह की आँखें खुलीं। समझ गये कि पहले ही से यह षड्यंत्र रचा गया था। इधर-उधर देखा, कोई आदमी नहीं। शोर मचाना व्यर्थ था। बादशाही का नशा उतर गया। दुरवस्था ही वह परीक्षाग्नि है, जो मुलम्मे और रोगन को उतार कर मनुष्य का यथार्थ रूप दिखा देती है। ऐसे ही अवसरों पर विदित होता है कि मानव-हृदय पर कृत्रिम भावों का कितना गहरा रंग चढ़ा होता है। एक क्षण में बादशाह की उद्दंडता और घमंड ने दीनता और विनयशीलता का आश्रय लिया। बोले—मैंने तो आप लोगों की मरजी के खिलाफ ऐसा कोई काम नहीं किया, जिसकी यह सजा मिले। मैंने आप लोगों को हमेशा अपना दोस्त समझा है।

रोशन—तो हम लोग जो कुछ कर रहे हैं, वह भी आपके फायदे ही के लिए कर रहे हैं। हम आपके सिर से सल्तनत का बोझ उतार कर आपको आजाद कर देंगे। तब आपके ऐश में खलल न पड़ेगा। आप बेफिक्र होकर हसीनों के साथ जिंदगी की बहार लूटिएगा।

बादशाह—तो क्या आप लोग मुझे तख्त से उतारना चाहते हैं ?

रोशन—नहीं, आपको बादशाही की जिम्मेदारियों से आजाद कर देना चाहते हैं।

बादशाह—हजरत इमाम की कसम, मैं यह जिल्लत न बर्दाश्त करूँगा। मैं अपने बुजुर्गों का नाम न डुबाऊँगा।

रोशन—आपके बुजुर्गों के नाम की फिक्र हमें आपसे ज्यादा है। आपकी ऐश परस्ती बुजुर्गों का नाम रोशन नहीं कर रही है।

बादशाह (दीनता से)—वादा करता हूँ कि आइंदा से आप लोगों को शिकायत का कोई मौका न दूँगा।

रोशन—नशेबाजों के वादों पर कोई दीवाना ही यकीन कर सकता है।

बादशाह—तुम मुझे जबरदस्ती तख्त से नहीं उतार सकते।

रोशन—इन धमकियों की जरूरत नहीं। चुपचाप चले चलिए; आगे आपको सेजगाड़ी मिल जायेगी। हम आपको इज्जत के साथ रुखसत करेंगे।

बादशाह—आप जानते हैं, रिआया पर इसका क्या असर होगा ?

रोशन—खूब जानता हूँ ! आपकी हिमायत में एक उँगली भी न उठेगी। कल सारी सल्तनत में घी के चिराग जलेंगे।

इतनी देर में सब लोग उस स्थान पर आ पहुँचे, जहाँ बादशाह को ले जाने के लिए सवारी तैयार खड़ी थी। लगभग 25 सशस्त्र गोरे सिपाही भी खड़े थे। बादशाह सेजगाड़ी को देखकर मचल गये। उनके रुधिर की गति तीव्र हो गयी, भोग और विलास के नीचे दबी हुई मर्यादा सजग हो गयी। उन्होंने जोर से झटका दे कर अपना हाथ छुड़ा लिया और नैराश्यपूर्ण दुस्साहस के साथ, परिणाम-भय को त्याग कर, उच्च स्वर से बोले—ऐ लखनऊ के बसनेवालो ! तुम्हारा बादशाह यहाँ दुश्मनों के हाथों कत्ल किया जा रहा है। उसे इनके हाथ से बचाओ, दौड़ो वरना पछताओगे !

यह आर्त पुकार आकाश की नीरवता को चीरती हुई गोमती की लहरों में विलीन नहीं हुई बल्कि लखनऊवालों के हृदयों में जा पहुँची। राजा बख्तावरसिंह बंदी-गृह से निकल कर नगर-निवासियों को उत्तेजित करते और प्रतिक्षण रक्षाकारियों के दल को बढ़ाते, बड़े वेग से दौड़े चले आ रहे थे। एक पल का विलम्ब भी षड्यंत्रकारियों के घातक विरोध को सफल कर सकता था। देखते-देखते उनके साथ दो-तीन हजार सशस्त्र मनुष्यों का दल हो गया था। यह सामूहिक शक्ति बादशाह का और लखनऊ राज्य का उद्धार कर सकती

थी। समय सब कुछ था। बादशाह गोरी सेना के पंजे में फँस गये, तो फिर समस्त लखनऊ भी उन्हें मुक्त न कर सकता था। राजा साहब ज्यों-ज्यों आगे बढ़ते जाते थे, नैराश्य से दिल बैठा जाता था। विफल मनोरथ होने की शंका से उत्साह भंग हुआ जाता था। अब तक कहीं उन लोगों का पता नहीं ! अवश्य हम देर में पहुँचे। विद्रोहियों ने अपना काम पूरा कर लिया। लखनऊ राज्य की स्वाधीनता सदा के लिए विसर्जित हो गयी !

ये लोग निराश हो कर लौटना ही चाहते थे कि अचानक बादशाह का आर्तनाद सुनायी दिया। कई हजार कंठों से आकाश-भेदी ध्वनि निकली—हुजूर को खुदा सलामत रखे। हम फिदा होने को आ पहुँचे !

समस्त दल एक ही प्रबल इच्छा से प्रेरित हो कर, वेगवती जलधारा की भाँति, घटनास्थल की ओर दौड़ा। अशक्त लोग भी सशक्त हो गये। पिछड़े हुए लोग आगे निकल जाना चाहते थे। आगे के लोग चाहते थे कि उड़ कर जा पहुँचें !

इन आदमियों की आहट पाते ही गोरों ने बंदूकें भरीं और 25 बंदूकों की बाढ़ सर हो गयी। रक्षाकारियों में कितने ही लोग गिर पड़े; मगर कदम पीछे न हटे। वीर मद ने और भी मतवाला कर दिया। एक क्षण में दूसरी बाढ़ आयी; कुछ लोग फिर वीर-गति को प्राप्त हुए लेकिन कदम आगे बढ़ते ही गये। तीसरी बाढ़ छूटने ही वाली थी कि लोगों ने विद्रोहियों को पा लिया। गोरे भागे।

जब लोग बादशाह के पास पहुँचे, तो अद्‌भुत दृश्य देखा। बादशाह रोशनुद्दौला की छाती पर सवार थे। जब गोरे जान ले कर भागे, तो बादशाह ने इस नरपिशाच को पकड़ लिया और उसे बलपूर्वक भूमि पर गिरा कर उसकी छाती पर बैठ गये।

अगर उनके हाथों में हथियार होता, तो इस वक्त रोशन की लाश तड़फती हुई दिखायी देती।

राजा बख्तावरसिंह आगे बढ़ कर बादशाह को आदाब बजा लाये। लोगों की जय-ध्वनि से आकाश हिल उठा। कोई बादशाह के पैरों को चूमता था। कोई उन्हें आशीर्वाद देता था, और रोशनुद्दौला का शरीर तो लातों और घूसों का लक्ष्य बना हुआ था। कुछ बिगड़े दिल ऐसे भी थे, जो उसके मुँह पर थूकने में भी संकोच न करते थे।

4

प्रातःकाल था। लखनऊ में आनन्दोत्सव मनाया जा रहा था। बादशाही महल के सामने लाखों आदमी जमा थे। सब लोग बादशाह को यथायोग्य नजर देने आये थे। जगह-जगह गरीबों को भोजन कराया जा रहा था। शाही नौबतखाने में नौबत बज रही थी।

दरबार सजा। बादशाह हीरे और जवाहर से जगमगाते, रत्नजटित आभूषणों से सजे हुए, सिंहासन पर बिराजे। रईसों और अमीरों से नजरें गुजारीं। कविजनों ने कसीदे पढ़े। एकाएक बादशाह ने पूछा—राजा बख्तावरसिंह कहाँ हैं ? कप्तान ने जवाब दिया—'कैदखाने में।' बादशाह ने उसी वक्त कई कर्मचारियों को भेजा कि राजा साहब को जेलखाने से इज्जत के साथ लायें। जब थोड़ी देर के बाद राजा ने आ कर बादशाह को सलाम किया, तो वे तख्त से उतर कर उनसे गले मिले और उन्हें अपनी दाहिनी ओर सिंहासन पर बैठाया। फिर दरबार में खड़े होकर उनकी सुकीर्ति और राज-भक्ति की प्रशंसा करने के उपरांत अपने ही हाथों से उन्हें खिलअत पहनायी। राजा साहब के कुटुम्ब के प्राणी आदर और सम्मान के साथ बिदा किये गये।

अन्त को जब दोपहर के समय दरबार बर्खास्त होने लगा तो बादशाह ने राजा साहब से कहा—आपने मुझ पर और मेरी सल्तनत पर जो एहसान किया है, उसका सिला (पुरस्कार) देना मेरे इमकान से बाहर है। मेरी आपसे यही इल्तिजा (अनुरोध) है कि आप वजरत का कलमदान अपने हाथ में लीजिए और सल्तनत का, जिस तरह मुनासिब समझिए, इन्तजाम कीजिए। मैं आपके किसी काम में दखल न दूँगा। मुझे एक गोशे में पड़ा रहने दीजिए। नमकहराम रोशन को भी मैं आपके सुपुर्द किये देता हूँ। आप इसे जो सजा चाहें दें। मैं इसे कब का जहन्नुम भेज चुका होता; पर यह समझ कर कि यह आपका शिकार है, इसे छोड़े हुए हूँ।

लेकिन बख्तावरसिंह बादशाह के उच्छृंखल स्वभाव से भली-भाँति परिचित थे, वह जानते थे, बादशाह की ये सदिच्छाएँ थोड़े ही दिनों की मेहमान हैं ! मानवचरित्र में आकस्मिक परिवर्तन बहुत कम हुआ करते हैं। दो-चार महीने में दरबार का फिर वही रंग हो जाएगा, इसलिए मेरा तटस्थ रहना ही अच्छा है। राज्य के प्रति मेरा जो कुछ कर्त्तव्य था, वह मैंने पूरा कर दिया। मैं दरबार

में रह कर कदापि नहीं कर सकता। हितैषी मित्र का जितना सम्मान होता है, स्वामिभक्त सेवक का उतना नहीं हो सकता।

वह विनीत भाव से बोले—हुजूर, मुझे इस ओहदे से मुआफ रखें। मैं यों ही आपका खादिम हूँ। इस मनसब पर किसी लायक आदमी को माशूर फरमाइए (नियुक्त कीजिए)। मैं अक्खड़ राजपूत हूँ। मुल्की इन्तजाम करना क्या जानूँ।

बादशाह—मुझे तो आपसे ज्यादा लायक और वफादार आदमी नजर नहीं आता।

मगर राजा साहब उनकी बातों में न आये। आखिर मजबूर होकर बादशाह ने उन्हें ज्यादा न दबाया। क्षण भर बाद जब रोशनुद्दौला को सजा देने का प्रश्न उठा, तब दोनों आदमियों में इतना मतभेद हुआ कि वाद-विवाद की नौबत आ गयी। बादशाह आग्रह करते थे कि इसे कुत्तों से नुचवा दिया जाय। राजा साहब इस बात पर अड़े हुए थे कि इसे जान से न मारा जाय, केवल नजरबन्द कर दिया जाय। अन्त में बादशाह ने क्रुद्ध होकर कहा—यह एक दिन आपको जरूर दगा देगा !

राजा—इस खौफ से मैं इसकी जान न लूँगा।

बादशाह—तो जनाब, आप चाहें इसे मुआफ कर दें, मैं कभी मुआफ नहीं कर सकता।

राजा—आपने तो इसे मेरे सुपुर्द कर दिया था। दी हुई चीज को आप वापस कैसे लेंगे ?

बादशाह ने कहा—तुमने मेरे निकलने का कहीं रास्ता ही नहीं रखा।

रोशनुद्दौला की जान बच गयी। वजारत का पद कप्तान साहब को मिला। मगर सबसे विचित्र बात यह थी कि रेजिडेंट ने इस षड्यन्त्र से पूर्ण अनभिज्ञता प्रकट की और साफ लिख दिया कि बादशाह-सलामत अपने अँग्रेज मुसाहबों को जो सजा चाहें दें; कोई आपत्ति न होगी। मैं उन्हें पाता, तो स्वयं बादशाह की खिदमत में भेज देता; लेकिन पाँचों महानुभावों में से एक का भी पता न चला। शायद वे सबके सब रातों-रात कलकत्ते भाग गये।

इतिहास में उक्त घटना का कहीं उल्लेख नहीं किया गया, लेकिन किंवदंतियाँ, जो इतिहास से अधिक विश्वसनीय हैं, उसकी सत्यता की साक्षी हैं।

●●●